THE ORPHAN'S TALE

PAM JENOFF

孔儿故事

〔美〕

帕姆·杰诺芙　著

王秀莉　译

浙江文艺出版社

Zhejiang Literature & Art Publishing House

目　录

序　曲

现在，他们应该在四处寻找我。

我驻足在博物馆的花岗岩台阶上，靠着栏杆支撑着自己的身子。疼痛，前所未有的疼痛，在我的左侧臀部嘶叫，去年那里骨折后并没有完全康复。在温斯顿·丘吉尔大道对面，在大皇宫的玻璃穹顶后面，玫瑰色的暮霭笼罩着三月的天空。

我站在小皇宫入口拱门的边缘处张望。在巨大的石柱上，大约两层楼高的位置挂着一道红色的条幅，上书：Deux Cents ans de Magie du Cirque（两百年马戏团魔法艺术展）。条幅上面点缀着几只大象、一只老虎和一个小丑的图案，颜色鲜亮，然而我记忆中的那些颜色要更显绚烂。

我应该告诉某些人我这趟行程。不过，他们应该只会努力阻止我。我的出逃蓄谋已久，自从几个月前在《纽约时报》上看到展览预告，我就开始细心筹划。我贿赂了养老院的一个助理，请他帮我拍了需要寄给签证处的照片，用现金的方式买了飞机票。那天黄昏时分，暮色迷茫之时，我打电话叫来的出租车停在养老院门前，司机狂按着喇叭，我应该是差一点就被抓住了，不过值班的警卫却没有从梦中醒来。

我又聚集起力量，接着爬台阶，忍着疼痛一步挨一步地向前。大厅当中，开幕派对正进行得如火如荼，盛装出席的男男女女聚在雕梁画栋的穹顶之下。法语对话在我周围滔滔不绝，于我来说，就如同一种久违的香氛，我不顾一切地吸着。熟悉的字词一点一滴渐渐回到我的脑海，起初是涓涓细流，然后如同滔滔江水，尽管我已经有半个世纪没有听到过这种语言了。

我没有在接待台停下来签到，我本就不是他们期待的嘉宾。我避开了招待处的开胃菜和香槟，直接穿过铺着马赛克的地面，经过画满壁画的墙壁，前往马戏团展览的地方。展厅入口处的标志是一道小条幅，和外面那道的内容一样，只是小很多。展厅内四处都是照片，由精细得看不见的铁丝挂着，从屋顶垂下来，上面的影像是吞剑的人、跳舞的马，还有更多的小丑。每张照片下面都有说明，看到这些说明，那一个个名字就如同一首歌一样在我脑海中浮现：洛奇、杜昂尼、诺伊霍夫——那些因为战争和岁月而已经衰落的伟大的欧洲马戏家族。看到这些名字当中的最后一个，我的眼睛开始燃烧。

在这些照片后面，是一张高高的破旧的招贴画，上面画着一个胳膊上缠着丝绸悬在半空的女人。她的一条腿向后伸展，于空中做出了一个阿拉贝斯克①的姿势。她的脸和身体都洋溢着青春，我几乎认不出她是谁来。在我的脑海中响起了一首旋转木马的伴奏乐，声音细碎隐约，就如同音乐盒发出的一般。我仿佛又感到

---

① 芭蕾舞中的基础姿势，单腿直立，另一腿往后抬起，一臂前伸，另一臂舒展扬起。——本书注释如无特别说明，均为译者注

了灯光的灼热，热度似乎能剥掉我的皮肤。展馆上空吊着一个高空秋千，它被固定在一个位置，像是飞到一半的样子。即便是现在，我那近九十岁的双腿依然在叫嚣着，渴望能爬上去。

但是，我没有时间来回忆。来这里所花费的时间比我起初想的要多，就如同这些日子的其他所有事情一样，因而现在已经没有一分钟的空闲了。我吞下郁结在喉咙处的块垒，继续向前，经过演出服和头饰区——全是失落文明的古董。最后，我到了火车车厢边。一些侧面的壁板被移除了，以展示出车内那拥挤而狭小的铺位。车厢狭窄的尺寸令我大吃一惊——还不如我在养老院与人共住的房间的一半大。在我的记忆中，这里要大很多的。我们真的在这里一住好几个月吗？我伸出手，触碰那腐朽的木头，尽管我在报纸上看到这车的那一刹那，就知道它就是同一列车，但我心底的某些地方依然不敢相信，直到现在。

身后的声音越来越大。我扭头看去。接待会已经结束，人们渐渐逼近展览区。只有几分钟的时间了，不然一切就都为时已晚。

我又回头看了看，然后弯腰从防护绳下钻了过去。藏好，似乎有一个声音在说，在我身体中埋藏已久的本能再度苏醒。我把手探入车厢的底部，那个小盒子就在那里，正如我的记忆中一样。盖子是被闩着的，如果，我就这样按下去……它吱嘎开了，我想象着一个年轻女孩在寻找秘密约会的潦草请柬时的兴奋冲动。

但当我把手探入，用手指探索着这个冰冷黑暗的空间时，里面空荡荡的。我曾梦想这里装着我想要的答案，如今那梦也如同清凉的迷雾一般消散。

1

诺 亚

德国，1944

那声音传来的时候很低沉，就如同那一次的蜂鸣一般——就是那一次，蜂群追着爸爸穿过整个农场，令他接下来一个星期身上都缠着绷带。

我放下擦地板的刷子，曾经优美的大理石经过军靴靴跟的践踏，如今已经开裂，并染上了一道道怎么也无法除掉的泥垢。我辨别了一下声音传来的方向，然后穿过车站。车站上挂着一个粗黑体字的标志牌：本斯海姆站。名字有些夸张了，这里不过就是一间候车室，外加两个厕所、一个售票窗口和一个香肠摊子而已。那摊位只在有肉供应并且天气不太糟时营业。我弯腰从一排长椅下面捡起一枚硬币，放入口袋中。人们忘了或是扔下的东西常令我吃惊。

走到门外，在二月夜晚清冷的空气中，我的呼吸化作一团团白烟。天空是象牙白混着铅灰色，预告还有大雪将至。这车站在一个山谷低处，三面都是长满了松树的苍山，绿色的树梢从白雪覆盖的枝条中探出头来。空气中隐约有烧焦的味道。在战前，本斯海姆不过是一个大多数旅客经过时都不会留意的普通小站，但德国人将一切物尽其用，现在这里成了夜间火车停靠、更换机车的良好地点。

我在这儿待了差不多四个月了。秋天时，一切都还不错，我很高兴自己找到了一个栖身之所，当时我身上的钱只够买两天的食物，省省的话也许够三天。在我父母发现我怀孕将我赶出家门之后，我住到了一个孤女院中。那孤女院出于谨慎，坐落在一个很偏远的地方。孤女院的人本可以将我送到美因茨，或是至少送到最近的城镇上，但是他们就只是打开门，让我步行着离开。我走到火车站，才意识到自己已经无处可去。在离家的这几个月当中，回家去乞求父母原谅的念头不止一次出现在我的思绪中。没有回去，并不是因为我太骄傲。如果回去真有什么好处的话，我宁愿跪地求饶。然而，我记得父亲赶我出家门那天眼中的狂怒，我知道他的心门也对我关上了。我没有办法承受两次拒绝。

巧的是，车站当时需要一个清洁工。我绕到车站后面，走向我睡觉的小隔间，我就睡在一个铺在地上的垫子上。我身上还穿着离开家时所穿的孕妇服，只是现在整个前襟都松松垮垮地垂着。日子当然不会这样下去。我会找到一份真正的工作，一份提供的薪水不止买得起发霉不严重的面包的工作，我还会找到一个舒服的家。

我看着自己投射在车站窗户中的影子。我的容貌平平无奇，淡黄色的头发经过夏日的阳光酷晒后显得更白了一些，还有一双淡蓝色的眼睛。我曾为自己长相平凡而苦恼，但现在这是一个优点。车站的另外两个工作人员——卖票的女孩和香肠摊的男人——每天晚上都回家，他们几乎从来都不跟我说话。旅客们匆匆经过站台，胳膊下夹着《先锋报》，将烟头丢在地板上踩灭，他们从来都不在乎我是谁、我从哪里来。尽管孤独，我却需要这种孤独。若有人问我过去的事情，我无法回答。

不，他们从来都没有注意过我。但是，我一直在看着他们：那些出征的士兵，那些每天都来月台查看一遍、满心盼着能找到儿子或丈夫，最后只能孤单离开的母亲妻子们。你总是能分辨出哪些人想当逃兵。他们努力表现得和平常人一样，仿佛只是来休假。然而他们的衣服全紧绷绷的，因为下面套了一层又一层；他们的背包装得满满的，仿佛随时要爆炸一样。他们从不与人目光交会，而是挂着一张苍白而紧张的脸，催促着孩子快走。

那嗡嗡的声音越来越大，越来越尖锐。声音是来自我之前听到汽笛声的那列火车，它就停在远处的轨道上。我向那列车走去，经过了几乎全空的煤仓。很长一段时间以来，大部分储备都是给在遥远东方作战的步兵的。也许是有人忘记了关发动机或其他机器。我不想被骂，冒着失去工作的风险。尽管现在境况不好，但我知道还有更糟的局面——我很幸运能够在这里栖身。

"幸运"。这个词，最初我是在离开父母后前往海牙的公交车上，听一个将她的鲱鱼分给我吃的德国老妇人说的。"你是一个标准的雅利安人①。"她泛着鱼腥味的嘴唇翻飞，跟我这么说。当时

---

① 原为印度伊朗语系人民的自称，纳粹种族理论用此词描述日耳曼人。根据该理论，纯种的雅利安人具备"北欧人种"的生理特征，包括身材高大、金发浅瞳等，是"优等民族"。——编者注

我们的车正在蜿蜒曲折而又坑洼不平的路上颠簸。

　　我觉得她是在开玩笑。我有平淡无奇的金发，小小的鼻子。我体形健壮，很像是运动员，不过最近开始变软，长出了曲线。除了那天晚上，那个德国人在我耳边低语时，我一直都觉得自己平淡无奇。但是，此刻，我被告知我很好。我发现自己正在向那个老妇人吐露我怀孕的秘密以及被赶出家门的事情。她告诉我去威斯巴登，然后潦草地写了一个字条，写着我孕育的是帝国的孩子。我收下字条便出发了。我并没有想过去德国是不是有什么危险，也没有想过是否应该拒绝前往。有人想要像我孩子这样的孩子。我的父母宁可立刻死去，也不愿意接受来自德国人的帮助，但那个老妇人说他们会庇护我，这样的人会坏到哪里去呢？反正我也无处可去。

　　我很幸运，当我到达那个孤女院时，他们也这么说。尽管身为荷兰人，但我被认为是雅利安人后裔，我的孩子也可以被纳入"生命之泉计划"，被一个良好的德国家庭接纳抚养，否则他就会是个耻辱，做一个非婚生的私生子①。我在那里待了将近六个月，读书，帮助孤女院做杂务，直到我肚子越来越大干不了活为止。那里专门接生的设备即便算不上豪华，也可以说是非常现代化，非常干净，有助于为帝国产下健康的孩子。我认识了一个叫伊娃的女孩，她身体健壮，比我大几个月。有一天夜里，她突然醒来，发现自己躺在血泊之中，他们将她送去了医院，我再也没有见到她。在那之后，我就一直独来独往。我们这些人都不会在那里停留多久。

---

① 原文为德语。

一个寒冷的十月清晨，我分娩的时候来了。从孤女院的早餐桌边起身时，我的羊水破了。接下来的十八个小时，我迷迷糊糊的，能记起的是难以忍受的疼痛和不断强调的命令。我没有听到任何鼓励的话语，也没有感受到任何安慰的触碰。最后，孩子哭叫着来到这个世界，我的整个身体空了，泛起一阵阵战栗。有一台机器停止了工作。护士的脸上浮现出怪异的神色。

"怎么了？"我问。他们不允许我看那个孩子，但是我忍着痛，挣扎着坐直了身子。"出了什么问题？"

"一切顺利，"医生确定地说，"孩子很健康。"但是他的声音令人不安，消毒口罩上方厚眼镜片后的脸闪烁着暴风骤雨。我向前探身，目光和一双夺目的黑色眼睛相逢。

那双眼睛不是雅利安人的。

我明白医生的不安了。这孩子看起来一点都不像完美的种族。有些隐藏的基因，可能来自我的家族，也可能是那个德国人的，令这个孩子有了黑色的眼睛和橄榄色的皮肤。他不会被纳入"生命之泉计划"中。

我的宝宝哭了起来，声音尖锐犀利，就仿佛他听到自己的命运被否决了一般。我忍着疼痛，伸手去够他。"我想抱抱他。"

医生和护士正在一些表格上记录着关于孩子的琐碎细节，他们交换了一下不安的眼神："我们不允许，'生命之泉计划'不允许。"

我挣扎着坐起来。"那我就带他离开。"这是虚张声势而已，我没有任何地方可去。我来这里时，已经签了文件，愿意放弃抚养权以换取我在这里的食宿，而且医院是有警卫的……我几乎还没有办法下地行走。"请让我抱他一小会儿。"

"不行①。"护士同情地摇了摇头，在我继续恳求时，她就溜出了房间。

她走开后，我声音中的某些东西让医生产生了怜悯之心。"就一会儿。"他不情愿地将孩子递给我。我盯着那红彤彤的小脸，吸着他头部散发出来的甜美气息。经过了那么长时间的努力才生出来，他的头有点尖。我的目光落在他的眼睛上。多漂亮的眼睛啊，这么完美，怎么可能不符合他们的标准？

不过，他是我的。一股爱意泛滥，席卷我的全身。我曾经不想要这个孩子，但在那一刻，所有的悔恨都退潮，被渴望替代。恐慌和欣慰在我身体内激荡。现在他们不想要他了，没有其他的选择，我必须带他回家。我会把他留在我身边，我会找到办法的……

然后，护士回来，将他从我怀中夺走了。

"不要，等一下。"我抗议道。我挣扎着起身，去抢我的宝宝，这时，一个尖锐的东西刺入了我的胳膊。我的头开始晕眩。有一双手将我按回到床上。我的视线渐渐模糊，但依然能看见那双黑色的眼睛。

我醒来时孤身一人，还在那间冷冰冰的无菌生产室，身边没有我的宝宝，也没有丈夫或母亲相伴，甚至连个护士也没有。我是一个空空荡荡的容器，再没有人想要。后来，他们说，他去了一个很好的家庭。他们说的是不是真话，我无从得知。

我吞了一口唾沫，想缓解喉咙的干涩，强迫记忆退场。然后，我走出车站，走到寒冷刺骨的户外，很庆幸负责车站巡逻的

① 原文为德语。

邪恶的帝国保安警察没出现在视线中。很有可能，他们正在卡车里，抱着酒瓶抵御严寒。我打量着火车，想要确定嗡嗡声的来源。声音来自最后一节车厢，紧邻守车的那节——并不是来自引擎。不，声音是来自火车内的某个东西，某个活的东西。

我停住脚步。我一直严格地让自己不去靠近火车，在火车经过时看向别处——因为这些车是运送犹太人的。

第一次见到男人、女人和孩子被可怜兮兮地赶拢在一起时，我还住在村子里的家中，就是在集市广场看到了这样的画面。我一路哭着跑回家找父亲。他是一个爱国者，捍卫一切——为什么没捍卫这些人呢？"很惨。"他那被胡须掩盖的嘴巴吐露出这样的字眼，他的胡子已经开始变灰，因为抽烟斗而染上了一些黄色。他抹净我满是泪花的脸颊，含含糊糊地跟我解释说会有处理这些事情的办法。但那些办法没有使我的同班同学施特菲·克莱因和她的父母、弟弟免于被押送到火车站，当时她身上穿的裙子就是一个月前我过生日时她穿过的那件。

那声音在不断变大，现在几乎成了一种哀号，像是一只灌木丛中受伤的动物。我的目光扫过空荡荡的站台，望向车站的尽头。警察也会听到这个声音吗？我不确定地站在站台边缘，俯视着将我和那节车厢分隔开的空荡荡的铁轨。我应该直接走开。闭上你的眼睛，这是战争岁月教会我的。去理会别人的事情从来都不会有好结果。如果我被抓到插手了车站内不归我管的地方，我就会失去工作，不得不离开这里，再没有地方住，甚至可能被捕。但我从来都不擅长不去看。太好奇了，小时候妈妈就这么说过我。我一直都想要知道。我没有办法忽略掉那个声音，向前一步，走得近了一些，那声音听起来像是哭声。

我也没有办法忽略掉透过开着的火车门能看到的那只小小的脚丫。

我将门拉开。"啊!"我的声音在黑暗中危险地回荡着,可能会引来人检查。车厢内有很多婴儿,小小的身体多得数不清楚,躺在火车内铺着干草的地板上,一个紧挨着一个,一个紧压着一个。他们大多数都一动不动,我看不出来他们是死了还是睡着了。而就在一片寂静之中,那惹人怜悯的哭声混杂着喘息声和呻吟声,仿佛羊羔在咩咩叫着。

我撑在车厢的侧壁上,在如同一堵墙般袭向我的浓重的屎尿和呕吐物的味道中费力地呼吸。自从来到车站,我就让自己对看到的画面迟钝一些,将它们当作是不可能变成现实的一场噩梦、一场电影。不过,眼前的情景不一样。有那么多的婴儿,孤零零的,被从妈妈的怀抱中夺来。我感觉下腹部一阵阵灼烧般的疼痛。

我无助地站在车厢前,震惊得呆在了原地。这些孩子是从哪里来的?他们肯定刚刚到达,因为他们肯定没有办法在如此寒冷的温度中撑多久。

好几个月来,我看着火车向东开,看着人们待在存牲口和粮食的地方。尽管运输条件非常糟糕,但我一直告诉自己,他们要去一个集中营,或是一个村子,只是去被关在一个地方而已。这个想法在我脑子里徘徊着,我想象着某个地方有小屋或是帐篷,有如同在荷兰我们村子南边的滨海野营地那样给那些没有钱去享受一次真正的假期或喜欢朴素原始的人住的地方,能将他们重新安置。不过,身处这些死亡的和濒死的婴儿当中,我看到了谎言的另一面。

我回头望。运人的火车总是有警戒，但是这里没有——因为婴儿没有办法逃跑。

离我最近的地方躺着一个婴儿，他的皮肤发灰，嘴唇发青。我试图拂去他睫毛上覆盖的那一层薄霜，但这个孩子身体已经僵硬，他已经死了。我猛抽回手，看向其他孩子。大多数的婴儿要么赤裸着，要么只裹了一条毯子或一块布，没有任何能保护他们、抵御严寒的东西。在车厢的中心位置，两个完好的浅粉色的婴儿袜僵直地戳在空中，被穿在一个其他部位都赤裸着的孩子的脚上。曾有人细心地织了那双袜子，一针一针地。一声呜咽从我唇间流出。

有一只脑袋从一堆脑袋中向外望。心形的脸上沾着稻草和粪便。孩子的脸上没有痛苦和凄惨，而有一种困惑的表情，就仿佛是说："我在这做什么呢?"那孩子脸上有种熟悉的东西，一双煤黑色的眼睛，它刺穿了我的心，就像是我分娩那天那双煤黑色的眼睛一样。我心潮澎湃。

孩子的脸突然皱了起来，然后开始号啕大哭。我立刻探出手去，伸长身子和胳膊，越过其他的孩子，探向他，以防有其他任何人听到他的哭声。我伸出的手不够长，够不到那个婴儿，但他的哭声更大了。我想要爬上车，但孩子们被堆得太紧密了，因为害怕踩到他们身上，我上不去车。我不顾一切地又伸长了胳膊，刚刚好够到。我捡起那个哭泣的孩子，想让他安静下来。我把他从车厢里面拔出来，他的皮肤冷冰冰的，身上除了一块肮脏的尿布外一丝不挂。

孩子到了我怀里，我抱住他的那一瞬间，他似乎就在我臂弯里安静了下来。这可能是我的孩子吗，因为命运和巧合被送回到我身边？孩子的眼睛闭着，头向前探着。他是睡着了，还是要死了？我看不出来。紧紧抱着这个孩子，我准备离开火车。但我又转身回来了：如果那些孩子中还有其他活着的，那我就是他们唯一的希望了。我应该带上更多孩子。

但我抱着的孩子又哭了起来，尖锐的声音割破了沉寂。我掩住他的嘴，跑回车站。

我走向我睡觉的小隔间。站在门口，我绝望地环顾着屋内。我什么都没有。我走入女厕所，在去过那个车厢后，厕所内惯常的阴湿气息几乎不值得在意了。我在水槽边用平时做清洁用的一块抹布擦去了婴儿脸上的污秽。孩子的体温变暖了一些，但他有两个脚趾是青色的，我怀疑可能会保不住了。这孩子到底是从哪里来的呢？

我打开污秽的尿布。这孩子就像我的孩子一样，是个男孩。此刻凑近了看，我看得出来，他的小鸡鸡和那个德国人的不一样，和我七岁时一个学校里的男生给我看的也不一样。"割礼"，施特菲跟我提过这个词，解释她弟弟身上发生的事情。这个孩子是犹太人，不是我的。

我退后一步，再度意识到我一直都非常清楚的现实：就靠我自己，根本没办法养育一个犹太男孩，甚至一个普通男孩。我一天有十二个钟头要负责打扫车站。我到底在想什么呢？

那个孩子开始在我放下他的水槽边缘摇摆。我向前一步，在他摔向坚硬的瓷砖地面前抓住了他。我对婴儿很不熟悉，此刻伸长了胳膊抓着他，仿佛是抓着一只危险的动物。但他向我靠近，偎向我的脖子。我又拿了一块抹布，笨手笨脚地给他当尿布包上，然后就抱着他离开厕所，走向车站，走向那列火车。我必须把他放回火车上，假装这一切从来都没有发生。

在站台边缘，我停住脚步。一个警卫正沿铁轨而来，堵住了我走向火车的路。我绝望地环顾四周。车站一侧不远处停着一辆送奶的卡车，车后斗中摞着高高的大奶罐。情急之下，我向那辆车走过去。我将孩子放到了一个空罐子中，努力不让自己去想奶罐的金属贴在他赤裸的皮肤上该有多寒冷。他没有发出一丝声音，只是无助地盯着我。

我俯身藏到一个长椅后，卡车的门砰地关上了。用不了多大一会儿，卡车就会离开，带着藏在车上的孩子。

没有人会知道我做了什么。

2

阿斯特丽德

德国，1942 年，14 个月之前

我站在那片地的边缘，那里曾经是我们的冬季营地，如今却荒芜一片。尽管这里没有发生过战争，山谷看起来依然像是一片战场，破损的马车，零落的废铁，四处都是。凛冽的风从空洞的窗框吹入荒废的小屋，吹得破破烂烂的布窗帘向上飞起，然后又泄气地垂下。大多数的窗玻璃都碎了，我努力不让自己去猜想这到底是时间的杰作，还是有人在争斗或愤怒中打碎的。吱嘎作响的门敞开着，屋内的物品都破败不堪，如果妈妈在这里照料，肯定永远都不会变成这样。空气中隐约有烟味，似乎这段日子有人一直在烧灌木。远处，一只奶牛抗议般地叫出了声。

我把外套裹得紧些，离开这片残骸，走向那座乡间小屋，那里曾是我的家。庭院的样子就和我小时候一般，前门外小山高耸，春天的雨季之时，雨水恣意地顺着山势而下，会一直流进门厅。我母亲曾经每年春天都在花园中用心照料的绣球花现在都已凋零枯萎，碾入泥土。我仿佛看到我的哥哥们在前院中摔跤，惹来训斥，被说他们浪费精力，还可能会受伤、毁了演出，然后他们会被吓得开始训练。儿时，我们夏天时喜欢露天睡在院子里，彼此手指勾着手指，头上的天空是星星的华盖。

我停住脚步。一面大大的带着黑色纳粹标志的红色旗帜高高地挂在门上。有人搬进了曾经属于我们的家——无疑是一个党卫军高层军官。我握紧拳头，一想到他们在使用我们的床单被罩、杯盘碗碟，用他们的军靴搞脏妈妈漂亮的沙发和地垫，我就感觉心中作呕。我不再看那个方向，我心中哀悼的也不是这些实在的东西。

我望向房子的窗户，徒劳地想寻找一张熟悉的脸。我知道我的家人都不在这里了，因为我上一封信无法投递，被退了回去。不过，我回来了，有一部分的我想象着生活并没有发生变化，或者，至少希望能够找到线索，搞清楚他们去了哪里。而风呼啸穿过荒凉的庭院。这里什么都没有留下。

我意识到，我也不应该留在这里。焦虑很快取代了我的伤感。我不应该四处闲逛，冒着被住在这里的人看到的风险，或是面对我是谁、我为什么来这里的盘问。我的视线扫过小山，望向附近的一片地方，那是诺伊霍夫马戏团的冬季营地。他们那庞大的石板小屋就和我们的房子相对而立，仿佛守卫着中间的莱茵黑森河谷的两个哨兵。

火车刚一接近达姆施塔特，我就看到了一张诺伊霍夫马戏团的海报。起初，那名字一出现在我眼前，我就习惯性地不喜。克勒姆特和诺伊霍夫是竞争对手，我们较劲很多年了，一直都想压对方一头。不过，尽管很不正常，马戏行当依然是一个大家庭。

我们两家马戏团一直相伴成长，就如同睡两间卧室的兄弟一般。我们在巡演路上是竞争对手，但在淡季，我们这些孩子一起上学，一起玩乐，一起滑雪橇冲下山坡，有时候还会共享美餐。有一回，诺伊霍夫先生因为背疼上不了场，没有办法担任表演主持，我们派出了我的哥哥尤勒斯过去助演。

不过，我已经有好几年都没有见过诺伊霍夫先生了。他不是犹太人，所以一切都变了。他的马戏团蓬勃发展，而我们家的销声匿迹。不，我不能期待诺伊霍夫先生的帮助，但也许他知道我家里人都发生了什么。

我到达诺伊霍夫家的房子，一个我不认识的女佣开了门。"晚上好，"我说，"诺伊霍夫先生在家吗？①"我突生羞怯之感，就这么像是乞丐一样毫无预兆地出现在他们家门口，我觉得很尴尬。"我是英格丽德·克勒姆特。"我用了婚前的名字。女人的表情表明她已经知道了我是谁，只是我看不出她是从马戏圈听说的，还是从别的地方。几年前，我的退出很引人关注，方圆很多里内都有人议论。

从没有人——尤其是犹太人——像我一样离开马戏团去嫁给一个德国军官。

1934 年春天，埃里克第一次来马戏团。我从帘幕后面注意到了他——这很奇怪，因为舞台上灯光的缘故，我们通常是看不到观众席的——我注意到他并不是因为他身穿制服，而是因为他孤身一人，没有妻子或儿女相伴。我并不是普通的年轻女孩，被人一追求就会动心，而是已经快二十九岁了。一直忙着马戏团的演

---

① 原文为德语。

出，不停地四处巡回表演，我认为，婚姻已经与我无缘。而埃里克帅得出奇，只是坚毅的下巴被一道美人沟破坏，方正的脸形因为这个世界上最蓝的眼睛而变得柔和。他又来了一次，一束粉色的玫瑰出现在我的更衣室门前。那个春天，我们开始交往。每个周末，他都从柏林长途旅行到我们表演的城市，和我共度表演间隙以及星期天。

　　我们早就应该意识到我们的感情注定不幸。尽管一年前希特勒才开始掌权，但帝国早就表明这个政权对犹太人的仇视。不过埃里克眼中的热情和激情令周围的一切都不复存在。他向我求婚，我不假思索就答应了。我们没有看到，越来越突显的问题令我们在一起的未来变得希望渺茫——我们只是把关注投在了别处。

　　爸爸没有强迫我离开埃里克。我原本以为他会因为我嫁给一个非犹太人而斥责我，但我告诉他时，他只是悲伤地笑了笑。"我原本一直以为你会为我接过马戏团的班。"他说。他的眼镜后面，那双悲伤的巧克力色眼睛和我的一模一样。我非常惊讶。我有三个哥哥，如果算上在凡尔登死去的伊萨多，那就是四个，真没有理由认为爸爸会考虑让我接班。"尤其是尤勒斯带着他自己的招牌表演去了尼斯，而双胞胎……"爸爸遗憾地摇了摇头。马蒂亚斯和马库斯都身形强健，动作优美，表演的杂技总是令观众惊叹得倒抽一口气。不过，他们的技巧是纯体力的。"而你，我的宝贝①，既有商业头脑，又有表演行业的眼光。但我不能留下你，让你像只被笼子困住的动物。"

　　我从来都不知道他是这样看我的，现在知道了，我却要离开

----

① 原文为德语。

他了。我本可以改变主意留下来，但是埃里克和我一直认为向往的生活在召唤我们。所以，我带着爸爸给我的祝福，去了柏林。

如果我没有离开，我的家人也许还在这里。

女佣引我进入一间起居室，这里尽管豪华依旧，但已然有了败落的痕迹。地毯有些磨损了，放银器的橱柜有些位置空荡荡的：看上去大件的都被拿走了或是卖掉了。陈腐的雪茄烟的味道混杂着柠檬光泽剂的气息。我透过窗户向外望去，努力想望穿笼罩着山谷的雾气，看到我家的房子。我想知道现在是什么人住在我们的房子里，当他们俯视那片空荡荡、荒废了的冬季营地时，都看到了什么。

我和埃里克的婚礼是一个由治安法官主持的简单仪式，婚礼之后，我搬入了埃里克宽敞的公寓，从那里可以俯瞰蒂尔加藤公园。我一天天地在伯格曼大街上的店铺中闲逛，买些色彩缤纷的画作、地毯和缎面绣花枕头，用这些小东西将他曾经空空荡荡的住处变成我们的家。我们最大的难题是星期天的早午饭该去哪家咖啡馆吃。

我在柏林住了差不多五年，然后战争爆发了。埃里克晋升到了一个我听不懂的职位，要处理军需品，工作时间变长了很多。他回家时要么面色铁青、情绪低落，要么激动亢奋，而引得他如此的事情，却是他无法与我分享的。"等到帝国胜利，一切都会不一样的，相信我。"但我不想要什么不一样。我喜欢过去的生活。过去的方式到底有什么不对？

不过，事情并没有变回原来的样子，而是迅速地每况愈下。电台里和报纸上说着关于犹太人的可怕的事情。犹太人商店的窗户被砸，门被泼上油漆。"我家人……"看到奥拉宁堡大街上一个犹太人开的肉铺的窗户被砸得稀烂后，和埃里克在我们柏林的公寓中吃早午饭时，我不安地跟他说。我是一个德国军官的妻子，我很安全，但是我家乡的家人呢？

"没有什么会伤害到他们，因娜。"他爱抚着我的肩膀柔声说。

"如果这里发生了这样的事，"我坚持道，"那达姆施塔特也不会比这里好。"

他用双臂环住我。"嘘！这城里不过是有一些故意破坏的行为，一些想吸引眼球的表演。看看周围，一切都很好。"公寓里面弥漫着浓咖啡的香气，一大罐鲜榨的橙汁放在桌上。别处肯定也不会有多坏。我把头靠在埃里克宽宽的肩膀上，吸着他脖子间熟悉而温暖的气息。"克勒姆特家族马戏团享誉全球。"他努力令我安心。他说得没错。我们家的马戏团历经数代，最初诞生于普鲁士时期，从老的马术表演演变而来——据说，我高祖父离开在维也纳的利比扎马术团，创办了我们最初的马戏团。而下一代人追随他的步伐，一代代人相传，传承着这种非常稀罕的家族生意。

埃里克接着说："因此，我从慕尼黑回来的那天才会停下来去看演出。然后，我就看到了你……"他将我拉到他的大腿上。

我抬起手，打断了他。通常，我很爱听他重述我们相遇的经历，但我现在太焦虑了，不愿意听下去。"我应该回去看看他们。"

"他们在巡回演出，你怎么找到他们呢？"他问。一丝不耐烦不知不觉出现在他的声音中。的确，现在是仲夏，他们可能在德国或法国的任何一个地方。"你又能做什么来帮助他们？不，他们会希望你留在这里，安全地留在这里，和我在一起。"他开玩笑地用鼻子蹭着我的脸。

他说得当然没错，我告诉自己。他的唇落在我的脖颈上，我渐渐平静下来。但是，焦虑却不断地来打扰我。有一天，来了那封信："亲爱的英格丽德，我们解散了马戏团……"爸爸的口气非常平淡，就事论事，没有祈求帮助，不过我能想象到的只有他将繁荣兴旺了一个多世纪的家族事业解散时的心酸。信里没有说他们接下来做什么，也没有说他们是否会离开，我怀疑他是故意的。

我立刻写了回信，恳求他告诉我他们的计划，问他们是否需要钱。我本可以将全家人接到柏林，让他们住进我们的公寓，但那样只意味着将他们拉得离危险更近了。无论如何，这也没有意义：我的信被退了回来，没有被拆开过。那是六个月前的事情，到现在也没有任何消息。他们去了哪里呢？

"英格丽德！"诺伊霍夫先生一进起居室就大声喊道。如果见到我有丝毫惊讶的话，他也没有表现出来。诺伊霍夫先生的年纪不像我父亲那么大，在我童年的记忆中，他一头黑发，留着小胡子，风度翩翩，英俊潇洒，尽管有些发福。现在来看，他比我记忆中要矮一些，大腹便便，头发已经泛灰。我站起身，走向他。然后，我看到了别在他翻领上的小小的纳粹标志，停住了脚步。来这里就是个错误。"做做样子。"他赶紧解释道。

"嗯，当然。"但我不肯定是否应该相信他。我应该直接走掉。不过，从他脸上的表情看，见到我他似乎真的很开心。我决定碰碰运气。

他指了指一张铺着花边布的椅子，我坐了下来，非常不安。"喝点干邑？"他建议。

我迟疑了一下："好的，谢谢。"他按铃，刚才应门的那个女人端来了一个托盘——只有一个家政用人，这里过去有很多个的。诺伊霍夫马戏团也未能逃脱战争的影响。我接过女佣递过来的酒杯，假装抿了一口。我不想显得无礼，但我需要保持头脑清醒，搞明白我接下来该去哪儿。我在达姆施塔特再没有休息之所了。

"你刚从柏林过来？"他的语调很礼貌，含蓄地没有直接问我在这做什么。

"是。爸爸给我写信说他解散了马戏团。"诺伊霍夫先生皱起的眉毛问了他没开口问的问题：马戏团在几个月前就解散了，我为什么现在过来？"最近我和他们失联了，我的信没有得到回音，被退回去了。"我解释说，"你听说过他们的消息吗？"

"恐怕没有。"他答道，"他们只有几个人留了下来，所有的工人都走了。"因为为犹太人工作是不合法的。我父亲待他的演员和那些体力工人如同家人，在他们生病时送上关心，邀请他们来参加家里的庆祝活动，比方说我哥哥们的成人礼。他在镇上也非常慷慨，为医院做慈善义演，捐钱给政客们讨他们的欢心。那么努力地想融入他们、成为他们的成员，我们几乎都忘了我们并不是他们。

诺伊霍夫先生继续说道："知道吗，后来我去找过他们，但那房子已经人去楼空。他们都走了，不过，到底是自己走的，还是发生了什么事，我说不好。"他走到角落的红木桌子前，打开一个抽屉。"我拿到了这个。"他拿出一个吉都什酒杯。一看到上面熟悉的希伯来字母，我就站了起来，努力克制着自己要哭出声的冲动。"这是你们的，是不是？"

我点了点头，从他手里接过它。他怎么拿到的呢？房子里面还有一个大烛台以及其他一些东西，德国人肯定把那些都拿走了。我用手指抚摸着杯子的边缘。在巡回演出的时候，我们一家会聚在我们的车厢里，点燃蜡烛，共享一些路上能够找到的酒和面包，享受只属于我们自己家人的几分钟。我仿佛看到了我们肩膀挤着肩膀，围坐在小桌子周围，哥哥们的脸孔被蜡烛的光芒照亮。我们并没有那么虔诚——我们必须在星期六演出，在路上也没有办法坚持严守教规，但我们认真地坚持着一些细节，每个星期都有一个小仪式。不论和埃里克在一起有多么开心，我总有一部分心思会从欢声笑语的柏林咖啡馆飘走，飘回到安静的安息日仪式。

我又坐了下去。"我压根不该离开的。"

"那样德国人依然会让你爸爸停业的。"他指出。但如果我留在这里，德国人可能不会强迫我的家人离开家，或是拘捕他们，或是做任何令他们不再留在这里的事情。我一直都把我与埃里克的关系当作一面盾牌，只是最后它被证明毫无价值。

诺伊霍夫先生咳嗽了一下，然后又咳嗽了一下，他的脸涨红了。我猜他是否病了。

"很抱歉我不能帮上更多的忙。"他缓过来后说，"你现在要回柏林吗？"

我尴尬地挪动了一下身子："可能不会。"

埃里克意外地连续三天早早下班回家。我投入到他的怀里。"真高兴见到你。"我叫道，"晚饭还没做好，不过我们可以先喝点东西。"他把那么多晚上都花在了官方晚宴或是埋头在他书房里处理文件，我们上一次共度安静的夜晚，已经是不知道多久之前了。

他没有用他的胳膊抱住我，而是依然僵着身子。"英格丽德，"他叫了我的全名，没有叫他给我起的昵称，"我们需要离婚。"

"离婚？"我不肯定自己过去是否说出过这个词。离婚是发生在电影里、书里面的有钱人身上的事情。我不认识任何离过婚的人——在我的世界中，你和一个人结婚，便会从一而终，直到死去。"你有了别的女人？"我声音粗哑，几乎说不出这些字。当然没有。我们之间的感情始终牢不可破——直到此刻。

听到那个说法，意外和痛苦浮现在他的脸上。"没！"仅仅这一个字，我就清楚了他的爱有多深，这件可怕的事情对他的伤害有多深。所以，他为什么要这么说？"帝国要求所有有犹太妻子的官员都要离婚。"他解释说。我真想知道，那到底可能有多少对夫妻要离婚？他拿出一些文件，用他柔软但强壮的双手递向我。纸上隐约带着他的古龙水的气息，上面甚至没有需要我签字的地方，我同意与否，无关紧要——已是既成事实了。"这是元首的命令。"他补充道。他的声音波澜不惊，仿佛是描述他的部门中日常发生的事情一般。"没有选择。"

"我们可以逃跑，"我强忍声音中的颤抖。"我半小时就能打包好。"我荒谬地拿起了桌子上的烤肉，仿佛那是我要打包的第一件东西，"拿那个棕色的行李箱。"埃里克一动不动，脚仿佛生了根。"怎么了？"

"我的工作。"他回答，"人们会知道我走了。"他不会跟我一起走。烤肉从我手中掉落，盘子摔得粉碎，温热的肉和肉汁的味道飘了上来，令人难受。对比洁白无瑕的桌子上的其他东西，这真是对我以为我们拥有的完美生活的绝妙讽刺。棕色的液体四散飞溅，溅在我的袜子上，弄脏了它们。

我挑衅地昂起下巴："那我要公寓。"

但是他摇了摇头，拿出钱包，把里面的东西都掏出来塞到我手里："你需要离开，现在。"去哪里？我的家人都不见了，而且我没有离开德国的证明文件。但我还是找出我的行李箱，呆呆地打包，就仿佛是要去度假。我真不知道要带些什么走。

两个小时后，我打包好行李，准备离开。埃里克身穿制服站在我面前，和我们相识那晚我透过灯光看到的在观众席中的男人是如此相像。我走向门口，他尴尬地等待着，仿佛是在送一个客人离开。

我在他面前站了好几秒钟，恳切地盯着他，希望他的眼睛能望向我的。"你怎么能这么做？"我问。他没有回答。这不该发生，我心底有个声音说。在其他情况下，我会拒绝离开。但这猝不及防，狂风毫无预兆地吹来，将我吹懵了。我就是太吃惊了，忘了反抗。"给，"我摘下了结婚戒指，递了过去，"这不是我的了。"

他低头看着戒指，整张脸似乎都垮了下来，仿佛才第一次意识到他刚做的事情会有什么结局。那一刻，我想知道他是不是会撕了那份宣布我们婚姻结束的文件，说我们共同面对未来，不管有多么艰难。他抹了抹自己的眼睛。

当他把手移开，那个"新埃里克"的冷酷重新出现了——最近几个月，一切似乎都变了，我就叫他"新埃里克"。他把戒指推开，戒指咔嗒一声落在地上。我赶忙捡起来，脸颊因为他曾经温柔如今粗暴的触碰而感到刺痛。"你留着。"他说，"如果你需要钱，可以卖了它。"仿佛一件将我们两个人联结在一起的东西对我的意义就如此微不足道。他匆匆逃出了公寓，没有回头看。在那一刻，我们共同度过的那些年似乎都土崩瓦解，消失不见。

当然，我对诺伊霍夫先生不够了解，没有跟他讲这些。"我永远离开柏林了。"我说，语气坚决，没有留下进一步讨论的空间。我用手指摸着结婚戒指。一离开柏林，我就将它又戴在了手上，以避免在旅行途中太引人注意。

"那你要去哪里？"诺伊霍夫先生说。我没有回答。"你该离开德国。"他温和地说。离开，这是再没有人讨论的事情，门已经关上了。几年之前，我就听妈妈这样提议过，那时一切都还没有变糟。那时，这个想法似乎很滑稽——我们是德国人，我们的马戏团已经存在好几百年了。事后来看，这似乎是唯一的选择，但我们都不够聪明，没有真这么做，因为没有人知道事情会糟糕到什么地步。而现在，机会不复存在。"或者，你可以加入我们。"诺伊霍夫先生补充道。

"加入你们？"我声音中的惊奇近乎无礼。

他点了点头。"加入我们的马戏团。自从安吉莉娜摔坏髋部之后，我就缺一个高空杂技演员。"我盯着他，难以置信。尽管临时工和演员可能在两家马戏团之间流动，但一个马戏团家族的成员为另一个马戏团工作，这样的事情闻所未闻——我丝毫想象不出来自己是诺伊霍夫马戏团的一分子，就仿佛豹子不会改变自己的花斑。不过他的这个提议很好——而且他提出来的方式，不像是他在向我施恩，而更像是我可以帮他填补空缺。

不过，我挺起了背。"我可能不行。"留在这里，意味着要依附于诺伊霍夫先生，依附于另一个男人。在经历过埃里克之后，我绝对不会再这么做了。

"实际上，你是给我帮个大忙。"他的声音非常真诚。我不仅是一个替补演员。嗯，有一个克勒姆特家族的人加入他的马戏团，会非常不同，至少对于记得我们家族繁盛时的演出的老人来说非常不同。以我的名字和我作为高空杂技演员的名声，我就是一件藏品，一件值得拥有的东西。

"我是犹太人。"我说。雇我工作是违法的，他为什么要冒这样的风险？

"我知道。"他的胡子忍俊不禁地颤了颤。"你是马戏人^①。"他平静地补充道。这比其他一切都重要。

我的疑惑依然徘徊不去："你家隔壁就住着党卫军，不是吗？这太危险了。"

他摆了摆手，仿佛这并不重要："我们给你改个名字。"但我的名字才是他需要的——我的名字是我对他最有价值的东西。"阿斯特丽德。"他宣布。

"阿斯特丽德。"我重复道，想试试合不合适。和英格丽德很像，但不一样。这名字听起来像是斯堪的纳维亚人的名字，有种暧昧的异域风情——非常适合马戏团。"阿斯特丽德·索雷尔。"

他的眉毛挑高了："那不是你丈夫的姓吗？"

我支吾了一下，很惊奇他知道。然后，我点了点头。埃里克夺走了一切，但没有夺走这个。他永远都不会知道。

"另外，我还可以依靠你很好的商业敏感，"他接着说，"现在只有我和埃米特了。"诺伊霍夫先生一直在面对着一个严酷的打击。在马戏界，大家族是定例，我们家有四个兄弟，一个比一个帅气，一个比一个有天赋。而诺伊霍夫先生的妻子在生埃米特的时候去世了，他一直没有再婚，只有一个没出息的继承人：既没

———————
① 原文为德语。

有表演天赋，也没有商业头脑。在巡回演出的路上，埃米特把时间都用来在经过的城市里面赌博，或是和舞女们眉目传情。一想到他父亲过世后这个马戏团的结局，我就不寒而栗。

"所以，你会留下来？"诺伊霍夫先生问。我思考着这个问题。我们两家并不是一直都和睦相处的，我今天到这里来就是一个改变。我们是竞争对手，而不是同盟——现在要变了。

我想说不，然后上火车离开，继续去寻找我的家人。我一直都依赖他人，已经受够了。但是诺伊霍夫先生的眼睛非常温和，他没有因降落在我们家族身上的不幸而幸灾乐祸，只是想帮忙。我仿佛已经听到了管弦乐队奏响的音乐，曾经被深埋心底、我几乎忘了的表演的渴望如今正从我心中猛地升起。这是第二次机会。

"那好吧。"我最后说。我不能拒绝他——而且我也无处可去。"咱们试试。也许在路上，我们能打听到我家人去了哪儿。"他抿紧嘴唇，不想给我虚假的希望。

"你可以留在这房子里。"他提议。他没有希望我像是普通演员一样去住女性宿舍。"有你做伴会很好。"

但我不能留在这里，我希望其他女孩能够接纳我，把我当成她们的一员。"非常感谢，但是我还是和其他人住在一起吧。"小时候，我一直都觉得和演员们一起待在山下的小屋中更加舒服。我一直都渴望能睡在女演员的住处，尽管有很多人，气味不好，还非常吵，但那有一种团结的感觉。

他点了点头，默认了我说的事情。"我们每周付你三十马克。"在我们马戏团，钱从不被讨论，薪水付得很公正，每年都会增加。他从桌子抽屉中抽出一张纸，在上面胡乱写了几笔。"你的合同。"

他解释道。我看着他，困惑不解。我们马戏团没有合同——人们达成口头协议，然后就会一起工作数十年。他继续说："上面只是说，如果你要在这一季结束之前离开，需要赔偿我们。"我产生了一种从没有过的从属于别人的感觉，我很讨厌这种感觉。

"来吧，我帮你安顿一下。"他领着我走出房子，向着山下小屋的方向而去。我的眼睛一直望着前方，没有回头看向我曾经的家的方向。走到一座老体育馆附近时，我的喉咙哽住了。我们家曾经在这里训练过。"现在他们不用这里了。"他解释道，声音中含着歉意。但是这里曾经是我们的。在那一刻，我有些后悔自己刚刚答应的交易。为另一个马戏团家族工作，感觉是一种背叛。

诺伊霍夫先生继续向前走，我停在了体育馆门前。"我应该练习。"我说。

"没必要今天就开始。你肯定想先安顿下来。"

"我应该练习。"我又说了一遍。如果我不现在开始，就永远都不会开始了。

他点点头："很好。我把你留在这里。"他走开后，我从山脚向上眺望，越过峡谷，看向我家的方向。我怎么能留在这里，留在和过去的阴影近得令人难以承受的地方？我都能看到哥哥们的脸孔。我要在他们无法表演的地方表演。

体育馆的门在我拉开时吱嘎响了一声。我放下旅行袋，扭动手指上的结婚戒指。训练厅里面零散分布着几个演员。有些脸似曾相识，但犹如隔世，而有些我从来都没见过。在训练厅后部钢琴旁边，有一个长着严峻的长脸的高个子男人。我们的视线相交，尽管我马戏团岁月的记忆中并没有他，但我们过去似乎是在别处见过。他回望了我好一会儿，最后看向了别处。

　　我吸了一下那熟悉的味道，包含了干草、粪便、烟草和香水的味道，和过去差别不大。浓重的松香味覆盖了我鼻孔内部，就仿佛我从来都没有离开过。

　　我摘下结婚戒指，把它放在口袋里，然后去换衣服开始训练。

3

诺　亚

当然，我并没有离开他。

我从那个孩子身边离开，想象我的生活会如同几分钟之前一样继续下去。牛奶车会开走，我会回去工作，假装什么都没有发生过。这时，我又停住了脚步。我不能对一个无助的婴儿置之不理，任他孤零零地死去——他肯定会死去，和在火车上没有什么区别。我飞快地奔向散发着酸味的牛奶罐，将孩子拉了出来。过了一会儿，引擎声咆哮，卡车摇晃着向前。我把孩子抱得更紧了一些，他偎依着我，仿佛原谅了我。他的温暖流淌到我的胳膊上，在那一瞬间，一切都非常好。

靠近火车的警察喊了些什么，我没有听清楚。又一个警察出现在火车站站台上，用皮带牵着一只狂吠的阿尔萨斯牧羊犬。我一慌，跳了起来，孩子几乎从我怀中掉出去。我紧紧抱住他，俯身绕过角落，两个警察跑着从我身边经过，跑向火车。那么多孩子，他们不可能注意到少了一个。但他们指着我刚才匆忙间忘了关上的火车车厢门，又指点着我在雪地上留下的泄露秘密的脚印。

我不顾一切地跑入车站里面，跑到我睡觉的小隔间。在隔间后部，有一道摇摇晃晃的梯子通向阁楼。我跑到梯子前，脚被地面上已经破烂的地毯给缠住了。我抖抖脚，甩掉那毯子，然后往上爬。我只能用一只手扶着梯子，爬第二个阶梯时我就摔了下来，几乎把怀里的孩子丢了出去。他的抽泣声一下变大了，很可能将我们暴露。

缓过来之后，我又往上爬。外面的动静越来越大，还传来了一声尖锐的犬吠。我爬到阁楼上，那里屋顶很低，散发着死老鼠的气息和霉味。我匆匆从空纸箱子中间挤过去，跑向一扇单独的窗户。撬窗户的时候，我的指甲裂了，然而这扇窗太小了，我的肩膀没有办法挤过去。

我听到警卫的声音，他们现在已经到了车站里面。我飞快地把孩子推到窗户外面，放在车站站台上方覆盖着白雪的斜屋顶上。我把他放牢靠，祈求他不会滚落下去，或是因为刺入皮肤的冰冷哭出声来。

我关上窗户，匆匆地跑下阁楼楼梯，抓起我的扫把。走出隔间时，我几乎撞到了一个警卫。

"晚上好……①"我结结巴巴地说，强迫自己去看着他的眼睛。他没有回答我，只是用犀利的目光盯着我。

"对不起，抱歉。②"我一边道歉，一边绕过警卫，我能感觉

---

① 原文为德语。
② 同上。

到他的视线落在我身上，时刻准备着听到他让我站住的命令。我溜出去，假装在打扫站台上面落了煤渣的雪，直到我肯定那个警卫不再看我了。然后，我绕过车站的侧面，贴着房子站在阴影中。我抬头望向矮矮的屋顶，想找个落脚的地方爬上去，然而一直都没有找到。于是我便顺着排水管向上爬，冰冷的感觉透过我破旧的紧身裤向我身体里渗透。快爬到顶端了，我的胳膊开始火辣辣地疼。我探手上去摸索，心里祈祷孩子还在那里。但是我的手指只抓住一片虚空。

我的心沉了下去。德国人找到那孩子了吗？我又伸长了胳膊，努力伸得远些，然后摸到了一小片布。我拉住布，想把孩子拉得离我近些，但是他从我手指间翻滚了过来。我不顾一切地去抓他，在他落下去之前抓住了尿布的边缘。

我把他拉到身边，又慌忙地向下爬。一手抱着孩子，一手抓着排水管，我差点摔了下去。最后，我终于触到了地面，把孩子安全地裹在了我的外套里面。这时，德国人正从角落处拐过来，他们的声音越来越近，包含着冲冲怒气。我不敢再做片刻停留，立刻开始逃跑，脚印破坏了平静的雪地。

我逃出火车站已经好几个小时了。我不知道到底有多久，只知道现在已经是深夜，雪又下了起来，天空灰蒙蒙，或者应该是灰的，如果我能抬头看看的话。暴风雪越来越大，尖锐的冰碴切向我的眼睛，强迫我把下巴缩得更低。我一直在朝着远离群山的方向，往树林的隐蔽处前行，但从远处看起来平坦的地面实际上却起伏不平。我的腿扭伤了，然后，我选了一条相对平缓的路，距离森林的边缘非常接近。我紧张地望向那条与树林平行的窄路。

真是谢天谢地，到现在为止，这里都荒无人烟。

走在无边无际的白色雪毯中，我想象着我家那个小小的农场，靠近荷兰海岸，空气中弥漫着北海上飘来的浓重的盐味儿和刺骨的寒冷，那里只有我和父母住在一起。尽管我们躲过了把鹿特丹炸得稀烂的空袭，德军还是狠狠地占领了我们。德国人集中力量防御海岸城镇，在沙滩上布满地雷，使我们都无法再在沙滩上走，而且让四处都驻满了士兵——我就是因此遇到了我孩子的父亲。

他没有强迫我。如果有的话，或者如果我假装有，父母也许会对我宽容一些。他在我们家的农场住了两周。那段日子，他甚至都没有试一试，但从隔着餐桌的长时间凝视，我就能看出来他想要。他个子高高的，肩膀很宽，在我们紧凑的小屋中显得特别庞大，就仿佛一件不适合这间屋子的家具。他搬去新住处后，我们都长出一口气。但是他又回来了，带了六个鸡蛋送给我们表示感谢，似乎我们自战前起就再没见过鸡蛋。然后他又送了巧克力过来。我当时很无聊——我十二岁那年，战争爆发了，夺走了舞会和我认为少女该享有的所有正常的事情。和那个士兵的第一次似乎是我主动的。他也不过是个男孩而已。

所以，当他在夜里来找我，从后门溜进来，溜到我冷冰冰的小床上，我感觉自己被选中了，因为他的触碰而兴奋不止——他比我在学校认识的那些笨拙男孩要坚定很多。我没有看他的制服，那上面有和押送施特菲·克莱因的党卫军穿的制服相同的徽章。他就是一个被征召入伍的士兵而已，不是他们当中的一个。我对第一晚的记忆非常模糊，仿佛是一场记不太清楚的春梦，只是疼痛令我掩住了自己的嘴，以防父母听到我的叫声。那很快就结束了，给我留下一种没有完全满足的渴望和想要更多的感觉。

然后，他走了。那个德国人没有再回来过，两天后，我得知他所属的小队已经转移。就在那时，我意识到我犯了一个错误。只是直到大约一个月后，我才知道自己的错误有多么严重。

结局毫无预兆地到来那天是一个暖得不同寻常的春日。上午的太阳晒着我们在斯海弗宁恩海滨的村庄，海鸥在小港上方徘徊着呼朋引伴。我躺在床上，有一阵子，几乎都忘了战争的存在。

这时，我卧室的门被猛地甩开，得知真相的父亲怒气冲冲，目眦尽裂："出去！"

我难以置信地盯着他。他怎么可能知道呢？我谁也没告诉。我并没想过能永远守住秘密，但是肯定还能再瞒一个月，这段时间足够我想清楚该做什么了。几天前，妈妈在我换衣服时进了我的房间，她肯定看到我腹部的微微隆起了。算一算德国人住在我们这里的时间，一切都不难想明白。

爸爸是一个骄傲而坚决的荷兰人，有一条一战时留下的跛腿证明这一点。我和一个德国人的风流韵事，是最大的背叛。不过，他肯定没有想到我——他十六岁的独生女儿——会离开家门。但那个曾经给我绑过靴带、将我扛在肩头的男人，此刻正无情地拉着门，让我最后一次走过门口。

我做好了他将我揍上一顿或是再狠狠地训我一通的准备，但他只是指着大门："滚！"他的眼睛没有望向我的。

"不要。"我走的时候妈妈哭喊道，不过她的声音中没有力量。她追在我身后，我的心提了起来。也许，这会是仅有的一次，她会和爸爸对着干来保护我。然而，她把自己藏的私房钱塞到了我手里。我等着她拥抱我。

她没有。

远处响起一声悠长低沉的汽笛声。我躲到一棵树后，一列火车从我们来的方向开来，在雪白的地上蜿蜒着碾出一条路来。尽管我不肯定，但从远处看来，其中一节车厢就是我拖出孩子的那一节。车开向东方，和其他运犹太人的火车一样。孩子们都被带走了，就像我自己的孩子一样，只是那些孩子是被从爱他们、想要他们、父母双全的家中带走的。我忍住哭声，从树林中走出来，想追上火车，把其他的孩子也救下来，就像救下我怀里这个一样。我怀中的孩子散发着温暖，沉甸甸的，这是我救下来的唯一一个生命。

救下来——至少现在救下来了。逐渐远去的火车的前方，东方的天空开始慢慢变亮，变成灰白色。天很快就要亮了，我们还离车站非常近，警察随时都可能找来。大雪纷飞，渗透我薄薄的外套，触及外套下面的孩子。我们必须继续走。我向森林深处走去，走出人们的视野。空气静谧，是唯有大雪才能带来的安静。我的脚如同冰砖一样，双腿虚弱无力。在火车站的这几个月，我一直都吃得很少，因而身体虚弱不堪，嘴里又渴得发干。树林那边什么也没有，只有一望无际的白色。我试着回忆几个月前去孤女院的路程，想判断距离下一个村庄还有多远。但是即便我们走到了那里，也没有人会冒着生命危险收留庇护我们。

我把孩子换到另一侧，拂去他前额上的雪。他有多久没吃东西了？自从离开车站，他就没有动过，也没有哭过，我想知道他是不是还在呼吸。我匆匆地拨开树枝，躲入一丛浓密的树丛中，把包裹孩子的衣服解开一些，让他紧贴在我身体上以便保暖。他的眼睛闭着，他在睡觉——至少我是这么期待的。他的嘴唇因为缺水干裂而流出了血，但是他的脸颊一起一伏，呼吸平稳。他光着的双脚就像是小冰砖。

我绝望地张望着，心里想起了火车上的其他孩子，他们基本上都已经死了。我应该拿一些他们的衣服来给这个孩子的。这个念头让我自己非常反感。我解开外套和衬衫的扣子，一阵猛烈的冰雪打在我的皮肤上，我难受得龇牙咧嘴。我把孩子贴在胸口，希望差不多四个月前我为了缓解痛苦挤出来的那种淡灰色液体能够再次从那小点点中出现。但是我笨手笨脚的——没有人教过我怎么喂奶，而这个孩子太虚弱了，根本不会自己吃。我的胸口充满渴望地刺痛，但什么都没有流出来。我的奶水没了，干涸了。生产之后，护士曾经告诉我，有些女人愿意花钱买我的奶水。我摇了摇头，不论我有多缺钱，也不愿意让人把我的奶水拿走。我的孩子被送走了，我不顾一切地希望能尽快让整件事情都结束。

我的孩子。我心中有一部分希望自己当初没有抱过我的孩子，那样我的胳膊就不会记得他的身体和头部的形状。也许那样，我的胳膊就不会一直作痛。我一度考虑过该怎么称呼他，但随着我脑中浮现一个又一个名字，一种剧痛贯穿我的身体，我便强压住思绪不再让自己想这回事。我好奇他被起了什么名字，期望他能够被送到那些会非常关爱他的人那里，他们会给他起一个很好很强的名字。

我把关于自己孩子的思绪放在一边，开始研究怀中的孩子。他的脸颊饱满，脸稍微有些方，下巴尖尖的，很好看。他的脸型很有特色，我认识一家人全家都有这样的脸型——但愿这家人还在原来所在的地方吧。

我身后远处的树的那边传来了一些动静。我转身看去，透过飘落的雪花眯着眼睛仔细看，但视线被我们过来的路上扭曲纠结的树枝和灌木阻挡。我的心跳加快，那声音可能是一辆车的引擎声。尽管我们现在很好地隐蔽在树林里，但是树林边缘处不远就有一条公路。如果警察追着我们来了，我留在雪地上的脚印很容易就会将他们引到这里来。我屏住呼吸，感觉自己就像是一只被追猎的动物，尽力听着寂静中的人声和其他声音。什么声音都没有——至少现在还没有。

我裹住外套，继续向前，穿过树林。我用一只胳膊笨拙地抱着孩子，用另一只手去清理挡在前面的一根低矮树枝。雪花被从树枝上震落下来，落入我外套的领子里，冰冷而潮湿。我脚上那双打着补丁的二手靴子已经整个湿透了，我的脚开始疼痛。

每走一步，孩子都沉重一分。我放慢脚步，喘着粗气，然后低头抓起一把雪，缓解嘴唇的干涩，寒冷透过手套上的破洞灼烧着我的皮肤。我站直身子，几乎失手把孩子掉了。他渴了吗？我拿不定主意给他一点雪是有好处还是会使事情更糟。我伸开胳膊举着他，突然觉得万分无助。有很多事情我都不知道。除了刚生产完那稍纵即逝的几秒钟，我从来都没有抱过孩子，更别说照顾孩子了。我想把他放下，空着手我也许可以走到下一个村子。反正他也该死在那列火车车厢里的。现在这样难道更坏吗？

孩子突然举起他的手抓住我的手指。他的手只有胡桃大小，却握得紧紧的。当他看向上方，看到一张陌生的脸，一张他从出生后就从没有见过的脸，心里会怎么想呢？他和我自己的孩子差不多大。我想象有一个母亲，她的伤疤还像我的一样作痛。看着这个孩子，我的心房裂开了一条缝。他曾经有一个名字，可是，一个这么小的孩子怎么可能知道他自己的名字，怎么能抱希望找到他的父母？我希望他能继续呼吸，继续活着，直到我们找到栖身之所。

我轻轻地捧着他的头，然后又将他的头盖住。我加倍努力，继续向前，但风越来越猛了，吹得被雪覆盖的树枝如鞭子一样抽向我，令我更难呼吸。停下来第二次就是个错误。好几公里之内，除了火车站，没有其他的避难之处。如果留在这里，我们就会死掉，就如同孩子在火车上必死无疑一样。

"我做不到！"我大声喊，绝望之中忘了自己不能被别人听到。

风大声呼啸着，回应着我。

我又努力向前。我的脚趾已经麻木，双腿像灌了铅一样沉。每走一步，风都更猛一分。雪现在变成了冻雨，在我们身上落了一层。我们周围的世界已经变成了诡异的灰色。孩子的眼睛闭上了，他已经向既定的命运屈服。我向前迈出一步，脚步踉跄了一下，但又站稳身子。

"对不起。"我说，我再也抱不住他了。我向前摔倒，世界变成一片黑暗。

4

阿斯特丽德

门把手转动的声音，然后有双手推在硬木上。起初，它们似乎是梦的一部分，我看不太清楚。

不过，声音又传来了，这一次更大声了一些，接着是门打开的刮擦声。我猛地坐起。猛烈的恐惧贯穿我的身体。我回来后这十五个月中，检查会突然出现，有时候是盖世太保①，有时候是执行盖世太保命令的当地警察。他们还没有注意到我，也没有要求检查诺伊霍夫先生帮我搞来的证件，我真担心那张身份证不够好。在达姆施塔特，我身为马戏演员的知名度既是幸运，又是诅咒。它让我有了生存下去的手段，但也令我假身份的伪装非常脆弱，几乎难以维系。所以，当检查人员一来，我就躲到一辆盖着防水布的马车的底部，如果时间来不及，我就躲到树林里。但是，在这里，在彼得的小屋当中，只有一扇门，没有地下室，我无路可逃。

---

① 德语"国家秘密警察"（Geheime Staatspolizei）的简称，系纳粹德国的官方秘密警察组织，由党卫军控制。——编者注

一个深沉的男性声音从黑暗中传来。"是我。"彼得的手轻柔地抚着我的背。过去几个月的夜里,我经常感受着这双手的触碰,他将我从我不愿离开的过去的迷梦中唤醒。"在树林找到了个人。"

我翻了个身。"谁找到的,你吗?"我问。彼得入睡很难,于是在夜里去散步,他就像是一只不安的郊狼,潜行在乡村的荒野,即便是在严冬之时。我伸手抚摸他长着短胡碴的脸颊,担忧地发现他的黑眼圈更黑了。

"我顺着小溪往下游走。"他回答,"本来以为是只受伤的动物呢。"彼得的元音发得过于圆润,他的俄国口音丝毫没有因为时间而改变过,就仿佛他离开列宁格勒不过是几个星期前的事情,而不是几年前。

"所以,很自然,你走近去看。"我的声音中有责备。如果是我,那我就会走另一条路。

"是啊。"他扶着我站起来,"他们昏迷不醒,所以我把他们带回了这里。"他的呼吸中有酒味,他刚喝过酒没多久,味道还没有发酸。

"他们?"我重复道,这个词现在就是一个问题。

"有一个女人。"一想到他抱着另一个女人,一丝嫉妒就出现在我心底。"还有一个孩子。"他从口袋里面抽出一根手卷的香烟。

一个女人和一个孩子,在夜里,孤身出现在树林里。这非常奇怪,即便是对马戏团来说。奇怪的事情都不会带来什么好结果,陌生人也不会。

我匆匆穿上衣服,披上外套。在翻领下面,我能够感觉到曾经缝着黄色星星的地方破旧线头的粗糙轮廓。我跟随彼得出去,走入寒冷的黑暗中,把下巴缩得更低了些,以抵抗刺痛的寒风。

缓坡下的山谷中散落着六座小屋，这是给最资深、技艺最好的表演者的私人住宿区，彼得的小屋就是其中一座。尽管我的居所应该在宿舍区里，那边是一栋长排建筑，隔成了很多单间，大多数的女孩都住在里面，但是和彼得在一起很快就成了我的常态。我只需随便找点借口，在夜里溜出来，天亮前再溜回去。

回到达姆施塔特后，我原本想等诺伊霍夫先生找到一个可以接替我的高空杂技演员就离开，我也可以在这段时间内搞明白到底该去哪里。但因为签了合同，而且随着我开始准备加入马戏团第一年的巡回演出，我离去的想法便越来越弱。然后我遇到了彼得，他是在我不在的这几年加入诺伊霍夫马戏团的。他是一个小丑，不过不是那种马戏团外的人都不愿意与之打交道的滑稽小丑。他的表演很新颖很精致，融合了喜剧、讽刺文学和艺术性的冷嘲热讽，我过去从来都没有见过这样的表演。

我本没有想过再和其他人在一起，更别说坠入爱河了。彼得比我大十岁，和其他演员完全不同。他出身俄国贵族，他出生的时候俄国还有贵族；有人说他是尼古拉沙皇的侄子。在其他的生活环境中，我们本可能永远都不会相遇。不过，马戏团是个很大的均衡器，无论来自何种阶级、种族和背景，我们在这里完全一样，凭个人的本事说话。彼得参加过一战。他没有受过伤，至少没有留下什么直观的痕迹，但他身上有一种忧郁，这种忧郁表明他永远都不会从战争的伤害中复原。他的悲伤令我产生共鸣，我们彼此吸引。

我走向女子宿舍的方向。彼得摇了摇头，然后领我走向另一个方向。"在那上边。"香烟的火光在他吸气的时候如同火炬一样闪烁。

那两个人在诺伊霍夫先生的房子里——这非同寻常。"他们不能留下。"我轻声说，尽管周围并没有人偷听。

"当然不能，"彼得回答，"只是暂时收容一下，别让他们死在暴风雪里。"他的身影笼罩在我身上。彼得作为小丑的出色成就总显得非常不真实，这并不仅仅是因为他身上的忧郁。他告诉我，他第一次尝试加入一个马戏团时，他们拒绝了他，说他太高了，当不了小丑。所以，他就在基辅的一家剧院里面做学徒，塑造出一种适合他棱角分明的面孔和长腿形象的讽刺性风格，然后就在不同的马戏团之中流动，闯出了名声。彼得的小丑剧通常都是以幽默的形式表达对权威的不屑，现在非常有名，扬名四方。战争爆发后，他的表演变得更加犀利，毫不掩饰他对战争和法西斯主义的反感。随着他大胆的名声越来越大，他的观众也越来越多。

他打开诺伊霍夫先生房子的门。在我回来之后，我们来这里的次数屈指可数，有一次是来参加每年十二月诺伊霍夫先生给整个马戏团办的假日聚会。我们没有敲门，轻手轻脚地进门。诺伊霍夫先生站在楼梯顶端，示意我们跟上他。在一间客房里面，红木四柱床上睡着一个长着金色长发的女孩。她皮肤苍白，在深紫色床单的映衬下，几乎是半透明的。

在她旁边的矮桌上，一个婴儿躺在用大号编织篮临时充作的婴儿篮中。尼罗河上的摩西正用他黑色的眼睛饶有兴趣地看着我们。这个孩子应该不过几个月大，我猜，尽管我没有这方面的经验。他有着长长的眼睫毛、圆圆的脸颊，这段日子一切都匮乏，真的很少能见到这样圆润的脸。很漂亮——不过，这么大的孩子不都很漂亮吗？

诺伊霍夫先生冲着孩子点了点头："她晕过去之前说这是她弟弟。"

一个男孩。"他们是从哪里来的?"我问。诺伊霍夫先生只是耸了耸肩。

女孩睡得很沉,睡得"问心无愧",我妈妈可能会这么形容。她的金发浓密,编成了辫子,就仿佛安徒生童话中的小女孩。她可能是德国少女联盟①的女孩,她们总是手挽手在亚历山大广场昂首阔步,唱着歌颂祖国和屠杀犹太人的恶俗歌曲。彼得说她是个女人,但她绝不可能超过十七岁。和她一比,我觉得自己又老又疲惫。

女孩醒了过来。她的胳膊猛地伸直,摸索着寻找孩子。这个姿势我太了解了,我在自己的梦里多次有过这样的动作。她什么也没有摸到,她的手臂开始四处乱动。

看着她不顾一切的动作,一个想法出现在我的脑海:那绝不可能是她弟弟。

诺伊霍夫先生将孩子抱起,放在年轻女人的怀里,她立刻就平静了下来。"Waar ben ik?"她说的是荷兰话。她眨了眨眼睛,然后用德语把问题重复了一遍:"我在哪儿?"她的声音很细弱,透着犹豫。

"达姆施塔特。"诺伊霍夫先生回答。她脸上的表情表明她没听说过这个地方。她不是来自这片地区的。"你在诺伊霍夫马戏团。"

她眨了眨眼:"一个马戏团。"尽管对我们来说,这非常正常——在我生命中超过一半的时间里,马戏团就是我所知道的一

---

① 纳粹德国唯一合法的青年女性组织,系希特勒青年团的女性分支。该团体注重对成员的思想教育和体能训练,旨在培养信仰坚定的纳粹德国未来的妻子、母亲和主妇们。——编者注

切——但对她来说，这听起来肯定像是奇幻故事里面才会有的东西，像是一个畸形人展览。我身子绷紧，立刻又变回了昔日校园里那个低头凝视的充满防备之心的女孩。如果不行，我们就把她摔到雪地里去。

"你多大了，孩子？"诺伊霍夫先生柔声问。

"我下个月就十七岁了。我从家里跑出来了。"她主动说，她的德语现在流畅了很多，"我叫诺亚·韦尔，这是我弟弟。"她的话说得太快了，回答了没有人问过的问题。

"他叫什么名字？"我问。

她一阵迟疑。"西奥。我们从荷兰海岸来的。"她又顿了一下，"事情非常可怕。我爸爸喝醉酒就会打我们，妈妈生产的时候死了，所以我带上弟弟，我们离开了。"那她在这里做什么，在离家好几百英里的地方？现在这个时候，没有人会从荷兰逃到德国来。她的故事讲不通。我等待着诺伊霍夫先生问她是不是有身份证明。

女孩匆匆瞥了一眼孩子的脸："他还好吗？"

"是的，他好好吃了一顿，然后才睡着的。"诺伊霍夫先生的声音让人安心。

女孩的眉毛皱了皱："吃？"

"'喝'，我应该这么说。"诺伊霍夫先生纠正道，"我们的厨师用糖和蜂蜜做了一些婴儿食品。"如果女孩照顾过孩子，她肯定知道那是什么。

我退后一步，走到彼得身边，他一直都斜倚在门旁边的一张椅子里。"她在撒谎。"我低声说。这个愚蠢的女孩应该是自己怀孕了。不过，一般人不会说这样的事情。

彼得淡漠地耸了耸肩膀："她肯定有逃跑的理由。我们都有。"

"欢迎你留下来。"诺伊霍夫先生说。我目瞪口呆地盯着他，他到底在想什么呢？他接着说："你必须要干活，当然，等你身体康复了之后。"

"当然。"这个女孩可能就在期待着施舍的建议，听到这里，她坐起来，挺直背，"我能做清洁，也会做饭。"想着她在厨房做煎饼，削着几百个土豆的皮，她的天真就让我想笑。

诺伊霍夫先生摆了摆手："厨师和清洁工我们都有。不，你这个长相，做那些事情太浪费了。我希望你能表演。"彼得向我投来困惑的目光。新的演员是从整个欧洲甚至海外招募来的，每一个职位都充满竞争，很难得到，只可能提供给付出一生的时间去训练的人。一个人不会在大街上随随便便地发现天才——森林里也找不到。诺伊霍夫先生很了解这一点。他转身看向我："你需要一个高空杂技演员，是吧？"隔着他的肩膀，我看到女孩的眼睛睁大了。

我犹豫了。过去，一场演出也许有十多个高空杂技演员，他们平行地飞来飞去，翻着跟斗在半空中交错而过。但是我们现在只有三个人，自从回来之后，我大部分时间都不得不降格表演滑绳①和西班牙网②。"的确，但她从没表演过，我不能直接教她飞秋千。也许她可以骑马或是卖节目单。"有很多简单的工作她可以

---

① 一种高空马戏表演项目。表演者需在一条从天花板上垂下的粗棉绳上做出各种杂技姿势，且没有安全网或安全绳防护，仅靠自身的力量和技巧来防止坠落。——编者注

② 一种高空马戏表演项目，风格与滑绳类似，但由两名表演者配合完成。在表演中，攀网者爬上绳组装置，置网者单膝跪地旋转绳索，通过离心力使攀网者形成一个水平的姿势。——编者注

做。到底诺伊霍夫先生为什么会认为她能表演呢？通常，隔上一英里远我就能察觉出天赋来，但是现在我什么都没有看到。他想让丑小鸭变天鹅，这样的计划只会遭遇失败。

"我们上路巡回演出之前没时间去再找一个高空杂技演员了。"诺伊霍夫先生回答，"她长得很好看。我们去巡演之前还有差不多六个星期。"他说这些时，没有看我的眼睛。和我们其他人必须忍受的一生的训练相比，六个星期不过是眨眼即过的瞬间。他在叫我完成一件不可能完成的事情，而他自己也非常清楚这一点。

"她体形太粗大了，当不了高空杂技演员。"我说着，批判地审视着她的身体。即使在羽绒被下面，她的臀部和大腿部分依然显得很丰满。她虚弱无力，还透着一种天真，显然她从没经历过艰辛的工作。如果不是彼得发现了她，她活不过这个风雪交加的夜晚。她在这里也撑不过一个星期。

听到一声脚步声，我转身看去，诺伊霍夫先生的儿子埃米特正从门口向屋里看。看到我们在争执，他的嘴角翘了起来。他一直都是个古怪的孩子，喜欢玩些自私的恶作剧，总是惹麻烦。"不想被人比下去，是不是？"他嘲笑地看着我。

我没有理会他。我必须得承认，那女孩的确比我漂亮，我会用所有女人都会用的方式把她的容貌和我自己的比较。不过好的相貌不会将她带到这里。在马戏团里面，重要的是天赋和经验——而这两样，她都没有。

"她不能留在这里。"坐在椅子中的彼得说，他声音中的强势让我跳了起来。诺伊霍夫先生是一个和气的人，但这是他的马戏团，甚至是彼得这样的明星演员，也不敢公开反对他。"我是说，等她身体好了，她就必须得走。"他说明。

"去哪里？"诺伊霍夫先生问。

"我不知道。"彼得承认，"但她怎么能留下呢？一个女孩带着个孩子，人们会打听的。"他是在顾虑我，这两个人留下来会带来更多检查和危险。尽管我的身份和过去是马戏团中大家都心照不宣的事实，但我们能在外人面前维持伪装——至少一直到现在都可以。"我们不能冒险引来关注。"

"只要她的表演是我们表演的一部分，就不会有问题了。"诺伊霍夫先生反驳，"一直都有演员加入马戏团。"

过去是这样，我在心中纠正。过去那些年，不断有新演员加入马戏团——我们曾经有塞尔维亚的驯兽师、中国的杂耍艺人，但是这几年一切都变得贫乏了。这段日子，没有钱来支撑更多的节目了。

"另一个马戏团一个演员的表亲。"诺伊霍夫建议，他的主意已经定了。我们自己的演员会看出不同来，不过这故事应该能够打发临时工了。"如果她可以表演，那就没有人会注意到了。"他补充说。的确，观众不会注意，他们每年都忠诚地来看节目，却从来都不会看表演背后的人。

"非常感谢你们收留我。"女孩突然插话。她挣扎着从床上坐起来，没有放开孩子，但是用了这点力气似乎就令她透不过气来，她又斜靠了回去。"但我们不想成为负担。我们一休息过来，天气好了，就会上路离开。"我能看到她眼睛中的恐慌。他们无处可去。

为了表明与我无关，我转身看向诺伊霍夫先生："你看，她做不到。"

"我没有这么说。"女孩又挺直身子，昂起下巴，"我是个很认真的人，我敢肯定，有足够的训练，我就能做到。"突然之间，她似乎就渴望能够证明自己，而一分钟之前，她还根本都不想尝试一下。她身上有一种不服和反抗的精神，我知道自己也有。我真好奇她是否知道自己要加入的是什么事情。

"但我们不可能把她训练好。"我重复道，在心中斟酌着话语，准备如果这个理由没用的话，就再找个理由说服诺伊霍夫先生。

"你做得到的，阿斯特丽德。"诺伊霍夫先生的话语中有了一种新的坚持。他没有发号施令，而是希望我能同意。"你在这儿找到了庇护之所。你需要做这些。"他的目光灼烧着我的身体。所以，这就是我要还的债。整个马戏团冒了风险把我藏起来，而现在我要为这个陌生人做同样的事情。他脸上的表情柔和了一些。"两个无辜的人。如果我们不帮助他们，他们肯定会死。我不能让这样的事情发生在我身边。"他只要拒绝了这个女孩和那个孩子，那就可能拒绝我。

我和彼得交换了一下眼神，他张口想再反对，说我们在冒着损失一切的风险，但他又把嘴闭上了。他和我都清楚，继续争执没有什么好处。

"好吧。"我最后说，不过这是诺伊霍夫先生所能要求我做的极限了。"六个星期，"我说，"我会尽力在我们开始巡回之前让她准备好。但如果不行，那她就必须离开。"这是我与他对抗最严重的一次，有那么一瞬间，似乎我们又平等了，但那都是过去的日子了。我迎向他的目光，希望我自己不要眨眼。

"同意。"他让步了，这让我吃了一惊。

"我们明天早晨开始。"我强调。六个星期还是六年，这不重要——她依然没有办法做到。女孩牢牢地望着我，我等着她出言反对。不过她一言不发，只是她写满恐惧的眼睛中出现了一丝感激。

"但她差点就冻死了。"诺伊霍夫先生反驳，"她精疲力竭，需要时间恢复。"

"明天。"我坚持。她会失败，而我们就和她没关系了。

5

诺 亚

天还没亮，她就来找我了。

当时我已经醒了，穿着一件不属于我的睡衣。刚刚一刹那，我突然坐直身子，浑身颤抖。梦里，我又回到了火车站里的那列火车边，并不是为了救下更多的孩子，而是因为，莫名其妙地，我就认为我自己的孩子也在其中。但当我拉开车厢的门，里面是空的。我进入一片漆黑之中，胳膊抱紧，什么都没有抱到，我尖叫起来。

从梦中醒来，我希望自己没有大声叫出来，吵到这座陌生房子里的其他人。我又努力闭上眼睛。我必须回去，救下我自己的孩子。但是梦里的画面已经不见了。

颤抖平息之后，我探手去摸孩子，他在那些人放在我床边的婴儿篮中平静地睡着。我把他拉到我跟前，他的体温令人平静。我的目光慢慢适应了这个沉静的房间，屋里一部分被月光照亮，窗帘被编起来的绳子绑着拉开。一团不旺的火在角落中燃烧。屋里装潢之豪华是我从来都没有见过的。我回忆起昨天醒来时聚在床边的奇怪脸孔：圆脸的马戏团主人，那个嫌弃地看着我的女人，还有坐在椅子里观望的长脸男人，他们就仿佛我小时候妈妈给我讲的故事里面的人物的真实投影。这是个马戏团，他们说。真难相信在战争中竟然还有这样的世界存在。如果发现自己是在月亮上，我可能都不会这么惊奇。我只在三岁时去看过一次马戏，刺眼的灯光和喧嚣的噪音把我吓哭了，爸爸将我带出了帐篷。而现在我来到了这里。这很奇怪，但和发现一节装满婴儿的车厢相比，或是和我离开家后经历的一切相比，也不算奇怪。

我低头凝视着孩子，他刚刚洗过澡，安然地待在我怀里。西奥，他们问起时，我不假思索地这么称呼他。我不知道这个名字是怎么冒出来的。他睡在我的臂弯中，我稳稳地抱着他，尽量不打扰到他。他的脸很平静，脸颊现在是红红的。在被放到火车里面之前，他是在什么样的地方睡觉呢？我想象着一张温暖的婴儿床，有一双手轻拍着他的背哄他睡觉。我祈祷我的孩子也正安全地睡在某个地方。

昨天晚上，他们谈论我的时候就仿佛我不存在一样。"她有一整个马戏团照顾她，你们不这么想吗？"马戏团主人说。当时我闭着眼睛，他们以为我听不到。他们打量评估我，仿佛我是一匹他们要买下的马。我想要站起来，说"谢谢，但是不用了，谢谢"，然后抱起孩子走入夜色中，但猛烈的风依然在嘶吼，窗外的群山仿佛是一片平静的白色海洋。如果我带着西奥再上路，应该找不到另外的栖身之所了。所以，我就任他们谈论我。不过，这里不属于我们。我们在这里待上一段时间，攒些钱，然后就离开。至于我们到底要去哪里，我不知道。

"你一周有十马克薪水。"马戏团主人这么说过。这价钱听着很寒酸，但没有低到他是在占便宜的程度。我应该要求更多钱吗？可能对于没有表演经验的人来说，这是很丰厚的薪水。我对钱了解不多，几乎从来都没有和人讲过价钱。

马戏团的人在谈论完我的事情后离开了房间，我睡了过去，夜里醒了一次，在黑暗中摸索着去了厕所。远处几次传来了隆隆声，声音似乎在群山中回荡着。可能是空袭，就像我在火车站听过多次的那样。但这些声音离得不太近，没有引发警报。

没有人再来到这个房间——一直到现在。听到大厅里传来的脚步声，我就悄悄地从床上滑了下来，希望尽量不吵到西奥，我想在有人敲门之前把门打开。那个被他们称作阿斯特丽德的女人，那个昨晚鄙视地看着我的女人，现在站在我面前。天还半明半暗，她身后的月光给她镀上了一种奇怪的光辉。她乌黑的头发剪得很短，发梢有些卷曲，贴着她的脸。她没有戴什么首饰，只有一副镶着小颗红宝石的金耳环。她很漂亮，有一种异域风情，五官都很显眼，凑在一起又非常和谐。她没笑。

"你睡得够久了。"没有问好，没有自我介绍，她直接宣布道，"该起床开始工作了。"她扔给我一套紧身衣，脚趾处已经褪色，而且缝补过。"你需要穿这个。"我不知道我自己那些湿透的破烂衣服在哪里。我等着她离开好换衣服，不过她只是侧过身子。"我可没有一整天的时间浪费。我要训练你——或者说是试着训练你。我不认为你能做到，但如果你做到了，就可以和我们一起旅行。"

"训练做什么，到底？"我问，真希望自己昨天晚上在说我能做到之前能想起来问这个问题。

"学着飞秋千。"她回答。

　　昨天我听到了他们讨论这个。他们用的词是高空杂技，我现在想起来了。但当时我精疲力竭，一片迷茫，根本没有办法理解这个词到底是什么意思。现在，我才恍然大悟到这个提议的骇人之处：他们是希望我爬到屋顶上，冒着生命危险，像个猴子一样荡秋千。我不是这里的俘虏，我没有必要做这些。"很感谢你，但我基本上不认为……"我不想冒犯她，"我可能做不到。我可以做清洁，或是做饭。"我提议道，就如同昨晚说过的那样。

　　"诺伊霍夫先生是马戏团的主人，"她告知我，"他希望这样。"她的发音考究，听起来不是附近的人。"当然，如果你做不到……你有个有钱叔叔可以收留你吗？"尽管她的语调充满嘲讽，但她说到了点子上。我不能回车站，现在，我和孩子的失踪肯定都引起人注意了。如果我一个人的话，我可以继续逃跑，但严寒差一点就把我们杀死了，我们挺不过第二次。

　　我咬了咬嘴唇："我试试，两个星期。"两个星期，我应该能强壮一些，搞清楚西奥和我能够去哪里。我们当然不会留在马戏团。

　　"我们给你六个星期。"她耸了耸肩，似乎根本不在意，"走吧。"我没有脱掉睡袍，尽量不惹人注意地换上了紧身连衣裤。

　　"等等。"我迟疑一下，望着西奥。他还在床上睡着。

　　"你弟弟，"她格外强调了弟弟两个字，"西奥，是不是？"

　　"是。"

　　她犹豫了一下，看着我，然后她把孩子抱了起来。我克制住抗议的冲动，看到任何其他人抱着他都让我难以承受。她把孩子放入了那个临时婴儿篮里。"我会让女佣格蕾塔上来照顾他。"

　　"他有腹绞痛。"我说。

"格蕾塔自己养过八个孩子。她能应付。"

我依然犹豫。我担心的并不是对西奥的照顾问题，而是如果女佣给他换尿布，她就会发现他是个犹太人。这时，我看到了他干净的衣服，意识到一切都已经晚了。已经有人知道他身份的真相了。

我跟着阿斯特丽德走下楼梯，屋子里还黑着，空气中有一股霉腐味和烟气。我穿上放在前门口的依然潮湿的靴子，她把我的外套递给我，我注意到她自己没有穿外套。她的身形没有半点瑕疵，支撑着身体的腿精瘦却强壮，小腹平坦、毫无赘肉，就像我在生孩子前一样。她比我昨天以为的要矮。她的身体就像是一座花岗岩雕成的雕塑，线条优雅。

走到门外，我们一言不发地穿过户外的空地，脚步踏在冰上，吱嘎作响。空气干爽而温和，如果昨天是这样的天气，那我就可以在树林里走得更远一些，不会累倒。月光洒在地上，分外皎洁。夜空中挂满了星星，有一瞬间我觉得，每一颗星星都代表了火车上的一个孩子。如果西奥的父母还活着，无论他们在什么地方，肯定都想知道自己的孩子去了哪里。他们心里痛苦万分，心底不停地一声声呼唤。他们的心就如同我的心一样。我望着天空，沉默祈愿，希望他们能知道他们的儿子还活着。

阿斯特丽德打开一栋大型建筑的门。她扭动开关，头顶上的灯噼啪轻响着亮了起来。房子里面是一个破旧的训练馆，散发着甜美宜人的气息，老旧的翻滚垫堆在角落里面，已经破破烂烂。我想象中的马戏团世界艳光四射，璀璨耀眼，但这里肮脏陈旧，与我的想象相差十万八千里。

"脱掉外套。"她命令道，向我走近了一步。她赤裸着的手臂从我的手臂上蹭过。我自己苍白的皮肤上狼藉一片，有数以千计的痣和伤疤，而阿斯特丽德的却非常光滑，是毫无瑕疵的橄榄色画布，就如同无风的平静湖面。她拿出米黄色的布带，有条不紊地缓缓缠在我的手腕上，然后跪在地上，把白垩粉涂在我的腿上，非常仔细，不漏下一丁点。她的指甲打磨得非常好，但是她的手上却有皱纹，非常粗糙，没有办法像她的脸和身体那样隐藏年龄。她肯定快四十岁了。

最后，她把一种黏密的粉拍在我的手上。"松香。你必须时刻保持手掌干燥，否则就会滑下来。不要以为下面的网能救你。如果你摔得太狠，就会摔在地板上，或是飞出去。你必须落在网的中间，不能落在边上。"她一口气说出这些，声音中没有丝毫温度。反复练习能帮助我避免摔下去，否则就会要了我的命。我的头脑一片混乱：她真的认为我能做到吗？

她示意我跟着她走到一面墙边，那里竖着一架梯子，紧靠着墙，几乎直上直下。"当然，节目不得不简化一些，"她说，仿佛是在提醒我我永远都不会足够好，"要真正成为一个高空杂技演员，必须花一生的时间来训练。固然会有很多掩饰方法，让观众注意不到问题，但马戏团里没有魔术的空间。观众必须相信我们的所有技艺都是真本事。"

她爬上梯子，动作敏捷得像猫一样，然后期待地望着我所站的地方，不再移动。我估计了一下直通到高高屋顶的梯子的长度。顶端距离地面至少有四十英尺[①]，下面只有在距离硬地面差不多一米高的地方有一张破旧的网子，再无其他。我从没有害怕过高，

---

① 英制长度单位。1 英尺合 12 英寸，合 0.304 8 米。——编者注

但我也没有过爬高的机会，我们村里的房子都是平房，方圆几百里内没有一座山。我从来都没有想象过这样的事。

"肯定还有别的。"我说，一丝恳求的语气不知不觉出现在我的声音中。

"诺伊霍夫先生想让你学习高空表演。"她坚决地回答说，"高空秋千实际上比很多其他表演都要简单。"我真想不出任何比这难的表演。她接着说："我可以引导你，把你放在你需要待的位置。或者不这么做，"她平静地看着我，"也许我们应该去告诉诺伊霍夫先生，这根本行不通。"

然后让他将你扔到天寒地冻的世界。这似乎是她未说出口的结论。我不肯定那位面容和蔼的马戏团主人会真的这么做，但我并不想知道答案。更重要的是，我不想给阿斯特丽德一种她猜对一切的满足感。

我有些勉强地开始一级一级地往梯子上爬，努力让自己不颤抖。我双手紧握，心中猜测着固定梯子的栓子上一次是什么时候检查的，是否足够坚固，能否承受住我们两个人的重量。我们到达一个小小的臂架，那里的空间仅能容下两个人。我等着阿斯特丽德帮助我站上去，但她没有。我小心翼翼地把自己挤了上去，站得离她有些太近了。她将一个高空秋千的横杆从固定的地方放了下来。

阿斯特丽德从跳板上一跃而出，跳板一阵晃动，我惊慌得想随便抓住些东西以免摔下去。看着她在空中轻松地荡来荡去，绕着横梁翻跟斗，用一只手握着横杆转来转去，我真的惊叹万分。然后她就像一只下潜的海鸥一般打开了身体，头朝下地吊在横杆上。她又把身体调整过来，向回荡，朝着跳板而来，轻巧地落在我旁边那一丁点空地上。"就像这样。"她说，仿佛这非常简单一样。

我惊得说不出话来。她把秋千的横杆递给我。横杆很粗,我摸在手中,有种陌生的感觉。"这样。"她不耐烦地调整了我握杆的姿势。

我看看她,又看看我的手,然后又把视线投向她:"我可能不行。我还没准备好。"

"只要挂上去,荡出去。"她催促道。我一动不动地站着。我曾经几次感知到死亡——生产时生命似乎要从我的身体中冲出去的时候,看到火车上的孩子的时候,还有昨天带着西奥奋力穿过雪地的时候。但此刻,死亡前所未有地真实呈现在我面前,就在跳板和地面之间的深渊中。

难以置信地,妈妈的身影突然间出现在我的脑海中。离开家之后的这几个月,我一直都在压抑想家的念头,不去想放在床边壁橱里叠得整整齐齐的拼布被子,不去想火炉边我们惯常一起坐着读书的角落。我不允许自己去想这些事情,我知道,如果允许一点一滴记忆流出,我就会沉溺在无法抵挡的洪水中。但是此刻,对家的渴望淹没了我。我不想待在这个小小的跳板上,随时一跳便会跳入死亡。我想我妈妈,我想回家。

"还有其他的高空杂技演员吗?"我问,企图拖延些时间。

阿斯特丽德迟疑了一下。"还有两个,其中一个会在我们下一阶段来帮忙。但是他们主要表演吊架荡[①]或西班牙网,西班牙网我也要演。他们不和我们一起表演。"我非常吃惊。我觉得飞秋千应该是表演的重头戏,是任何一个高空杂技演员的目标。也许他们

――――――――――
① 一种高空马戏表演项目。在表演中,一名表演者将膝盖悬在矩形构架装置上,不断抛接另一名表演者。——编者注

是不想和我一起工作。

"来吧。"她在我问更多的问题之前说，"如果你还没准备好，你可以坐在秋千上，假装你是在游乐场。"她的语调透着故作的屈尊俯就。她拉过秋千横杆，将它拉得离我更近一些。"重心放在你臀部下方。"她说明。我坐上去，努力让自己舒服一些。"就那样。很好。"她放手了。我从跳板上荡了出去，双手紧紧抓着两侧的钢丝，它们都陷入了我的肉里。秋千有一种自然的摇晃，就像你把脚踏在船上感觉到的那样。"现在向后仰。"她肯定是在开玩笑，但她的声音非常严肃，脸上没有笑容。我向后仰得太快了，失去了平衡，差点从座位上滑下来。在我荡得接近跳板时，她伸出手抓住拴着横杆的绳子，把我拉回到跳板上，帮我从上面下来。

她坐到横梁上，荡了出去，然后离开秋千，开始向下坠，我简直喘不过气来了。但她用膝盖挂住了秋千，头朝下地荡了起来。她的黑发在身下四散飘开，倒着的眉毛拱向地面。她摆正身子，又爬回了跳板上。"挂膝悬垂。"她告诉我。

"你怎么来马戏团的?"我问。

"我出生在附近的一个马戏团家族，"她回答，"不是这个。"她把秋千横杆递给我。"该你了，这次来真的。"她把横杆放在我手里，调整我的握姿，"跳出去，用你的手臂荡起来。"

我站着一动不动，腿像是被锁在了原地。"当然，如果你做不到，我可以直接告诉诺伊霍夫先生你不干了。"她的嘲讽又出现了。

"不，不，"我迅速回答，"给我一秒钟。"

"这一次，你要用你的手臂荡出去。握住横梁压到这里，"她指了指我髋关节下方的一个点，"然后在你跳出去时举高过头顶，获得足够高度。"

　　要么现在，要么永远不行了。我深吸一口气，跳了出去。我的腿乱摆着，我就像一条挂在绳子上的鱼一样无助地被抛了出去，和阿斯特丽德的优美动作相差十万八千里。但我做到了。

　　"用你的腿把自己荡得高一些。"阿斯特丽德喊道，催着我向上，"这叫'踢飞'，就像你小时候荡秋千一样。"我蹬出我的腿。"膝盖并拢。"这动作有用，我想着。"不，不！"阿斯特丽德的声音变得更大了，她的不满回荡在练习厅中，"回来时身体保持一条直线。先摆到中间位置。抬头。"她的命令就像是连珠炮，没完没了，我努力地将它们迅速记在我的脑海中。"现在向后踢腿，这叫'扫荡'。"

　　我获得了一股动力，荡了回来，然后又荡出去，空气呼啸着从我耳边经过，阿斯特丽德的声音越来越远。我身下的地面滑来滑去，这感觉不赖。我练过好几年体操，现在那些肌肉又都鼓了起来。虽然做不到阿斯特丽德那些空翻转身，但我也算是做到了。

　　然后我的胳膊开始发疼，我握不住了。"救命！"我叫道。我刚刚没想怎么才能够回去。

　　"你得靠自己。"她回答道，"用你的腿使力，荡得再高一些。"这根本不可能。我的胳膊已经酸疼不已。我向前踢腿，想获得更多冲劲。这一次我靠近了跳板，但还不够近。我要掉下去了，摔伤，甚至摔死，但一切是为了什么？最后我又不顾一切地一踢，把自己荡得更高了一些。

　　在我靠近跳板时，阿斯特丽德抓住绳子，把我拉过去，帮我站直身子。

　　"差不多了。"我喘着粗气，双腿颤抖个不停。

"再来。"她冷冷地说。我难以置信地盯着她。刚才差点掉下去，我真不敢想再上去，尤其是几乎立刻就上去。但为了生计，为了西奥，我没有别的选择。我又一次抓住横杆。"等等。"她叫道。我充满希望地转过身。她改变主意了吗？

"那些。"她指着我的胸，我难为情地向下看。生产之后，我的胸部变得丰满了许多，尽管奶水已经没有了。"你在空中时，它们太大了。"她爬下梯子，过了一会儿拿了一卷厚绷带回来。"脱掉上衣。"她命令道。我向下看了看训练厅，确认屋里没有别的人。然后，我把连体衣向下拉，在她给我的胸部缠绷带的过程中努力不让自己脸红。绷带绑得很紧，我几乎透不过气来。她似乎没有注意到我的尴尬。"你这里很软。"她说着拍了拍我的腹部，这种亲密举止让我一惊，"训练会改变这些。"

其他的演员已经陆陆续续地来到了训练厅里，在对面的角落里开始拉伸和玩杂耍。"上一个女孩发生了什么事，那个在我之前和你一起荡秋千的女孩？"

"别问。"她稍向后退了退，审视她的成果，"为了表演，我们得找一件紧身胸衣。"所以，她终究觉得我是能做到的。我暗暗地长出一口气。

"再来。"我抓住横杆，又跳了出去，这一次少了几分迟疑。"舞蹈，用你的肌肉，向前，飞起来。"她不断推进，根本没有满足。我们整个上午都在练习同样的姿势：踢荡、中立、扫荡。我费力地绷紧脚趾，让我的身体就像她的一样。我努力模仿她的动作，不过我的一举一动都笨拙而生疏，和她的动作一比就是个笑话。但我想，我有所提高呢。不过，没有得到夸奖。我继续努力，更加地想取悦她。

"还不算糟。"阿斯特丽德最后总结道。她的声音听起来几乎透着失望,因为我还不是一个彻底的废物而失望。"你学过舞蹈?"

"体操。"实际上,不只是学过。我一个星期练习六天,如果可以,还会练得更多。我很有天赋,如果不是爸爸说这是一项没有意义的运动,我可能可以进国家队。尽管上一次训练已经是一年多之前的事情了,而且腹部因为生产还很弱,但我双臂和双腿上的肌肉依然强壮敏捷。

"这就像是体操一样,"阿斯特丽德说,"只是你的脚永远都不能落地。"她的脸上第一次浮现出一抹淡淡的微笑,但转瞬即逝。"再来。"

一个小时过去了,我们还在练习。"水。"我喘着粗气说。

阿斯特丽德吃惊地看着我,仿佛看着一只她忘了喂食的宠物:"我们可以休息一下,飞快地吃个午餐。然后,再开始练习。"

我们爬下梯子,阿斯特丽德从一个保温瓶中倒了一满杯温水给我,我咕嘟咕嘟地一口气喝了下去。她坐在一张毯子上,从一个小桶中拿出了面包和奶酪。"不能吃太多。"她提醒道,"我们只能休息一小会儿,你不会想发生痉挛。"

我咬了一口她递过来的面包,环顾着现在已经很热闹的训练厅。我的目光落在了门口处一个大约二十岁的大块头男人身上。我记得昨晚见过他。那时候,他就和现在一样,一副懒散的样子,旁观着。

"小心那一个,"阿斯特丽德低声说,"诺伊霍夫先生的儿子,埃米特。"我等着她详细说明,但她没有。埃米特和他父亲一样是大腹便便的体形,但这体形在他身上就显得很不好。他驼背,裤子在接近背带的地方开了一点缝。他的表情透着猥琐。

我有些不安，转脸看向阿斯特丽德："一直都这么难吗？我是说，训练。"

她大笑："难？现在是在冬季营地，这是休息。难的是在路上，一天有两场演出，有时候甚至有三场。"

"路上？"我勾勒出一条路，漫长而孤绝，就像我带着西奥从火车站逃出来的那个晚上走的那条路。

"我们在每年四月的第一个星期四离开冬季营地。"她解释说，"你的法语怎么样？"

"还算可以。"我在学校里面学过几年，能说得很流利，不过我一直都没有办法掌握那种口音。

"很好。我们会先去奥弗涅①地区一个叫梯也尔的小镇。"那里离这里有几百公里，我记得，学校教室里面的地图仿佛出现在眼前。那里在德占区之外。在去年之前，我从来都没有离开过荷兰。她接着又脱口而出了好几个马戏团会停下来表演的法国城镇。我的脑袋晕乎乎的。"这次不说那么多了。"她停住了话题，"我们过去会走得更远——北到哥本哈根，南到科莫湖②。但现在在打仗，不可能了。"

不过我没有失望——我几乎想象不出来比德国更远的地方。"我们会在巴黎表演吗？"

"我们？"她重复道。我意识到了自己的错误，但已经太晚了：阿斯特丽德把我算在马戏团的未来计划里面是一回事，而我自己这么做，就明显是逾越了。"你得先证明自己，才能加入我们。"

---

① 位于法国中部的一个大区。——编者注
② 位于意大利北部阿尔卑斯山区，系意大利第三大湖。——编者注

"我是说，马戏团会去巴黎吗?"我立刻纠正道。

她摇了摇头:"那里有太多法国马戏团的竞争者了，而且太贵了。不过我住在柏林的时候——"

"我以为你是在达姆施塔特长大的呢。"我打断她。

"我出生在这里自家的马戏团里，但我结婚的时候离开了一段时间。"她拨弄着左耳上的金耳坠，"在彼得之前。"她的声音变得软了。

"彼得……是昨晚和你在一起的那个男人?"昨晚那个坐在房间的角落里面抽烟的男人，沉默寡言，极端严肃，黑眼睛目光灼人。

"是。"她回答。她的眼中又流露出戒备来，就像是一扇门砰地关上了。"你不该问这么多问题。"她接着说，话语又变得生硬简明起来。

我只问了几件事而已，我想自我辩护，指明这一点。不过有时候，一个问题给人的感觉就会如同一千个——就像昨晚，诺伊霍夫先生问起我的过去时。不过，我还想了解阿斯特丽德更多，比方说，她的家人去了哪里，她为什么为诺伊霍夫先生的马戏团表演。

"彼得是个小丑。"阿斯特丽德说。我环顾训练厅，看着过来的不多几个演员，其中有一个杂耍艺人、一个耍猴子的，但我没看到他。我勾勒出他明显的哥萨克人①脸型、八字胡和松垮的脸。他不可能是其他角色，就是一个悲伤的小丑，和现在这些恐怖的日子多协调啊。

---

① 东欧斯拉夫游牧民族社群，主要生活在乌克兰东南部和俄罗斯南部。——编者注

就像听到了召唤一样，彼得在这时进了训练厅。他没有穿我想象中小丑会穿的服装，而是穿着宽松的裤子，戴着一顶宽檐帽。他的目光和阿斯特丽德的目光交会。尽管还有其他人在，但我突然间就觉得自己是他们两个人之间的闯入者。他没有过来，不过我能够在他审视她的脸时感受到他对她的爱意。他走到大厅另一边的钢琴旁，和坐在钢琴旁的人说了几句话，那人就开始演奏。

阿斯特丽德把脸转向我，表情又变得冷硬，一副公事公办的样子。"你弟弟，"她说，"和你一点都不像。"

我被这突然转换的话题搞得措手不及。"我妈妈，"我胡编乱造，"她皮肤很黑。"我不作声了，想要克制住提供太多信息的本能冲动。我准备迎击更多问题，但阿斯特丽德似乎满意了，不再问下去，而是继续默默地吃着东西。

在大厅的另一头，彼得正在彩排。他把腿绷直，踢着正步，夸张地模仿着德国士兵行军的样子。看着他，我变得紧张起来。我看向阿斯特丽德："他肯定不是计划要这么表演吧？"她没有回答，只是盯着他，她眯着的眼睛中透着恐惧。

诺伊霍夫先生走进来，他穿过大厅的速度比我想象中他能做到的要快很多，尤其是考虑到他的年纪和体重。他快速走向彼得，脸上怒气冲冲。他是透过窗户看到彼得的彩排了吗？还是有人告诉他了？音乐戛然而止。诺伊霍夫先生在和彼得说话。尽管他的声音很低，但他手上的动作很猛烈。彼得激烈地摇着头。阿斯特丽德看着他们两个，眉毛担忧地皱了起来。

过了一会儿，诺伊霍夫先生费力地向我们走来，他的脸涨得通红。"你必须跟他谈谈。"他斥责地对阿斯特丽德说，"他这个新节目在嘲讽德国人……"

阿斯特丽德悲哀地摊开手，掌心向上："我没有办法阻止他。他就是这样的一个艺术家。"

诺伊霍夫先生不打算就此放过这个问题："我们要低调，远离是非——这样我才能让马戏团运转下去——才能保护所有人。"保护所有人远离什么？我想问。但我不敢。"告诉他，阿斯特丽德，"诺伊霍夫先生用低沉的声音恳切要求，"他会听你的。告诉他——不然我不会让他登台。"

阿斯特丽德脸上浮现出惊恐的神色。"我会试试。"她承诺。

"他会吗？"在诺伊霍夫先生离开后，我情不自禁地问，"我是说，不让彼得登台。"

她摇了摇头。"彼得是马戏团最吸引人的一个，而且他的表演把所有节目串在一起，没有他，就不会有表演。"她补充说。但她依然不开心。她的手颤抖着把三明治放下，大部分都没有吃。"我们继续，练习下一项。"

我刚咬下一口，匆匆地吞下去："还有？"

"你觉得人们愿意花钱只是为了看你像个猴子一样吊在上面？"阿斯特丽德的笑声很刺耳，"你只是刚开始。只是简单地荡来荡去，这根本不够，任何人都能做到。我们需要在空中跳舞，做一些看上去不可能的事情。不用担心，我会给你编排好动作，你放开秋千飞出去，我会在适当的地方接应你。"

我刚吃下的面包卡在了我的喉咙里，我想起了她在空中翻来翻去的样子。"飞？"我挤出了疑问。

"所以，人们才管这叫飞秋千。你是飞的人，你松开手，飞向我，我是接的人。"她动身往训练场走。

但我留在原地，脚好像是生了根一样。"为什么必须是我做放手的那一个呢?"我大着胆子问。

"因为我永远不相信你能接到我。"她的声音冷冷的,"来吧。"

她走向屋子另一头的梯子,那个梯子和我们之前爬的那个相对,不过这边的秋千看起来要结实一些。我跟着她过去,但她摇了摇头,"你和格尔达去那一边。"阿斯特丽德指了指一个我没有看到是什么时候进来的高空杂技演员,她已经在爬我和阿斯特丽德之前爬的那个梯子了。我跟着她爬了上去。到了顶上,阿斯特丽德和我分别站在跳板上,遥遥相对,中间仿佛隔着一大片海洋。"就像刚才那样荡出来。我发令,你就放手,接下来的事情由我负责。"

"那格尔达呢?"我问,拖延着时间。

"她把秋千扔过来,你抓住然后回去。"阿斯特丽德回答。

我不敢置信地盯着她:"所以,我得放手两次。"

"除非你有翅膀,是的。你必须想办法回去。"阿斯特丽德抓住对面的秋千,一下跳了出去,然后翻了个身,用腿挂在秋千上。"该你了。"她催促道。

我跳出去,把脚趾踢得高高的。"再高点,再高点。"她要求道,她的胳膊伸向我,"我让你放手时,你必须高过我。"我脚上用力,把自己推得更高一些。

"好多了。听我指令,三,二,一——现在!"但我的手依然紧紧握着横杆。

"笨蛋!"她叫道,"马戏里的一切都取决于时机,绝不能错过分毫。你必须听我指挥,否则你会害得我们两个都死掉。"

我费力回到跳板上,顺着梯子下去,回到地面上和阿斯特丽德会合。"你在做体操时就会放手,肯定的。"她的声音听起来有很明显的挫败感。

"那不一样。"我回答。相差大约三十五英尺，我在心中补充。

她抱起胳膊："不放手就没有节目。"

"我绝对做不到。"我坚持。我们盯着彼此好几秒钟，都没有说话。

"你想离开，那就离开。没有人会期待更多。"她的话就像一个耳光抽向我。

"尤其是你。"我反唇相讥。她希望我失败，她不想我留在这里。

阿斯特丽德眨眨眼，她的表情混杂着愤怒与吃惊。"你怎么敢这么说？"她问。我担心自己太过分了。

"抱歉。"我迅速道歉。她的脸稍微柔和一些。"但这是真的，对不对？你不认为我能做到。"

"是，诺伊霍夫先生提出来时，我就认为你做不到。"她的语调很平淡，有种就事论事的感觉，"我现在还是这么认为。"

她探出手，抓住我的胳膊，我屏住呼吸，期待她能安慰我几句。但是，她扯下了我手腕上的带子。我尖叫一声，我的皮肤都在痛苦地嘶叫。我们固执地盯着对方，眼睛都一眨不眨。我还等着她告诉我，我必须离开这里。他们肯定会让我走。

"明天再来。"她发了慈悲，"我们明天试最后一次。"

"谢谢，"我说。"但阿斯特丽德……"我听起来是在恳求她，"肯定有别的什么事是我能做的。"

"明天。"她说完，转身就走。看着她走远，我的胃里像灌了铅一样。尽管很庆幸能有第二次机会，但我知道这毫无希望。明天，或是明年，我都绝对做不到放开手。

6

诺 亚

西奥躺在我胸前，这是他喜欢的睡姿，他温暖的胸口紧紧贴着我。"你应该让他躺好，"我们在这里两个多星期了，在我去练习时帮我照顾西奥的女佣格蕾塔不止一次地责怪过我，"如果他学不会自己安静下来，他永远都睡不好。"我不在乎。只要我不训练，就会把西奥抱在怀中。每晚睡觉时，我都和他贴得紧紧的。我能感觉到他的心跳，就像我儿时的一个娃娃活了过来一样。有时候我觉得，没有他，我仿佛就不能呼吸。

现在躺在安静的女子宿舍里面窄窄的床上，我看着他在我身上一起一伏。他醒过来，扬着头。他刚学会抬头没多久。只要我一进屋，西奥的视线就总是追随着我。他似乎在很认真地听着，像一个睿智的老灵魂，什么都不会遗漏。我们的视线交接，他笑了，一个心满意足的露出牙龈的大大笑容。有那么一瞬间，这个世界就只有我们两个人。我用胳膊紧紧地环绕住他。每个傍晚，阿斯特丽德会给我放一小会儿假，不用练习。在我进入宿舍之前，即将看到西奥的喜悦和期待就会在我心中油然而生。我有时候担心他可能只是我自己想象出来的，或是担心他因为我离开那么久而消失不见。当我抱起他，他融化在我怀抱中，我才有了回到家的感觉。尽管只有几个星期，但我觉得西奥一直以来都是我的。

我可以有两个男孩，我提醒自己——如果我找到自己的孩子。这样的事情可能吗？我想象着两个三四岁的男孩在一起的画面。他们会是年龄接近的兄弟，几乎是双胞胎。这是危险的想法，是我过去一直都不允许自己拥有的想法。

我把毯子拉得更紧一些。昨天晚上，我梦到了自己的家人。父亲出现在冬季营地的边缘，我跑过去拥抱他，恳求他带我回家。但我醒来后，只看到冷冷的晨光已经悄悄照了进来。回家是我被流放的这几个月中一直都坚持着的梦。到马戏团后，我想象着在这里待上几个星期，体力恢复过来，然后找一份普通的工作，赚到足够回荷兰的钱。不过，父母原来就不愿意接受我有一个自己的孩子，他们绝对不会欢迎我带着西奥回家。不，我不能回家。但无论如何，我都需要带西奥离开德国。我们不能留在这里。

金属的撞击声将我从思绪中唤醒。马戏团的声音每天早上很早就会传来：演员们去练习时的笑闹声，工人们检修马车和其他设备的声音，动物们抗议的叫声。曾经，如果曾想过的话，我可能会认为加入马戏团很好玩。但这是一个演出，在精心的编排之后，这会是辛苦的工作。即便是在冬季营地，马戏团的人应该休息的时候，他们依然在黎明之前醒来，帮着料理杂务，然后开始几个小时的训练，每天至少六个小时。

我不情愿地坐起来，把西奥放在婴儿篮中。我在脸盆边洗脸，他的目光一直跟着我。我铺着床，手拂过被子，感觉比别墅里面的上好亚麻粗糙很多。不过，这依然是我离开家之后用过的最好的。我来这里的第二天搬到了宿舍里面。这是一个长长的房间，屋子里摆了两排床，好像学校的宿舍一样。现在屋里几乎是空着的，大部分女孩都已经去练习或是料理杂务了。我迅速穿好衣服，带着西奥出门。我不想显得懒惰。我需要努力工作，赢得自己在这里的位置。

我带着西奥来到宿舍前面，这里有几个蹒跚学步的小孩儿在玩耍。我很不情愿地把他交给格雷塔，她把他拉过去，逗弄着他的下巴，引得他咯咯出声。嫉妒折磨着我，我克制住将他抢回来的冲动。我依然不喜欢和人分享他。

我不舍地离开，从宿舍去往训练厅。冬天已经开始远去。空气没有那么刺骨了，雪也开始融化，地上泥泞不堪，散发出泥煤苔的味道。寻觅种子做食物的鸟儿欢乐地唱着。如果天气好，到了晚上，天黑透之前，我就带着西奥在马戏团的场地里散步，经过训练厅，去关着老虎、狮子和其他动物的小动物园，眺望远处白雪覆盖的松树林，就仿佛出现在一本错误的故事书中的人物一般。马戏团里似乎有无边无际的地方可以去探索，从有一卡车一卡车的衣服要洗的工作区，到有几个小丑彩排的马戏巷，都很有趣。

我走到训练厅附近，停住了脚步，想压抑住心中的恐惧。尽管每天都和阿斯特丽德一起训练，我依然不敢松手飞出去。每天，我都等着她放弃，告诉我离开。但她只是说，明天再来。

她还没有把我踢出去，但她就是把我当个麻烦，很明显地表示更希望我不在，她只是在忍着，等我离开。我又一次困惑了，到底是什么令她厌恶我？是因为我是新来的而且缺少天赋？不过，她也不总是那么刻薄。我到这里几天之后，她给了我一个小箱子，里面装着叠好的几件衣服，是给我和西奥穿的。大家都送了我一些东西，捐出了褪色的婴儿帽和袜子、适合我穿的补过很多次的衬衫。我深受感动，不仅因为马戏团的人的慷慨——他们自己就没有多少多余的东西，而且也因为阿斯特丽德，她竟然会想到搜罗这些东西。可能，她终究是不想我们离开的。

不过，昨天在我来到训练厅的附近时，我听到她和诺伊霍夫先生低声交谈。"我尽力了。"阿斯特丽德说。

"你必须更尽力。"诺伊霍夫先生回答。

"如果她自己不愿意松开手，我没有办法让她准备好。"阿斯特丽德强调，"我们必须在上路巡演之前找到别人。"那时，我走开了，不想听他们讨论如果对我的安排没有用会发生什么。我自己原本说过，我会试两个星期。但现在，时间已经过去了，我发现自己想留更久，想继续尝试——并不仅是因为我们无处可去。

进入训练厅，我很吃惊地发现阿斯特丽德站在我通常站的那个高跳板上。我迟到了吗？我做好了被她狠狠骂一顿的准备。但是她抓住秋千横杆，跳了出去。

"跳！"格尔达从另一边的跳板上荡出去接住了她。看着阿斯特丽德和别人一起，我有一种奇怪的如鲠在喉的感觉，但我也看出来她自己有多么怀念做那个飞向空中的人。她肯定讨厌我抢了她的位置。

格尔达让阿斯特丽德飞回去，然后荡回自己的跳板。阿斯特丽德高飞着，她就如同一个在驯服野兽的骑手，随心所欲地操纵着秋千。她绕着脚踝旋转，绕着一个膝盖旋转，我一向紧紧抓在手里的横杆她几乎碰都不碰。格尔达看着阿斯特丽德，漠不关心，几乎带着厌恶。她和其他女人都不喜欢阿斯特丽德。在这里的这些天，我听到了不少闲话：她们讨厌阿斯特丽德，因为她回来后成了高空表演中最重要的人物，而她们做高空表演都好几年了；也因为她和彼得是一对儿，而彼得是战争中留下的少数令人称心如意的男人之一。这里的女孩和我老家的女孩都差不多，背着别人暗中中伤，说着流言蜚语。我们何苦为难彼此呢？我真想知道，世界对我们的质疑还不够吗？如果阿斯特丽德注意到了她们的冷漠，她也似乎并不在意。也许，她只是不需要其他人。她肯定也不需要我。

"她真了不起，是不是？"一个深沉的声音问。我没有听到彼得是何时走到了我背后。我们沉默地站着，看着阿斯特丽德越荡越高。他看着她，眼睛中跳荡着惊奇。阿斯特丽德飞到空中，空翻了一次、两次、三次，彼得稍微地屏住了呼吸。阿斯特丽德向上翻滚，无视重力。

然后，她快速向下掉。彼得向前迈了一步，又停下来，他并没有能力去帮助她。这时，格尔达荡出去，抓住她的一个脚踝，在她摔向地面之前接住了她。彼得飞快地长出一口气。"三周空翻，"他从惊恐中恢复了过来，"这世界上只有几个人能做到。"尽管他努力让声音显得波澜不惊，但他的眉头浮现出一抹淡淡的甜蜜，他的脸也因为如释重负放松了下来。

"她真厉害。"我回答，声音中满是钦佩。在那一刻，我不仅仅希望能像她一样——我真希望自己能成为她。

"但愿她自己能别那么冒险。"彼得说，声音低得我都不敢肯定我听到了。

阿斯特丽德落到跳板上，顺着梯子下来，走到我们身边。她的皮肤上有一层汗水，但她的脸闪闪发光。她和彼得凝望着彼此，他们的目光中有一种渴望——令我感觉自己在这个房间中非常尴尬——尽管他们分开不过几个小时，因为阿斯特丽德在女宿舍中的床整晚都是空的。

"准备好了吗?"她问道，似乎才想起来我在这里。她的视线并没有离开彼得。

我点点头，向梯子上爬去。下面有六七个演员在练习，有的在转铁环，有的在翻跟斗，有的在倒立行走。我和阿斯特丽德的日程每天都和第一天一样：从早上七点练习到晚上五点，中间短暂休息一下吃桶装的午餐。我觉得自己在进步。不过，尽管练习了那么多，我还是不敢松开手，真正地飞出去。这并不是因为我不够努力：我没完没了地荡来荡去，让手臂变得更加强壮；我倒吊着，直到脑袋充血，无法思考。但是我就是不能松手——而不能松手，就不算节目。阿斯特丽德反复说过一遍又一遍。

我们从已经练习过的动作开始，手握着荡出去，然后是挂膝悬垂和挂踝悬垂。"注意手臂，在背后时要伸直。"阿斯特丽德命令道，"这并不仅仅是表演。剧院都是平面的，就像是一幅画，观众只能看到前面。但在马戏团，观众是围着我们的，就像是看雕塑。要优雅，像芭蕾一样。别和空气为敌，试着和它们做朋友。"

我们整个早上的练习其实都是为了我害怕的那一个瞬间。"准备好了?"一次短暂休息之后，阿斯特丽德终于问道。我无法再逃避。我爬上梯子，格尔达跟在我身后，到跳板上在我旁边就位。

"你必须在秋千在最高点时放手，"阿斯特丽德从对面的平台叫道，"然后下落一秒后我就会接住你。"这听起来很顺，但我跳出去，就会如同过去每一次一样不敢放手。

"没用。"我大声说。我挂在横杆上无助地荡着，透过训练厅高处的一扇窗户，瞥到了远处的地平线。在山的那边，有一条路离开德国，那是一条通向安全和自由的路。真希望西奥和我能够从这里荡出去，一直飞走。这时一个想法从我脑袋中冒出来：跟着马戏团去法国。离德国远远的，西奥和我就会有机会逃到一个安全的地方。但如果我学不会松开手，这些事就永远都不会发生。

"你这就做完了？"我荡回跳板，阿斯特丽德问。她努力让声音平平淡淡，就仿佛她已经失望过太多次，不容许任何人再让自己失望。但我能听得出来，在她声音的深处，有一种隐约的失望在燃烧。至少，她心中某些部分认为我能做到——这让我的失败显得更加糟糕。

我又透过窗户向外望，带着西奥逃离的梦想似乎又一次从我手边溜走。马戏团就是我们离开德国的车票——或者说，只要我能做到，它就是。"不！"我脱口而出，"我想要再试一次。"

阿斯特丽德耸耸肩，她似乎已经将我放弃了一样："随便。"

我跳起来，阿斯特丽德从对面的平台上一跳，荡出去，用脚勾住秋千。"跳！"她叫道。第一次经过的时候我没有松手。

阿斯特丽德又荡得高了一些，第二次和我靠近。"跳啊！"她命令道。我想起了昨天阿斯特丽德和诺伊霍夫先生的交谈，我意识到时间所剩无几。

要么现在，要么永远都不可能。整个世界都在千钧一发之时。

我把视线锁在对面秋千上的阿斯特丽德身上，在那一刻，我对她的信任是百分百的。"现在！"她命令道。

　　我放开横杆。我闭着眼睛，冲入空中。我忘记了阿斯特丽德教给我的一切，只是死命地摆动着手臂和双脚，但这只让我掉落得更快了。我落向她的方向，但太低了，她没有接住我，我翻向前方。在我和地面之间什么都没有，我一点点下落，离地面越来越近。在那一刻，我看到了西奥，想着在我不在时到底是谁在照顾他。我张开嘴，但在我叫出声之前，阿斯特丽德的手牢牢地握在了我的脚踝上。她抓住了我。

　　但这一切还没有结束。我头朝下吊着，仿佛待宰的小牛犊一样无助。

　　"向上。"她命令道，听来仿佛这十分轻松一样，"我帮不了你。这部分你必须自己做。"我用尽全身的力气，抵抗着地球重力向上，完成了世界上最难的仰卧起坐，抓住了她。

　　"好，当我说'走'的时候，我会把你向后抛半圈，这样你会面对横杆。"她说明。

　　我呆住了。她不可能是真的期待我能再飞回去抓住秋千横杆吧，它似乎离我有好几里远，而且还在飞速移动。"我做不到。"

　　"你必须做到。走！"她把我丢向空中，横杆触到了我的手指。我紧紧抓住横杆，这个时候我意识到，我几乎什么都不需要做——她能把我放在合适的位置，就如同操纵一个牵线木偶。但这过程依然非常骇人。

　　我落在跳板上，脚还在抖个不停，格尔达扶我站稳，然后爬下了梯子。阿斯特丽德也已经从她那一侧下来了，等格尔达离开后，她爬上了我这边。"差不多了。"她走到我身边后，我开口说。我等着她因为我终于松开手而表扬我。

　　但她只是盯着我，我猜测她是不是在生气，会不会因为我的恐慌而责怪我。"你弟弟。"她说。她一直隐藏着的愤怒突然释放了出来，在眼睛中闪耀着。

突然的话题转换让我猝不及防。"我不懂……"自从我们训练的第一天之后，她就再没有提及西奥。为什么现在又问起了呢？

"实际上，我不相信你。"她咬着牙说，她的愤怒毫无掩饰，"我觉得你在说谎。西奥不是你弟弟。"

"他当然是。"我结结巴巴地说。是什么引她怀疑这点了？

"他和你一点都不像。我们给了你一个地方，你占了我们便宜，却对我们撒谎。"

"不是这样的。"我反驳道。

她有些不确定地继续说："我觉得你惹上麻烦了。他是你的私生子。"

我摇晃着后退一步，既因为这话猛烈的攻击，也因为她几乎就发现真相了："但你刚说他一点都不像我。"

"那么，是像父亲。"她坚持道。

"西奥不是我的孩子。"我一字一顿地缓缓说道。要否认他是我的孩子，真的太痛苦了。

她两手叉腰。"如果我不能相信你，该怎么和你一起工作？"她没有等我回答，"他不可能是你弟弟。"

然后她用力一推，将我从跳板上推了出去。

突然之间，我落入空中，没有任何束缚，没有秋千横杆可握。我张开嘴尖叫，却发现无法呼吸。这几乎就像是一个飞行的梦，只是我的路径是直接摔向下方。没有秋千，没有训练能够帮助我。我做好了准备去迎接撞击，以及随后不可避免的疼痛和黑暗。保护网肯定没有办法接住以这样的速度下落的人。

我落入网中，压得网猛地下沉，到距离地面只有几寸的地方，近得我能闻到地上垫的干草的味道，还有没完全清理干净的粪便的味道。然后我又向上飞去，再次到了空中，命悬一线地躲过了撞击。一直到我第三次落下来，网依然还在反弹，只是没有让我再飞出去，而是如同摇篮一样轻轻摇摆，我才感觉自己活下来了。

我一动不动地躺了几秒，数着呼吸，等着别的演员过来帮忙，但人都消失不见了。他们可能察觉到了甚至是看到了麻烦，都不想卷进来。现在，训练厅里面只剩下我和阿斯特丽德了。

我从网里爬起来，阿斯特丽德也从梯子上下来了，我向她走去。"你怎么能这样？"我问道。这次该轮到我生气了。"你差点杀了我。"我知道她不喜欢我，但真没想过她会想让我死。

她得意地笑了："即便是我也曾经害怕过。我不会责怪你放弃。"

我挑衅地耸起肩："我不会放弃。"发生了刚才的事情，我绝对不会让她满意。

诺伊霍夫先生急匆匆地进来，他在外面听到了我摔下去时的动静。"亲爱的，你还好吧？真可怕！"看到我还好，他后退一步，抱住胳膊。"怎么回事？我们承担不起这样的意外，或是可能随之发生的问题。你知道的。"他说，最后几个字是对阿斯特丽德说的。

我迟疑了。阿斯特丽德在一边不安地看着我。我能把她做过的可怕事情原原本本地告诉他，不过，没有什么可靠证据，他可能不会相信我，那样会有什么用呢？"我肯定是手滑了。"我撒谎。

诺伊霍夫先生咳嗽了一声，把手探入口袋，拿出一颗药。这是我第一次见他这样。"你病了吗?"阿斯特丽德问。

他摆了摆手,这个问题无关紧要。"你要更小心。"他劝告我,"这周训练时间加倍。在准备好之前不要冒险尝试任何东西。"然后他又对阿斯特丽德说,"在她准备好之前不要逼她。"

"好的,先生。"我们两个几乎异口同声。诺伊霍夫先生脚步沉重地离开了训练厅。

在那一刻,有种感觉在阿斯特丽德和我之间传递着。我没有出卖她。我等着阿斯特丽德说些什么。

但她只是走开了。

我追着她进了更衣室,我的怒气升了起来。她觉得她是谁,怎么可以这样对我?"你怎么能这样?"我问道,气得发疯,完全忘了礼貌。

"接着说,如果觉得糟糕就走。"她讥讽地说。我考虑过这个选择:也许我应该走。没有什么能留下我。我身体很好了,而且天气也暖和了,所以为什么不带着西奥,去最近的城镇找份正常的工作呢?即便我们两个一无所有,也比留在这个没有人想要我们的地方强。我做过一次,我能再做一次。

但是就这事情我不能罢休。"为什么?"我厉声问,"我对你做过什么?"

"没什么,"阿斯特丽德轻蔑地承认,"你必须看清楚下落是怎么回事。"

所以,她是故意的。她到底是在做什么?不是想杀了我,她知道保护网会接住我。不,她是想吓唬我,让我放弃。我又开始猜测为什么阿斯特丽德会这么讨厌我,难道仅仅是因为她认为我在秋千上的表现很糟糕,永远都没有办法掌握这个表演?我已经做到了她希望的，放手飞了出去。不，还有别的事情。我记得她刚刚指责我在西奥和过去的问题上撒谎时眼睛中燃烧的愤怒，她的声音又回响在我耳边："如果我不能相信你，该怎么和你一起工作？"如果我将过去的真相告诉她，她可能会接受我，但那也有可能是导致她希望我立刻永远离开的最后一根稻草。

我深深吸了一口气："你说得对，西奥……他不是我弟弟。"她的唇边浮现出一抹早就知道如此的微笑。"但不是你想的那样，"我立刻补充道，"他是犹太人。"

她的沾沾自喜不见了："你怎么弄到他的？"

我没有理由信任她。她讨厌我。但故事还是倾泻而出。"我在本斯海姆火车站工作，当清洁工。"我略过了我是怎么到车站的部分——关于我自己怀孕的那一部分，"有天晚上，来了一辆车。车里面装满了婴儿，他们是被从父母身边带走的。"我的声音变得沙哑，仿佛又看到了他们躺在车厢冷冷的地上，在生命最后的时刻无人照顾。"西奥是其中一个。"我接着说，解释我怎么带着他逃跑。

我讲完之后，她盯了我好几秒钟，一言不发。"所以，你告诉诺伊霍夫先生的故事是个谎言。"

"是的。你现在明白我为什么什么都不能说了。"我的整个身体垮了下去，依然不敢相信我刚刚和她分享了一部分故事。

"你知道吗，诺伊霍夫先生，和其他所有人相比，他会理解的。"她说。

"我知道，但一开始没有告诉他……我现在也不能。请别告诉他。"我听得到自己声音中的恳求。

"还有西奥，你就直接抢下了他？"她问。

"是的。"我屏住呼吸，等着她的反应。

"这很勇敢。"她最后说。这称赞非常勉强，几乎像是招供一样不情愿。

"我应该带更多孩子出来。"我说。每次一想到火车上的婴儿，我的悲伤就如同泉涌，似乎要冲出我的身体。"那里还有那么多孩子。"他们现在肯定都死了。

"不，带更多出来会引起注意，而且你可能就不会走出来这么远了。但是你为什么不带着这个孩子回家？"她问，"你家人肯定能理解你的所作所为，给你帮助。"

我想告诉她剩下的故事，解释我父母为什么会对我满腔怒气，但那些话卡在了我的喉咙里。"我之前说我爸爸很坏，那是真的。"我组织着语言，又一次讲起那个谎言，"所以我才离开家，所以起初我才在火车站。"

"你妈妈呢？"

"她不是很勇敢。"又一个半真半假的故事，"而且，我也不想给他们惹麻烦。"我补充道。阿斯特丽德平静地看着我，我等着她指出我把麻烦带给了她和马戏团的其他人。我已经跟她说了西奥的事情，希望她能更愿意接受我，但如果结果不是这样呢？

训练厅外面突然传来一阵声音，是一辆车刹车的尖锐响声，然后传来了不熟悉的男人的说话声。我看向阿斯特丽德："到底怎么了？"但她已经转身，飞快地冲出了更衣室的后门，那扇门直通外面。

在我来得及喊她之前，更衣室的前门被猛地推开了，两个穿着制服的人从训练厅闯了进来，彼得跟在他们身后。"长官，我跟你保证……"我呆在了原地，腿像石头一样。自从来到达姆施塔特，这是我第一次看到穿制服的人，而且，他们不是我在车站见过的警察，而是真正的纳粹党卫军。他们是为了我而来的吗？我一直都希望我和西奥的失踪已经被忘掉了，但是很难想象他们来马戏团还有别的事情。

"小姐①……"其中一个人年长些，帽子下面太阳穴上的头发已经灰白，他走上前。让他们只把我带走吧，我祈祷。谢天谢地，西奥没在这里，而是在对面的冬季营地里好好的，不过如果他们看到他……

我满心恐惧，扭头寻找阿斯特丽德，她会知道该怎么做。我准备去追她，但是在那两个人身后的彼得闪了一下眼睛，他是在试图给我一个信号，提醒我小心。

"我们收到报告，"第二个军官说，他年轻很多，差不多比第一个人年轻十岁的样子，站得靠后，令人不舒服地审视着狭小的更衣室，"说有一个犹太人在马戏团。"他接着说。恐惧就如一柄刀子扎入我的胃，刺穿我的身体。所以，他们终究知道了西奥的事情。

这两个人开始搜查更衣室，打开衣柜，查看桌子底下。他们真的认为我们会把孩子藏在那里吗？我准备着回答接下来肯定会被问的问题，但两个军官又很快地回到了训练厅。我倚在更衣室的桌子上，冷汗淋漓，浑身颤抖。我必须在他们找到西奥之前先找到他，然后逃跑。我向门口走去。

这时，我的脚底突然传来一声刮擦的动静。我低头看，看到了阿斯特丽德。不知怎么回事，她到了地板下面的缝隙里。她在

---

① 原文为德语。

下面做什么？我跪下去，一股下水道和粪便的味道袭来。"阿斯特丽德，我……"

"嘘！"她蜷缩得紧紧的，像一个球一样，在躲藏着。

"你在做什么……"我说了半截就停住了，因为那个年长的军官又走了进来。

我站直身子，扯了扯衬衫，然后站在了能看到阿斯特丽德的那条裂缝上。"抱歉！"我叫道，装得非常恭敬，"这是间女性更衣室，我需要换衣服。"

但那个军官一直盯着地板。他看到她了吗？他抬起手，看着我："身份证明？"

我一时语塞。那天晚上，我带着西奥从车站匆忙逃跑，没有带上身份证。诺伊霍夫先生会替我搞来身份证明，阿斯特丽德曾经保证过，在我们上路前，假如我能演出的话。不过，我现在还没有它。"我必须去取。"我不假思索地虚张声势。彼得的表情是赞许的：是的，引他们离开这里，拖延时间。我走出更衣室的门，走入训练厅。

"跟着她。"他命令在门口外面徘徊的年轻军官。

我的恐慌加剧了：如果这两个人跟着我，他们就会看到西奥，会询问。"真的没有必要，只要一小会儿。"

"好吧。"年长的军官说，"但你走之前，我有几个问题。"我一动不动，感觉如芒在背。他从口袋中拿出一根香烟点燃："那个高空秋千上的女人呢？"

"我就是在高空秋千上。"我努力控制自己，希望没有人能听到我声音中的颤抖。

"不是你。一个黑头发的女人，"他们肯定透过窗户看到了阿斯特丽德，"她去哪儿了？"

我张口之前，诺伊霍夫先生急匆匆地走了进来。"先生们！"他说，仿佛是在跟老朋友打招呼。这肯定不是他们第一次来这里了。"万岁，希特勒！ ①"他的敬礼像模像样，看得我心生畏惧。

但军官没有笑。"你好，弗里茨。②"他对诺伊霍夫先生的称呼非常亲密，声音中没有什么敬意，"我们在找一个据报告说是犹太人的演员，你这里有吗？"

"没有，当然没有。"诺伊霍夫先生大声咆哮，似乎都被这个说法气到了，"诺伊霍夫马戏团是德国的，犹太人已经被禁止表演了。"

"所以，你是说，这个马戏团里没有犹太人？我知道他们很擅长这些把戏。"

"我是德国人。"诺伊霍夫先生回答，仿佛这个答案就能代表一切，"这个马戏团是无犹太人③的。"清洗了犹太人。"你们知道的，先生们。"

"我不记得她。"那个军官侧头示意我的方向。我感觉天旋地转。他是认为我是犹太人吗？

"每年都有很多新演员。"诺伊霍夫先生轻松地说。我屏住了呼吸，等着那个军官进一步盘问。"诺亚是今年从荷兰过来加入我们的。她不是个出色的雅利安人吗？元首的理想。"我真的很钦佩诺伊霍夫先生论证的技巧，但也很讨厌他不得不这么做，"先生们

---

① 原文为德语。
② 同上。
③ 同上。

呀 ①，你们大老远过来，跟我去房子里面喝点干邑吧。"

"我们先做完检查。"军官说，丝毫不为所动。他又打开衣柜的门，向里探看。然后，他停住脚步，就站在阿斯特丽德躲藏的地方上面。我屏住呼吸，把指甲都掐到了肉里面。如果他向下看，肯定会看到她的。

"好啦，好啦，"诺伊霍夫先生安抚着他们，"这里没有什么可以搜的了。来喝点东西吧，你们会想早点走，在天黑前回到城里的。"

两个军官离开更衣室，诺伊霍夫先生和彼得跟在他们身后。

他们走了之后，我跌坐在椅子中，浑身颤抖。阿斯特丽德还躲在地板下面，悄无声息，不敢出来。

几分钟后，彼得回来了："他们走了。"我跟着他从更衣室后门出去。沿着训练厅的边缘，在一辆独轮车的后面，藏着这个世界上最狭窄的一扇地窖门。他拉开门，帮助阿斯特丽德从躲藏的地方出来。阿斯特丽德脸色苍白，脸上沾着点点干草和粪便。"你还好吧？"然后，我看到他抱着她，那是片刻的柔情。我应该让他们单独相处。但她从他的怀里挣脱。这样子让他靠近，她的骄傲无法容忍。

我跟着他们回到练习厅。我找了一块布，在水桶中浸湿。"谢谢。"我把布递给阿斯特丽德时她说。这是我从她口中听到的最和气的声音了。她的手颤抖着，用湿布抹去头发和脖子上的秽物。

我费力地搜索语言，想问出一堆问题："阿斯特丽德，你藏……"

① 原文为德语。

"伟大的波蒂尼的一个把戏。多年以前，他曾经和我的家人一起在意大利表演。"她笑了，"别问我是怎么做到的。一个好的魔术师不会说出自己的秘密。"

但我没有心情开玩笑。"唉，阿斯特丽德！"我的眼泪夺眶而出。尽管她讨厌我，我还是情不自禁地关心她。"他们差点就发现你了！"

"不过他们没有。"她回答，她的声音中流露出一丝心满意足。

"但他们为什么要抓你？"我追问，尽管我知道我此刻的问题太多了些，"你为什么要藏？"

"亲爱的……"彼得谨慎的声音插了进来。

"我能相信她。"阿斯特丽德说。我骄傲地挺直身子。"反正她早晚都会发现。"但她咬着嘴唇，审视着我，仿佛还在判断是否可以信任我，"听着，西奥不是马戏团里唯一的犹太人。我也是犹太人。"

我吃惊得说不出话来。我无法想象阿斯特丽德是犹太人，尽管她的黑头发和黑眼睛的确是犹太人的。

我长出一口气。那一刻，我真的感谢上帝，我没有把过去的事情都告诉她，特别是那个德国士兵的事情。当时有些东西拦住了我。而且这样真的是最好的，如果我跟她说了，她肯定会把我扔出去。

"我是我们家马戏团里五个孩子中最小的，"她补充说，"我们家的冬季营地就挨着诺伊霍夫先生的。"我记得当我们往返于女子宿舍和训练厅的路上时，阿斯特丽德的目光总是投向山那边那座黑暗的无人居住的房子。"我离开马戏团，嫁给了埃里克，生活在柏林，"我用余光瞥了瞥彼得，想知道他听到阿斯特丽德之前爱过别人，是不是难以接受，"他是帝国总部的一个高级军官。"一个犹太人，嫁给了一个高级纳粹军官，我试着想象对她来说那是什么样的生活。我和阿斯特丽德一起训练了几个星期，总感觉我好像非常了解她了，但现在，我面前的是一个多么截然不同的人啊。

她接着说："我回到达姆施塔特，我的家人已经失踪了。诺伊霍夫先生收留了我。我本名英格丽德，我改了名字，所以没有人知道。"很难想象任何人会抛弃她。父亲站在我的卧室门口命令我离开的画面又出现在我的脑海中。过去这几个月中，所有我一直努力想抛到一边的昔日的痛苦现在又如同泉涌，就像发生的那天一样，鲜活而可怕。

"你的家人呢？"我问，但很害怕听到答案。

"走了。"她的眼神暗淡，充满悲伤。

"你不知道。"彼得温和地说，他用胳膊搂住她。这一次，她没有转身走开，而是把头靠在他的肩膀上寻求安慰。

"我回来时是冬天，他们应该在这里的。"阿斯特丽德木然地说。她摇了摇头。"他们应该跑不出德国去。不，只有我了。不过，我依然能看到他们的脸。"她昂起下巴，"不要可怜我。"她说。我怎么可能可怜她？她那么坚强，那么美丽，那么勇敢。

"这经常发生吗？"我示意军官离开的方向。

"太多了。实际上还好，时不时地会有检查。有时候警察会过来确认我们遵守法规，大多数时候，是突击搜查，诺伊霍夫先生给他们点钱，把他们打发走。"

彼得严肃地摇了摇头："这次不一样。这次是党卫军——而且他们是在找你。"

她的脸也严肃起来："是的。"

"我们必须离开。"彼得说，他的脸冷冰冰的。尽管我之前见过他排练，但还是想象不出来这样一个忧郁深沉的男人能有小丑的轻浮。"离开德国。"他的话急促地冒出来，他的呼吸也很急促。他是在为阿斯特丽德考虑——她需要离开这个国家，立刻离开，就像我必须带着西奥去安全的地方一样。

"再过几个星期。"她说，想要安抚他。

"那时我们就在法国了。"我提醒道。

"你觉得法国要比这里好很多？"彼得问道。

"不会的，实际上，"阿斯特丽德解释说，她是在替我回答，"过去我们也许能在自由区找到些安全，但现在不行了。"在战争的最初几年，严格来说，维希①并没有被德国人占领。但最近两年，德国通过扶持傀儡政权，控制了整个法国。

"我需要去和诺伊霍夫先生谈一谈。"彼得说，"阿斯特丽德，你没事吧？"尽管他是在问阿斯特丽德，却看着我，仿佛是在要我照顾她。

我迟疑了。我不顾一切地想去看看西奥，确认德国人没有看到他，但我不能丢下阿斯特丽德一个人。"来吧，"我伸出手，催促道，"对今天练习的动作我有些疑问，而且我还脚踝酸疼，需要包扎。"我尽量让事情看起来是我需要她的帮助。

"好了。"彼得离开后，我便替她将沾满泥土的衣服脱了下来。我拿着衣服，找到一个水桶，蹲下身，把衣服漂洗干净，然后拧

---

① 法国中部阿列省下辖城镇，在 1940 年后成为被纳粹德国扶植的维希法国政权的实际首都。——编者注

干。我站起身时，阿斯特丽德正透过窗户盯着山谷。我猜，她要么是在想刚来的党卫军，要么是在想她的家人，也可能同时在想着这两件事。"你还好吧？"我问道。

"对不起，"她回答，"我对你做的事情是错的。"

我花了一阵子才意识到她说的是之前在跳板上推我的事情。刚才发生了那么多事情，我都几乎忘了这一茬了。"我现在明白了，你是不想让我害怕。"

她摇了摇头："只有傻瓜才不会害怕，我们需要靠恐惧保持清醒。我希望你能知道这个世界上最可怕的事情，这样你能做好准备，确保这样的事情不会发生。我爸爸也曾这么对我——当时我四岁。"我尝试着想象有人将一个刚蹒跚学步的孩子从一个四十英尺高的空中高台上推下去。在任何其他地方这都会是犯罪，但在这里，这是训练，可以接受。

"你有行李箱吗？"阿斯特丽德转换了话题。我摇摇头。离开本斯海姆时，我什么都没有带，现在也只有几件她替西奥和我筹集来的衣服而已。"好吧，我们必须给你搞一个……我是说，如果你留下的话？"她眼睛中流露着恐惧，还有一种从来都没有出现过的脆弱——也许是我过去从没留意到，"没有三个演员，我们没有办法表演飞秋千，而我必须表演。"德国人来了之后，情势似乎变了，她现在是在恳求我，需要我留下来表演，我从来都没有想过会有这种可能。我迟疑了，思考着我的回答。

那天深夜，我一直都醒着。阿斯特丽德没有去彼得的住处，这是我来到这里后的第一次，她在我旁边打着鼾。我想着她经历的一切。我们两个都被我们爱的人抛弃了，我被我父母，她被她丈夫，而我们两个也都失去了家人。也许，我们终究没有那么不同。

但阿斯特丽德是犹太人。我一阵战栗，感觉她要面对的危险比我面对的可怕多了，花上一千年的时间，我也绝对想象不出来。我探手摸到她的胳膊，仿佛是要检查确认她依然在这里，安全无忧。我觉得，得知她的真相，我不该这么吃惊。在战争岁月里，我们都有各自的过去，不是吗？即便是西奥这样的婴儿也有。每个人都需要隐藏真相，伪装自己，才能想方设法地活下去。

睡不着，我便轻轻地从西奥身下滑出，爬下床。我踮着脚尖从阿斯特丽德身边经过，走出宿舍，在冷冷的黑暗中穿过田野。我脚下的地面吱嘎作响，寒霜被我踏破。训练厅内的空气中弥漫着浓重的松香味道和干燥的甜气。我抬头望向秋千，但我不敢一个人练习。

然后，我走入更衣室，盯着阿斯特丽德躲藏的地方。她是什么感觉？我又从更衣室的后门走入冷冷的夜晚空气中。阿斯特丽德能那么迅速地藏身到如此狭小的地方，真的让我惊叹，我都打不开那扇门。我的心怦怦跳着。突然之间，仿佛是我在逃命，逃避德国人，差一点就被抓住。

门开了，我爬进去，然后我关上门，躺在黑暗中。那个地方很长，但很浅，大小仅够一个人平躺着，也许还能藏一个孩子。如果警察再来，我们能不能把西奥和阿斯特丽德一起藏在这里？他可能会哭出声。一个婴儿，尽管很小，也不容易藏起来。我吸了一口气，空气中满是腐败的东西的恶臭。

我的思绪又翻回到了阿斯特丽德让我留在马戏团时的情景。我没有立刻回答。知道了她的秘密，我的负担似乎更重了。我情不自禁地猜测，是不是只有西奥和我两个人会更安全一些。

　　然后，我看到了，看到了她眼中那祈求的神色，那种需要帮助但是不想求人帮忙的倔强。"我会留下。"我承诺道。我不能在这个时候抛弃她。

　　"好。"她回答，声音中流露出来的安心肯定比她希望的多。"我们比任何时候都需要你。"这些话语似乎在她喉咙里面卡了一下，"我们明天重新开始。"她转身离开。现在回想起来，我才意识到，她没有对我表示感谢。

　　不过，这不重要。阿斯特丽德需要我。此刻，躺在她在地下的这个避难所，为了救她，我愿意做任何事情。

7

阿斯特丽德

我们出了德国。终于出来了。

国境站的平顶屋渐渐消失在黑暗之中，我的整个身体也如释重负般萎靡了下来。我躺在彼得身边，他的双倍宽的铺位占了火车包厢的大部分空间。他轻轻打着鼾，在睡梦里喃喃说着什么。

党卫军军官出现在达姆施塔特的训练厅，询问马戏团里有没有一个犹太演员，这已经是一个多月前的事情了。在那之前，我们当然反复演练过，考虑过我必须躲起来的可能性，策划可能拖延和扰乱他们的方法，计算我从不同方位跑到地窖需要多少步，我需要多大力气才可以拉开那扇沉重的地窖门。我们甚至还想了一套暗语：如果诺伊霍夫先生或彼得或其他的人告诉我"去钓鱼"，那我就要往地窖跑；如果他们说"去露营"，我就要彻底离开营地。但党卫军来时，我们正好放松了警惕。在他们冲入训练厅之前，我勉强来得及跑出后门，不过这也还好——我永远都不会准备好去一动不动地躺在地下那个阴冷黑暗的地方。在地面下窒息而死和我在空中飞行时感受到的自由真是天差地别，那是死亡。

现在回想起那些，我便向彼得靠拢了一些，把自己沉浸在他的坚实和温暖之中。到底是谁告诉警察说马戏团里面有一个犹太人的呢？我们不巡演的时候，我基本上就没有出过冬季营地，但邮递员或其他的客人可能看到我并发现了问题。或者，可能是我们自己人？那天之后，我就用一种不同的眼光观察其他的演员和工人，想知道是谁会不愿意我在他周围。没有人可以信任，除了彼得，当然。还有诺亚。她像我一样有许多东西害怕失去——可能比我更多。

自那天之后，到我们开始巡演的这几个星期之中，党卫军都没有再来冬季营地，但我却始终都感觉岌岌可危。在我们出发之前，时间过得非常缓慢，每天都有被人探查到的危险。在那天之后，危险似乎变得无比真切，前所未有的真切。

埃里克莫名其妙地出现在我的思绪中。这位党卫队高级总队长①若是得知自己的妻子像是一只被猎杀的动物一样，藏在地下，躲避他的同事，会作何感想呢？此刻，他的脸比过去数月中更加清晰，我好奇他是怎么对我们的朋友和邻居解释我的离开的。"去探望一个生病的家人"，我仿佛听到了他用我曾经深爱的温和嗓音说出这个借口。也可能根本就不会有人问起。他还留在那个公寓里，呼吸着我的气息，使用着曾经属于我们两个人的东西吗？还是更糟糕，他让另外的女人住进了那里？他可能已经搬走了，埃里克不是一个留恋过去的人。

---

① 原文为德语。

我身边的彼得动了动，我有些愧疚地将关于埃里克的思绪抛到一边。彼得向我翻过身，透过我们睡衣上的布料，我能感觉到他对我的需要。他的手伸向我，摸索到我的睡裙的边缘，夜里经常会这样。不止一次，我醒来的时候发现他已经进入了我的身体，蓄势待发。如果是过去，我可能会介意，但现在，我很感激他这种毫无浪漫前戏的直接欲望。

我两腿分开跨到彼得身上，我的睡裙下面就是赤裸的身体。我把手掌按在他温热的胸口，吸入混着酒精、烟草和汗水气息的空气。我缓缓地随着火车的节奏摇晃身体。彼得探出手，捧着我的下巴，让我的视线与他的视线相接。通常，他会闭着眼睛，仿佛迷失到了另一个世界。但现在，他和过去截然不同，正目光深邃地盯着我，仿佛他正在努力解开一个谜团，打开一扇门。他眼睛中的热情令我体内的什么东西释放出来。在我体内，我们深深连接的地方越来越热，我动得也越来越快，想要的也越来越多。彼得的手放在我的臀部，引导着我。他的眼睛向后滚动。在我的激情以那种沉默而娴熟的方式到达顶峰的瞬间，我向前瘫了下去，咬住他的肩膀，挡住要出口的叫声，以防声音在火车车厢中回荡开来。

然后，我翻身躺在铺位上，和彼得并排躺着。他将手指缠在我的头发里，用俄语轻声喃喃自语。他紧紧地贴着我，吻我的前额、脸颊、下巴。现在他的激情已经得到满足，他的触摸温柔，视线温暖。

彼得很快就进入了梦乡，他把一只胳膊举过头顶，摆出了像是投降的姿势，另一只胳膊沉沉地压在我的胸前。他睡得并不安稳，辗转反侧，仿佛在打着一场仗，眼皮一直跳动着，从来都没有真正安静下来。我想知道他到底看到了什么，那是我从没有读过的书中的一章。我用手爱抚着他，直到他安静下来。

我们是在去年夏天巡演的路上成为恋人的。起初，每个晚上别人都睡觉之后，我们俩会在大帐篷后面的院子里的篝火边一同坐上很久。直到后来我们才像现在这样在一起，从彼此身上寻找温暖和陪伴。他身上有种忧郁，那是一种我不敢冒险询问的悲剧。有时候，他仿佛陷在狂热之中，想要寻回过去。我也没跟他说过我离开马戏团和埃里克在一起的那几年中的细节。和彼得在一起，是在此时此地。我们现在在一起——这段感情既没有共同经历的过去，也没有我们可能无法兑现的未来的承诺。希望从男人身上得到更多的那一个我，在我离开柏林的那天就死去了。

我盯着车厢顶上随着火车的运动而前后摇摆的光。昨天早晨，天还没亮我们就起来了。装车工作早几个小时就开始了，那是一排看不到尽头的火车车厢，车身上装饰着马戏团的标志，里面装满了箱子和帐篷的梁柱。工人们整夜都在忙碌，他们的香烟烟气和汗水似乎形成了一个个巨大的圈子，将整列火车笼罩了起来。动物们是在我们之前最后被装车的，披着毯子的大象被一寸寸地赶上坡道，装着大型猫科动物的笼子被煞费力气地挪到了车上。"咦！"西奥看到四个工人推着最后一只大象硕大的背，将它挤进车里，一下子就哭了起来。我不得不保持微笑。对我们马戏团的人来说，哪怕是孩子，这种外国来的野兽也变得非常普通了。上一次这里有人见到大象大吃一惊，到底是什么时候的事情啊？

彼得有一个私人包厢，占了半节车厢，用一面临时的隔断墙和其他区域隔开。不过这和当年我们家旅行时的奢华相比，简直不值一提。当年我们有两节车厢，有各自独立的床、私人的浴室和餐桌，基本上就是一座铁轨上的小房子。当然，那是马戏团的全盛时期，是黄金时代。

我习惯性地摸了摸右耳，触碰曾经属于我妈妈的金耳环，用我的指尖轻抚过那颗小小的不光滑的红宝石。我回到达姆施塔特以来，没有发现一丝一毫我家人的踪迹。去年，跟着诺伊霍夫马戏团巡回演出时，我希望能在路上打听到他们的消息，结果愿望也落空了。我不能直接询问别人，以防他们将我和我的真实身份联系起来。当我在我们曾经表演过的城市中装作偶尔提及他们的时候，人们也只是说克勒姆特马戏团那年没有来。我给费恩先生写了一封信——他是我们在法兰克福的经纪人，帮我们家的马戏团安排在大城市当中的演出——我希望他可能会知道我的家人都去了哪里。但信被退了回来，信封正面有潦草的字迹写着：*Unzestellbar*——无法投递。

一道道阴影在车厢壁上掠过。我们在车上已经待了三十个小时了，时间比预想的要长，因为要不断绕过铁轨被大面积破坏或彻底毁损的地方。火车在接近边境的地方一动不动地停了几个小时，英国的战斗机就在头顶嘶吼，炸弹落在离我们很近的地方，我们的背包都被从行李架上震了下来。但现在，我们正轻松地行驶在绵延不断的乡野之中。

我的眼睛越来越沉重，火车的摇摆以及彼得与我刚刚共享的激情的温度令我昏昏欲睡。冷空气从窗户缝隙中渗进来，我把彼得的毯子拉过来裹住自己。现在上路巡演实在太冷了。火车车厢供暖很差，而营地里面的小屋则象征着夏天。

不过，演出已经安排好了。我们如同去年一样，在四月的第一个星期四出发。过去，马戏团会去往卢瓦河畔那些沉浸在美酒中的富有河谷，或罗讷－阿尔卑斯的丰饶乡间。但现在，我们只能在被允许表演的地方表演，是德国人给安排的行程。这些年中，帝国同意马戏团可以继续演出并不是一件小事。他们驱使着我们穿过被德国占领的法国，仿佛是在说："看吧，生活还很正常。现在还有这样的娱乐存在呢，生活能坏到哪里去？"但是我们代表了希特勒厌恶的一切：我们是这个一切都讲究服从的政权中的怪物和异类。他们不会允许我们永远存在的。

火车车速放慢，随着一声尖锐的刹车声，车停了下来。我坐直身子，把身体从彼得的怀抱中挣出来。尽管我们已经在几个小时之前就穿过国境到了法国，但也随时都会碰到检查站。我跳起来，翻找我的身份证明和其他文件。我们又开始动了起来，刚才的停车是暂时的。我坐在床铺边缘，心依然怦怦跳着。我们距离分隔开维希和德占区的法国的那条线不远了。尽管这两个地方都被帝国控制着，但这里肯定会有对火车的检查。当警察来检查时，我希望在卧铺车厢里和十几个女孩一起，混在众人之中，而不是在彼得的包厢里，冒着更大的风险让他们检查我的身份证明和文件。

我从床上爬起来，在冷冽的空气中快速穿着衣服。为了不吵醒彼得，我踮着脚尖，蹑手蹑脚地溜去了旁边女孩们睡的车厢。那里破旧不堪，空气发臭，铺位一层摞着一层，有三层。尽管空间狭窄，但这里有真正的亚麻床单，而不是铺盖卷。在铺位下面，小行李箱摞得整整齐齐，每人一个。

诺亚睡在一张下铺上，胸前紧紧搂着那个孩子，就像是搂着一个毛绒玩具。她睡着的脸显得更年轻了，和她来到我们这里的那晚完全不一样。她还是个"黄毛丫头"——我妈妈会这么形容她——正要变成女人。看她抱着西奥,我心底有什么东西在撕扯着。我们两个都被遗弃了,被流放了,以我们自己的方式,远离了我们熟悉的生活。

但现在没有时间感时伤怀。她是否能按照我们的要求表演——这是目前唯一重要的事情了。作为一个高空杂技演员,仅仅技术好还不足够。必须有个人魅力、天赋和能力,才能令观众屏住呼吸,不止为我们担心,而是感觉他们的生命在和我们一起冒险。同样,仅仅有外表和人格魅力也不行——即便是最漂亮的女人,若没有纯粹的健美身姿、敏捷和力量作为后盾,也无法在马戏团的巡演中坚持一季。

诺亚让我惊喜连连。我本以为经过第一天后她就会放弃,本以为她绝对飞不起来。我没有想到她受过体操训练,也没想到她那么坚韧。她一直都很刻苦努力,很聪明,也很能干,而且勇敢——她从纳粹的火车中救下了西奥,这就足以证明一切。她尽可能地去表现得优异,不过她能否在几百个人面前、在灯光底下,每天表演两三次,这个问题依然没有答案。

有一个女孩睡在了我本来计划睡的铺位上,于是我就挤到了诺亚的铺位上窄窄的空隙里,不过我睡不着。我在脑海中彩排着我们的开幕表演,评估那些瞬间。

诺亚以一种缓慢而娴熟的动作挪动了一下,翻了下身子,尽量不吵醒西奥。"我们到了吗?"

"很快了。还要几个小时。"我们并排躺着,随着火车的摇晃轻轻撞着彼此的身子。

"跟我说说话。"她说,声音低落,充满孤独。

我迟疑了一下,不太肯定她想听什么。"我生在一个和这很像的车厢里。"我说。黑暗之中,我能够感到她的惊讶。"我妈妈走下舞台,然后生了我。"后来,完全是因为我爸爸的反对,她才没有立刻就重返舞台。

"在马戏团里长大,是什么感觉?"和诺亚在一起,问题似乎源源不绝,一个问题只会引发更多的问题。她十分好奇,什么都想知道,什么都想学。

我凝神思考着我的答案。小时候我很讨厌马戏团的生活。我渴望能有正常的童年,能永远停留在一个地方,有一个真正的家。我渴望能拥有更多的东西,而不是一个行李箱就能装下全部。甚至在冬季营地,我能去上学的那几个月中,我也和其他女孩完全不同,我是一个局外人,一个异类。

埃里克出现时,他真的是我一生都在寻找的出口。我学着穿衣打扮,改变口音,想让自己说话听起来和其他军官妻子更像,但我们在柏林定居很久之后,有些东西依然令人怅然若失。公寓里空荡荡的,没有冬季营地的声音和气味。我想念巡演路上的喧嚣和刺激。人们怎么能一直都生活在一个地方而不觉得厌烦呢?我爱埃里克,过了一段时间,我的渴望渐渐褪色,仿佛一道没有完全愈合的伤疤。但在我的心中,我一直想逃离的那个世界依然萦绕不去。现在我懂了,我和埃里克的生活不过是暂时的,就如同我们的演出中一个普通的节目。结束时,我不会落一滴泪,只是简单地去换服装,继续表演。

但我没有跟诺亚讲这些,这也不是她想听的东西。"小时候,我们有一次为一个公主表演,"我说,"在奥匈帝国。整个帐篷里都是她的朝臣。"

"真的吗?"诺亚的声音充满敬畏。我点了点头。现在没有女王了，她被国会和投票取而代之。这也许对人民更好，不过，不知道为什么显得没有那么神奇了。马戏团也会渐渐衰退，成为历史吗？尽管没有人讨论过，但我有时会觉得，我们每一次演出都是在走向灭绝，只是我们一心忙着跳舞或是在空中飞秋千，根本注意不到这一点。

我打开脖子上挂着的项链坠，在月光下露出里面一张小小的照片，那是我们家的全家福，我仅有的一张。"我妈妈。"我说。她是个大美人——至少在伊萨多死前她还没沉迷于酒瓶时是个美人——我平凡无奇，她艳光四射，她的五官仿佛罗马建筑一般端庄威严。"我还没出生时，马戏团有一回去圣彼得堡，给尼古拉沙皇表演。他被她给迷住了，人们都说沙皇皇后真的被气哭了。和她在空中的表演比起来，我真是小巫见大巫。"

"我真想象不出来有比你更好的。"诺亚的声音太大了，睡在我们上铺的女孩喷了喷鼻子。西奥动了动，似乎要醒过来，我拍着他的背哄他。我有点好奇，诺亚是不是在故意奉承我，但她声音里面的崇拜之情听起来非常真挚。

"是真的。她是一个传奇。"作为一个男性主导的家庭中仅有的两个女性，我本以为妈妈和我会更加亲近。她的确全心全意地爱我，但有一部分的她是我永远都无法触及的。

"你和埃里克，"诺亚问，她提及他名字时的那种熟稔让我恼怒，"你们有孩子吗？"话题的突然转换令我大吃一惊，继而非常恼火。她总是有办法发现弱点，问出我丝毫不愿意回答的问题。

我摇了摇头："我们没能有。"我经常想，如果我们有孩子，埃里克是否会努力争取把我留下来。不过，在帝国的眼中，我们的孩子会是犹太孩子——他会抛弃我们两个吗？他现在可能已经有了孩子了——当然还有一个新妻子，尽管我没有签署离婚证明，不过帝国是不会承认我们的婚姻依然有效的。

"你回到马戏团之后，爱上了彼得？"诺亚问。

"不是，"我立即回答，"事情根本不是那样。彼得和我在一起，但不要想得太复杂。"

我感觉火车开始减速。我坐起身，猜测这是否是我的想象，但是车轮嘶叫，火车呻吟一声，停了下来。又是一个检查站。诺伊霍夫先生给所有人都办了文件，甚至西奥也有，但是这些文件都不是真的。每一次停下来，我都满心恐惧。那些文件足够好吗？当然，诺伊霍夫先生不惜工本，确保文件能以假乱真。不过，目光犀利的边境警卫还是会发现其中有些细节不对。我的胸口仿佛压了一块石头，根本没有办法呼吸。

车厢外传来敲门声。没有等到人应门，门就被推开了，一个边境警卫走入车厢。他举着一盏灯在车厢内检查，把灯举得离刚从睡梦中惊醒的女孩的身体格外近，完全超出必要。他顺着铺位一路检查，敷衍潦草地看看每个人的身份证，然后就去看下一排铺位。我轻轻地呼出了一口气。可能这次还是会非常简单地通过吧。

然后，他到了我们面前。"身份证。证明文件。[1]"我把诺亚递给我的文件以及我自己的文件一起递给他。我屏住呼吸，心中默默数着，等着他还回来。一，二……

然后，他拿着文件，下了火车。

我咬住嘴唇，不让自己抗议地叫出来。"怎么回事？"诺亚问，

---

[1] 原文为德语。

她的声音透着惊慌失措。

我没有回答。有些东西，我们身份证上的一些细节，让我们暴露了，暴露了这些都是假的。放松，我想着，强迫自己正常地呼吸，不要吓到诺亚。其他人都紧张不安地看着我们俩。诺亚把她潮湿的手放在我手里，像一个孩子那般信任我。我振作精神，等待着警卫回来，把我们拖下火车。

"你的鞋。"我急促地轻声说。

"什么?"诺亚十分紧张，指甲掐到了我潮湿的手掌中。

"穿上鞋。如果他们来带走我们……"我停了下来，没有说完，因为诺亚开始发抖了。但我们必须在警卫回来时表现得很平静。

但他没有回来。五分钟过去了，十分钟过去了，我的恐惧每一秒都在加剧。他是去找其他的警卫了吗?我真需要彼得在这里陪着我。诺亚握住我的手指，紧紧攥住，不愿意放开。火车又晃动起来，准备离开。

"我们的文件，"诺亚轻声说，她的声音因为着急而大了一些，"被拿走了。"

"嘘!"我们现在还在火车上。我们没有被逮捕。但接下来的旅程中我们就没有身份证明了，这也非常糟糕。

过了一会儿，诺伊霍夫先生出现在车厢门口，向我示意。"给。"我走到他身边，他说，在他粗粗的手指中，拿着的是我们所有的身份证明。他的脸上有一种奇怪的神情一闪而过。我猜测他贿赂了那个警卫多少钱，才让那个警卫对此视而不见，但我没有问多余的问题。

火车慢慢加速，大家齐齐地长出了一口气，整个车厢似乎都立刻放松了下来。现在所有人都醒了，有的女孩起来穿衣服，在拥挤而摇晃的空间中挤撞着。车外，天亮了起来，粉色的晨曦浮现在一片葡萄园梯田的暗色轮廓之后，梯田顶上是一座坍塌了的教堂。

过了一会儿，一个厨工出现在车厢尽头，将冷面包和奶酪组成的早餐分发给大家。乡野开始变少，田地上点缀的农舍越来越多。在我们被粉刷得五彩缤纷的火车经过时，孩子们从房子的窗户中好奇地望出来，或是沿着铁轨奔跑，希望能看一眼车上的动物。

我们在沉默中继续行进。跨过一个高架渠，一道河谷豁然展现，一片红顶的村屋拱绕着石头城堡的残迹，长着枯萎灌木的田野包围着村庄。苔藓屋顶的小屋点缀在山坡上，其间又不时出现一些堡垒或教堂。钟楼坍塌了，条纹大理石筑成的石头墙壁被高挂在天空中的太阳晒得暖暖的。

车厢中渐渐荡起兴奋的涟漪。就快到了。"我们得准备游行了。"我告诉诺亚。

"游行?"诺亚问，她的眉毛皱了起来。

我暗自叹了一口气，提醒自己她不知道的还有很多。"是啊，我们到达后，一下了火车，就会立刻坐我们的马车游行着穿过城镇。这相当于做一个预告，让当地人知道，让他们期待马戏团的表演。"

在她消化这个新消息的过程中，我看着她的脸，寻找紧张或恐惧的迹象。但她只是点了点头，将西奥放下，开始穿衣服。

拥挤的环境中，女孩们都开始尽力地打扮自己，涂上胭脂口红，描黑眉毛。"给。"我从我的行李箱里拿出一件有亮片的粉色裙子，递给诺亚。她看了看周围，依然觉得在别人面前换衣服很尴尬。不过这里也没有别的地方可去，于是，她把裙子套在身上，仓促之中差点把自己绊倒。

"他们会来看我们吗？"诺亚问，"法国人，我是说。对他们来说，我们也是德国人……"

"战争爆发后的第一年，我也这么想。"我回答说，"不用担心。人们依然热爱表演。马戏没有国界。"观众们不会将演出看成是德国的，他们每年都会忠实地来观看。

火车接近车站，车轮嘎吱嘎吱地慢慢停了下来。我们没有立刻下车，而是继续准备着。这个时候，提前过来的或是在当地租赁的货车已经在前面集合起来了。动物们先从火车上下去，笼子被安置在有轮子的平板车上。我们缓缓地走向车厢门口，等着指示。车厢内显得越来越拥挤，空气也因为到了中午而热了起来。

最后，车厢门终于打开了，凉爽新鲜的空气飘入车厢。车站几乎和车厢里一样人满为患，几十个观众向我们围上来，准备迎接马戏团的到来。相机的闪光灯噼噼啪啪地闪个不停。经历过火车上的静寂之后，此刻的喧嚣显得非常刺耳，就仿佛有人在半夜里突然间打开了灯一般。我在下火车的阶梯中间停下了脚步，走在我身后的女孩撞到我的背上。我心中充满疑惑，根本没有办法移动。通常，我都是很爱开阔的巡回路的，但突然之间，我又对达姆施塔特充满了渴望——我对那里每一寸土地都了如指掌，而且在那里，我有地方躲藏。去年上路巡演时，我要表现得和战前一样，已经非常困难。而现在，我还要承担确保诺亚可以演出的任务，要确保她和西奥都很安全。我怎么能坚持下去？

"阿斯特丽德？"诺亚用她胆怯的声音说。我看向她，她正不安地望着我，不确定接下来该做什么。

　　我把疑虑放到一边，拉住她的手。"走。"我说着，我们一起走下了火车。

　　扫视着人群，我能看到人们眼中的一种神情，不是鄙视，而是因我们的到来而生的赞美和希望。大人看我们的眼光就和孩子一样，也充满了惊奇。马戏团总是能给所造访的地方带去光芒，而现在，它带去的是一条救生索。我昂起下巴。如果我们依然能给他们带来这样的感觉，那么，马戏团就不会死。在罗马和希腊的时代，马戏团就已经存在，我们的传统已经历经千年。我们在中世纪活了下来，在拿破仑战争中活了下来，在第一次世界大战中活了下来。我们也会在这个时代活下来。

8

阿斯特丽德

我们一路穿过火车站站台。已经被套到运动物的货车上的马不耐烦地跺着脚,从大张的鼻孔中向外喷着热气。它们拉的笼子里面,几只狮子和一只老虎是被完全展示出来、能看到的,还有几只骆驼和一只小棕熊,由皮带拴着,跟在车队外侧。去年我们有一匹斑马,不过它在冬天死了,诺伊霍夫先生还没有找到代替它的动物。

队列缓缓移动,蜿蜒前行,穿过村庄。一道褪色的石板屋顶连成的射线延伸向山坡,最高处有一座建于中世纪时期的天主教堂俯视着这一切。这里和我过去这些年在巡演路上见过的几十个村庄没有多大差别。曾经,马戏团的移动速度要更快,我们每天到一个城镇,安顿下来,表演两三场,然后在夜里拆下帐篷,继续上路。但铁路让我们慢了下来,而且德国人严格地限制了我们能去哪些地方。所以,演出契约的选择变得更有技巧:现在选择的地方,我们要能够扎营一个星期,吸引周围村庄的观众前来观看，影响就像是车轮的辐条一样。不过，我们能吗？诺亚早前的疑问又浮现在我耳畔。这里已经经历了四年多的苦难，如果战争再拖得时间长些，人们可能就不会来了。

路面斜坡变得陡了，马匹费力拖着货车的重量，我们行进的速度慢了下来。在路边有一片小小的墓地：一堆墓碑立在山腰上。最后，我们终于到了梯也尔的边缘。窄窄的街道两侧是三四层高的房子，挤挤挨挨的，似乎倚靠着彼此以寻得支持。在顶端的高街上，等待着的人群的喧哗声越来越大，空气中激荡着兴奋之情。号角声响起，游行正式开始，宣告着我们的到来。走在最前面的是我们的敞篷马车，车身上装饰着彩带，拉车的马都戴着珠宝头饰；后面跟着载狮子的车，驯兽师骑在狮子身上。我们队伍华丽而缤纷的色彩被这里的房屋破败的外墙衬托得更加耀目。村里的街道在过去的岁月中并没有什么变化，如果没有一些房屋外面挂着的带有纳粹标志的红旗，我真可能以为我们不是在战时。

我们以煞费苦心的速度穿过小镇，马车一寸寸地移动着。人群中的男孩们冲我们摆手，发出阵阵怪叫。诺亚在我旁边，面对人群的追捧浑身紧绷，把西奥搂得更紧了。我拍了拍她的手臂让她安心。对我来说，这一切都很平常，但她肯定感觉自己像是赤裸地给人看一般。"微笑。"我咬着牙说。这场演出从我们走出门的那一刻就开始了。

在一个熟铁房屋二层楼的阳台上，我看到了一个男孩，也可能是个男人，顶多十九岁或二十岁。他没有欢呼或摆手，只是抱着胳膊，用一种混杂着冷漠与取乐的表情看着我们。他长得很英俊，留着鬈曲的炭黑色头发，长着一个棱角分明的下巴。我猜想，如果我和他的距离足够近，可以看到他眼睛的颜色，那么一定会发现它们是深蓝色的。我们车上的一些东西吸引了他的视线。我开始做出了我最佳的摆手表演。他在看着的不是我，而是诺亚。有一瞬间，我考虑把他指给诺亚看，但我不想让她更加紧张。一秒钟之后，他就不见了。

卵石街道很窄，所以我们的游行阵列和围观的人群离得很近，小孩子们探出手，想要触碰我们，那情形如果是对任何其他人都会显得极端粗鲁。不过他们没有办法碰到我们，这一点真让我感觉庆幸。今年人群中的脸孔都有些不同，他们目光中透露着战争带来的疲倦，颧骨上的皮肤紧绷绷的。但我们也变了。如果离得近一些，他们就可以清楚地看到马车上的裂缝，看到动物们都瘦得皮包骨了，看到演员们的胭脂厚了一些以掩盖脸上的憔悴。

围观者们跟着游行的队伍穿过蜿蜒的街巷，走向集市广场，然后又走上一条通向镇外的路。路的坡度比我们上来的那条路要缓和一些，不过路上坑洼不平，全是车辙和坑洞。我们的车被拉下坡时，我把一只手拦到诺亚和西奥身前，以防他们被从长椅上甩出去。我本应该建议她把西奥交给埃尔希或其他工人：婴儿不该出现在游行中。但我知道诺亚会觉得紧张，而有西奥在身边，可以让她安心一些。我审视着那个孩子，他似乎不害怕噪音和人群，反而把头昂得高高的，舒服地靠在诺亚的胸前，仿佛是在享受着眼前的喧腾。

又走了几公里，硬路面渐渐变成泥土路。诺亚看了一眼在后面追着跑的人群。"他们还在跟着我们，"她说，"我本来以为他们可能失去兴趣了呢。"

"绝不会。"我回答。围观者们不知疲倦地跟着我们。女人抱着小宝宝，孩子斜歪着身子踩着自行车脚踏板，他们身上的星期日盛装因为地上飞起的尘土而灰蒙蒙的。甚至吠叫的狗也加入了混战，成为游行队列的一部分。

几分钟之后，路到了尽头，前方出现了一片草地，宽阔而平坦，只有一端有一丛树。马车猛地停住，发出砰一声响。我先下了车，然后伸出手帮助诺亚，但她眼睛睁得大大的，望向了我身后。搭帐篷的过程所具有的吸引力和马戏团的表演几乎相差无几，这并不只是因为看搭帐篷是免费的。有一队工人带着帐篷、金属支柱和绳索，已经分散在那片空地上。马戏团所需要的人手比我们可能带在队伍里的要多，这对当地在寻找活干的人来说是个好消息。他们光着膀子，汗流浃背，站在摊平的防水布的边缘位置，那块布覆盖了整片空地，用绳子系在空地边缘的木桩上。

"我觉得只是这么站着没有什么用处，"诺亚从马车上爬下来后说，"我们应该去帮忙吗，或是做点什么？"

我摇了摇头。"让他们做他们的工作。"搭帐篷我们帮不上忙，就像工人不能飞秋千一样。

所有的前期工作都已完成，而真正的表演等待着人群的到来。大象没有参加游行，而是由火车直接运来这里，被套上了挽具。一声令下，它们从中间向外面走，将主支柱拉得直立起来，到达最高点。然后，一切就如同凤凰从灰烬中重生一般，在本来空无一物的地方，没用几秒钟就出现了一座帐篷，大小和达姆施塔特的大训练场差不多。尽管人们年复一年地亲眼见证这一切，但每次他们都还是会吃惊得倒吸一口气，然后热烈地鼓掌。诺亚静静地看着，她第一次看到大帐篷立起来的过程，充满了敬畏。一直啃着手指的西奥也发出了欢呼声。

工人们去加固支柱，人群渐渐散去。"走吧，"我说，向着大帐篷的方向走去，"我们需要练习。"

诺亚没有动，她犹豫不决地看看我，看看怀里的孩子，然后又看向我。"我们在路上差不多两天了。"她抱怨道。

"我知道，"我开始不耐烦起来了，"但我们只有几个小时去准备第一场演出。你必须在演出开始前在大帐篷中至少彩排一次。"

"需要给西奥喂饭了，而且我也累坏了。"她的声音几乎成了哀泣，我又一次意识到她有多么年轻。有一瞬间，我想起了自己希望能做些别的事情时的情形。曾经，透过训练厅的窗户，看到山谷里别的女孩在跳绳时，我有多希望自己能加入其中。

"好吧。"我的同情心占了上风，"休息十五分钟，把他交给埃尔希。我和你在大帐篷里碰头。"

我原以为她会再次提出反对意见，不过她没有。她的脸上露出了浓浓的感激的笑意，仿佛得到了一件大礼。"谢谢。"她说，然后抱着西奥去了火车的方向。我扭头看向大帐篷。这种宽限并不完全是为了诺亚，工人们还在加固支柱，秋千并没有安装好。而且，如果彩排时她能不担心西奥，专心飞翔，她会表现得更好。

诺亚的身影闪入火车，而我的疑惑又升了起来。自从上个月她第一次放手飞入空中，她在训练中就越来越强，但她依然毫无经验。在灯光和观众的瞩目之下，她能坚持下去吗？日复一日地坚持下去？

我走入大帐篷中，呼吸着潮湿的泥土和木头的气息。这是每季中我最喜欢的时刻之一，这个时候，马戏团的一切都是新鲜的。其他的演员——杂耍艺人和柔术艺人——已经陆陆续续地进来，开始排练自己的节目。彼得不在这儿，我想知道他是不是找了一个没人的地方私下练习，以免因为诺伊霍夫先生禁止他表演的那段政治戏码而被斥责。

几天之前，彼得跟我提到了这件事。"诺伊霍夫先生想说服我，让我的表演温和一些，他想压制它。"

"我知道，"我回答，"他也跟我说了。"

"你怎么想？"彼得通常都自信满满，但那时，他的脸上写满焦虑。我看得出来，他真的不知道该做什么。

他考虑让步完全是为了我。"不要因为我阻挡你自己。"我不想彼得为了我牺牲自己的艺术，将来因此恨我。

工人们安装好了秋千。工头库尔特让他们先装秋千，再去安装观众座椅和其他的器械，他知道我会想立刻开始练习。他和两个工人讨论长椅该安装在什么角度，我走过去。"地面平过了吗？"我问。他点点头。这一点对秋千来说至关重要。地面上轻微的倾斜都会影响我们飞出去时的速度，破坏路线的精准性，导致我接不到诺亚。

我走到一架梯子跟前，使劲拉了拉，确认其安全牢固。然后，我爬上飞行跳板。下方传来了几个舞蹈演员拉筋时的闲聊声，我毫不犹豫地跳了出去。空气从我身下飞过，我向前伸展身体。每一次在这个时刻，我都会感觉自己重返十六岁。飞行的时候，我的耳畔会浮现家人的欢声笑语。最初回到马戏团时，我担心，离开了这么久，就算我还记得动作，离开的这段时间是否会让我的动作变慢。我已经快四十岁了，也许已经太老了，不应该再飞秋千。其他人现在应该都已经退休，到德累斯顿①或汉堡当老师、结婚或混迹破烂的小酒馆。但是高空是我所了解的一切，我依然非

---

① 德国东部城市，位于易北河谷地，靠近捷克边界。——编者注

常擅长。为什么不继续下去？只用了几个星期的时间，我的身形就瘦了下来，曾经在柏林那些悠长的晚宴中摄入的营养从我的上腹部消失不见了，而我如同过去一样技艺娴熟——甚至比过去更好，诺伊霍夫先生这么说过。我无法告诉他，我飞得更高、荡得更猛，是为了在大帐篷的黑色屋檐下到达一个地方，在那里我能听到哥哥们的欢声笑语，在那里我再也不会想起埃里克的抛弃。

几分钟后，我荡回到跳板上，下面传来的其他演员的聊天声突然间停了下来，帐篷内一片安静。诺亚站在大帐篷的入口处，看起来年幼又充满恐惧。其他的演员小心翼翼地打量着她。诺亚加入我们的这几个星期以来，他们的表现都不算糟糕，不过，他们一直都和她刻意保持着距离，清楚地表明她不属于这里。马戏团里面新加入的演员总是处境艰难，我回来时，他们也没有敞开怀抱欢迎我。而对诺亚这样的人，情况会更加困难：她的资格不够、经验不足，不可能成功。

但我有好一点吗？我问自己。我一开始也是冷冷地对待诺亚，希望她能离开。不过，从警察来达姆施塔特那次之后我就接受了她，将她视作必需的人，视作表演的一部分。但我并没有做任何实际的事情让她感觉自己真的被接纳。

因为突然而生的内疚，我爬下梯子，走到她身边。我没有理会其他人，希望她也能如此。"你准备好了吗？"诺亚没有回答，而是环顾帐篷之内。在我看来，这里非常正常，基本上都是我熟知的。不过现在，在她看的时候，我也开始重新审视这里：宽敞的空地，一排排的座椅一个挨着一个，似乎没有尽头。

我拉起她的手，狠狠地盯着其他人，直到他们看向别处。"来吧。这里的梯子比训练厅里的松一些，而且所有东西都要摇晃得更厉害一些。"我们向上爬的过程中，我一直都在说话，有一部分原因是想让她神经放松一些，另一部分原因是有些事情——非常重要的事情——是她需要了解的：达姆施塔特的训练厅和大帐篷之间的不同。我一辈子都在表演，我能在任何地方表演——背景消失，只剩下我、秋千和高空。但对诺亚来说，每一处琐碎的细节都可能造成巨大的不同。

"咱们先试些简单的。"我说。她的视线看向下方，眼睛中出现了惊恐。她要完蛋了。"假装他们不存在。"

她用颤抖的手抓住秋千横杆，跳了出去。一开始，她的动作非常笨拙，让人想到了她第一天握住秋千时的样子。"用心感觉。"我命令道，希望她能记得我教给她的一切。当她又开始熟悉起前后摆动的节奏，动作也渐渐顺了起来。

"很好。"她回到跳板上时我对她说。我一直都很吝啬赞美，不想让她骄傲自满。不过现在我不同往常，说得多了很多，希望能激发她的自信。她笑了，对我的赞美甘之如饴。"现在来练习放手。"

诺亚的样子似乎是要反对，我也没信心她已经准备好了在这放手飞出去，不过我们没有选择。我走到另一架梯子上，爬到接人位置，向本来在和其他几个杂技演员闲聊的格尔达点头示意。她冷漠地在诺亚身后爬上了梯子。我审慎地研究着格尔达。她和其他演员一样不欢迎诺亚，不过却非常实际，能够容忍她，因为我们这个表演需要她。

诺亚爬到对面梯子的最高处时，脚下打滑，几乎摔了下去。"放松。"我从我的跳板上向她喊。尽管我是想让她安心，但这两个字听起来像是一种责备。下面传来了其他演员的笑声，他们都怀疑诺亚技巧不熟，此刻得到了证实。即便是隔着一段距离，我依然能够看到她的眼睛开始潮湿。

然后，她挺直背，点点头。诺亚跳了出去，使的力气是我前所未见的。"跳！"我叫道。

她以令人吃惊的精准完成了在大帐篷中的第一次飞出。我们的手紧紧交握在一起。过去，地面上会有一个指挥发布口令，另外，负责接人的人都是男性。但现在，太多人都随着战争而去，我们只剩下这么几个人了。过去，我哥哥尤勒斯是负责接我的人。一直到过去这几个星期开始训练诺亚之后，我才能完全欣赏他的力量和技巧。

我们荡回去，我把她抛向格尔达抛出的秋千横杆的方向。每过一关，诺亚的动作就会更有力量一分。她在表演，无视其他演员的怀疑；她在表演，也不是因为其他演员的怀疑。渐渐地，下面的人的表情变成了敬服。我的希望高涨：诺亚赢得了他们的敬服，同样也会赢得观众的敬服。

"好！"一个声音从下面叫道，但那语气是嘲讽的，而诺亚几乎因此错过了那端的跳板。在她落下去之前，格尔达探身抓住了她。我向下看去，埃米特正高举着一个拖布，嘲笑着诺亚。

我怒气冲冲地爬下梯子。"你个白痴！"我咬牙切齿地说。

"她不是个高空杂技演员，"埃米特的回答中透着夸张的耐心，仿佛是在跟一个小孩子讲话，"她是本斯海姆车站的清洁工。她就配做那个。"据我了解，埃米特一直在激起其他演员的不良情绪，怂恿他们不要接受诺亚。他总是需要依靠挑衅他人来隐藏自己的怯懦。不过，他是怎么发现诺亚在车站工作过的？他肯定不知道诺亚过去的其他故事。

"为什么现在来?"我厉声问道,"表演还有不到一个小时就开始了。我们需要她准备就绪,而你在削弱她的信心。"

"因为我并不认为我们真能熬过这场闹剧。"他回答。或者,她是能做到的,我在心中补充道。我猜测,他有一部分是因为嫉妒。诺亚只用了几个星期的练习就可以极好地胜任表演,而他一辈子都在马戏团,却没有任何表演天赋。但现在向他指出这一点并不明智。"这必须成功,埃米特。"我缓缓地说。

"是为了你。"他讥诮地说。

"是为了我们所有人。"我纠正他。

诺亚从梯子上下来了,站在远处看着。我知道,她听到的已经足够多了,多到令她感到不安。她的眼神一闪,仿佛她早料到会再次被人否定。她经历了这么多之后,怎么可能还会让别人伤害她?

她在我的一边,其他演员在另一边,我是一座岛,陷在中间。

我向她走近了一步。"我们需要诺亚。"我说得十分坚决,声音洪亮,足够所有人都听到。这有一定的风险,为了隐藏我的身份,我和她一样需要马戏团人的善意。没有人回应,但我现在已经没有回头的余地了。"无论如何,我和她一起,谁要是不愿意支持她,就也是在反对我。"诺亚的脸上满是难以置信,仿佛这是第一次有人站出来支持她。

其他人各自散开去排练了。"来,咱们去准备表演。"我说着,拉住她的手,带着她离开了大帐篷。

"你不该那么做。"我们出去后,诺亚说。尽管我们现在已经完全走出了其他人的听力范围,但她几乎是在低声耳语。"你必须考虑一下你自己的安全。"

"胡说八道。"我不屑地摆了摆手，尽管她说的是对的，"你必须变得更强，让其他人大吃一惊。"

"那你怎么想?"她的声音中带着喘息声。尽管刚刚跟她说过那些话，但我能看出来她无比在意我的看法。"你真的认为我准备好了?"

我迟疑了一下。我觉得她还需要一年的训练。我觉得，即便到一年后，她可能也不行，因为灯光和一千双眼睛落在你身上，会改变一切。

我觉得我们没有别的选择。"是的。"我撒谎了，不敢迎向她明媚的笑脸。然后，我们一起去准备表演。

9

诺 亚

我跟着阿斯特丽德离开大帐篷。在外面，观众们依然徘徊未去，从一个草草立起来的售票亭买门票，或是看着工人们搭建起其他的小帐篷。工头们喊出指令，他们嘶哑的声音和将铁楔子打入坚硬地面的咣咣锤击声混杂在一起。

"谢谢。"我又一次为了刚才和其他演员的事道谢。我曾经以为阿斯特丽德绝对不会接受我，但她为我挺身而出——而且她认为我能做到。

她不屑地摆了摆手："我们现在不能再操心那些事了。我们必须准备演出，还有一个小时就开始了。"

"这么快？"我问。

"现在都四点多了。"我自己都没有想到现在已经这么晚了，没想到游行和搭帐篷用了那么久，"我们六点开始。这比原来的习惯要早，因为有宵禁。我们需要准备好。"

"我觉得我们已经准备好了。"我低头看着一个小时之前她在

火车上借给我的裙子，它紧紧地包裹在我身上，我爸妈如果看到，
肯定会勃然大怒的。

阿斯特丽德没理会我最后一句话，领着我穿过人群拥挤的空
地，到了停靠在铁轨尽头的火车旁。

"场地建在铁路旁边，这样我们能在车厢里睡觉。"阿斯特丽
德解释说。她指着对面那些树的方向。"那边有一些小屋和帐篷，
如果天气暖和的话我们会住在那边。对我们来说，这个村子不太
大。"她低声补充说，"镇长和德国人非常亲密。"

"他叛国？"我问。

她点了点头："当然，我们去年确定行程的时候并不知道。"
而取消肯定会引来太多的怀疑。现在一切的重中之重是必须维持
正常的表象。"不过我们要在梯也尔待差不多三个星期，因为这基
本上是奥弗涅的中心，整个奥弗涅的人都会来看演出的。"

上了火车，阿斯特丽德领着我去了一间我过去从来都没有到
过的车厢。车厢内很暖和，挤满了正在换装和往脸上涂抹浓妆
的女人。我看到一个杂技演员把她的腿涂成了日晒后稍黑的颜
色，不由得停住了脚步。"她这么涂，是因为她的紧身裤烂得没
有办法补了，"阿斯特丽德看到我的好奇，解释说，"只是没办法
买到新的。走吧。"她从靠在车厢墙壁上的行李架上选了一套衣
服，拿到我身前比了比，然后她把那套衣服递给了一个负责服装
的女孩，就消失不见了。我被一双手臂推给另一双手臂，感觉自
己就像是一大捆等待洗涤的衣服。在火车上待了那么长时间，我
浑身恶臭，自己都觉得很尴尬。有人把阿斯特丽德选出来的那件
衣服套到我头上，另一个人说太松了，便开始往上卡别针。我真
的要穿这件衣服吗？这件甚至比游泳衣还要小，不过是一件胸衣

加一个底裤。我的腹部虽然因为到达姆施塔特后的大量训练而紧实了很多，但依然远远称不上完美，赘肉溢出，垂在那短短的衣服有弹性的表面。这套服装很华丽，猩红色的丝绸镶了金边，上面带着隐约的烟草和咖啡的味道，令我不禁好奇过去有谁穿过这套衣服。

阿斯特丽德又回来了，我不禁倒抽一口气。她的两件套衣服基本上就是用手帕绑出来的，这么一比，我的这套服装就显得特别端庄了。但阿斯特丽德仿佛生来就该穿这样的衣服——她的身体线条分明，仿佛博物馆里面花岗岩雕刻出来的裸体女神塑像。

"你是觉得我应该穿着有裙撑的裙子飞秋千？"她注意到了我的反应。对她来说，服装的暴露根本一点都不重要，她穿这样的衣服并不是为了诱惑人心，而是为了更好地表演。

阿斯特丽德示意我坐在一个倒扣的板条箱上。她拿过胭脂，给我的脸颊上妆，又把我的嘴唇涂成一种樱桃红的颜色，搞得我就像是小丑一样。如果不算过去我偷偷用妈妈的粉想让那个德国人以为我年龄大一些的事情，这是我第一次化妆。有人在一个行李箱的上面放了一面有裂纹的镜子，我盯着镜子中的陌生人。我是怎么变成这样的啊？

阿斯特丽德似乎非常满意，她转身离开，开始给自己上妆，她的皮肤毫无瑕疵，睫毛长长的，其实几乎没有必要化妆。"我还有几分钟时间吗？"我问，"我想去看看西奥。"

阿斯特丽德点了点头："去去就回。别离开太长时间。"我顺着窄窄的走廊，往卧铺车厢的方向走去，希望我这奇怪的妆容不会吓到西奥。走到旁边的一节车厢时，我停住了脚步，因为我听到了一些声音。

"他们希望我们的表演中有宣誓效忠的环节。"我伸长脖子，想听得更仔细一些。这是诺伊霍夫先生，他的声音低沉而短促。"可能是演奏《元帅，我们在这里》①……"

"这不可能！"彼得听到维希国歌的名字，当即厉声吼道。我向后跳了一步，以防被他们看到。"我从来都没有被政府告知过该表演什么，即便是在一战期间。我没有向沙皇叩头，现在我也肯定绝不会向任何人叩头。这不只是政治问题，这关乎表演的独立完整性。"

"现在事情不一样了，"诺伊霍夫先生竭力劝说，"稍微迁就一下，可以有更长久的……帮助。"没有回应，不过彼得沉重的脚步声和门砰地关上的声音大得令整个车厢都在颤抖。

钟声响了，之前阿斯特丽德告诉过我这是召唤我们到后院集合的钟声，大帐篷后面的区域是我们集合起来准备表演的地方。我充满渴望地望了望车厢走廊。没时间去看西奥了。

外面，大帐篷周围原本光秃秃的空地上如同雨后的蘑菇般出现了六座小帐篷。中间的路面上挤满了戴草帽的男人和穿着星期日盛装的女人和小孩。通往大帐篷的入口处贴出了一张日程表，宣传着进入大帐篷能看到什么样的表演。门口即兴演着一些小节目，如杂耍或是吞剑，来吸引观众。一支铜管乐队正为售票窗口前排起的长队演奏活泼的曲调，让人们的等待轻松一些。空气中飘荡着棉花糖和煮花生的浓重甜气，这样的小吃因为定量配给制度，平时很难见到，需要付出很多才能吃到。有那么一瞬间，我

---

① 纳粹德国占领下的法国傀儡政府"维希法国"的国歌。

晕晕乎乎的，仿佛又成了一个小女孩。只是这里的这些小吃是给那些有闲钱的幸运儿的——当然不是我们。

我绕着大帐篷过去。几个小男孩平趴在地上，想从帐篷下面的缝隙往里偷看，但一个临时工把他们赶跑了。帐篷外围贴满了高高的主演明星海报，年轻时的阿斯特丽德从上面看着我，她扯着缎带，停在半空中。她的形象让我呆住了。海报上的她肯定和我现在差不多年纪，我真的很希望能认识她。

他们在场地的尽头立了一个帐篷作为啤酒厅，对面是旋转木马。我从啤酒厅绕过，喧嚣的男性欢笑声在里面爆发。这是一种微妙的平衡，阿斯特丽德解释说：我们希望让观众放松，这样他们才能够欣赏演出，但又不能让他们变得太放肆，破坏捣乱。

几分钟前还和诺伊霍夫先生在一起的彼得从啤酒帐篷后面溜了出来，手里拎着一个酒瓶。他是怎么这么快到这里的？他察觉到我的疑惑。"不过是走得快而已。"他说完就从容地离开了。我真是大吃一惊——我无法想象演员能在开演之前饮酒。阿斯特丽德会怎么说呢？

我到了后院，眼睛不安地望向大帐篷。不可思议，这座不过是由布料和支柱搭起来的大帐篷，能够支撑庞大复杂的高空秋千——还有我们。

阿斯特丽德看出了我的焦虑，走到我身边："很安全。"但在我脑海里，我总是能够看到我摔向地面准备迎接死亡的时刻。"你在拖拉什么？"她问。没有等我回答，她再次检查了一遍我手腕上的绑带，递给我一盒松香，让我涂手。"我们不希望你死掉，"她说，"尤其是我们投入了那么多之后。"她笑着加上了最后这半句话，试图以玩笑的语气说出来，但她的眼睛非常严肃，满是关切。

"你不认为我做得到吗?"我大着胆子问，不太肯定自己想听到她什么样的答案。

"我当然认为你做得到。"我听着她的声音，想辨别出来这答案是不是迫于无奈，"你很刻苦认真，你锻炼出了一种本能，但这对我们所有人来讲都是非常严肃的大事，没有犯错的余地。"我点点头，表示明白。危险对阿斯特丽德来说和对我来说一样真切，即便她已经表演那么多年了。

我往大帐篷中偷瞄，里面高高的，像是一个巨大的山洞。大帐篷中间有一个圆形表演场，被用矮栅栏和观众区分隔开来，直径大约四十英尺。我从其他表演者那里听说过，美国的马戏团，像巴纳姆①那样大型的，会有三个表演场。但在这里，所有的视线都会集中在主表演上。前两排的座位上铺着贴着缎质金星的红宝石色天鹅绒布，表示这些是非常好的座位，是贵宾席。在这些座椅后面是粗糙的木头长椅，一排排地围成同心圆，几乎一直围到帐篷的椽子。这些全都围绕着表演场地，观众们四面八方都是，令我无法躲避，无法逃离，每一个角度都有眼睛注视着。

人们开始陆陆续续进入帐篷，我抽身向后，以免被人看到。引座员和节目单销售员实际上都是次要演员，观众一入席，他们就要偷偷溜走，去化装打扮，准备演出。我审视着入席落座的观众们，前排是富有的城镇居民，后面高处的长椅上是普通工人，他们刚刚把自己清洗干净，但依然透着点不自在，仿佛他们不属

---

① 美国马戏团大亨费尼尔斯·泰勒·巴纳姆（Phineas Taylor Barnum）创立的巡回马戏团。巴纳姆于 1870 年开始组织巡回马戏表演，后于 1881 年与詹姆士·贝利共同建立了"巴纳姆－贝利马戏团"，该马戏团是 19 世纪美国最受欢迎的马戏团。——编者注

于这里。尽管吃饭都没有几个钱，他们还是想方设法买了马戏团表演的门票。他们都是幸运的人，能够负担得起购买几个小时的享受，暂时忘却帐篷之外的艰难现实。

天渐渐变灰，我们临近演出时刻，后院的闲聊声安静了下来，大家都集中起精神，几乎可以说是严阵以待。杂技演员抽着最后一根烟，他们穿戴着有亮片的服装和头饰，光彩夺目，无瑕的妆容和梳理得纹丝不乱的头发上看不出半点之前的朴素痕迹。阿斯特丽德在一个角落里踱步深思。看到她凝重的表情，我不敢去打扰她。当然，我没有自己的开演前仪式。我只是站在一边，努力装出"我一辈子都在干这个"的样子。

阿斯特丽德冲我摆了摆手。"不要光站着不动，你的肌肉会冷掉的。"她告诫我，"你需要拉伸。"她弯下腰，示意我把一条腿架到她的肩膀上，这是我们在冬季营地中做过很多次的一个练习。她缓缓站直身子，抬高我的腿。面对大腿下方渐渐上升的熟悉的隐隐疼痛，我努力不让自己咬牙，而是保持正常的呼吸，放松下来。

"你想让我帮你拉伸吗？"她帮我拉另一条腿时，我问她。她摇了摇头。我顺着她的视线望向后院的另一侧，彼得远离人群，在那边彩排。他换上了一套超大号的外套和裤子，刚才还长满胡碴的脸现在是一片无瑕的白色油彩。"阿斯特丽德……"我开口。

她看向我，仿佛刚才忘了我就在她面前："怎么了？"我一时语塞，考虑要不要告诉她刚才在火车上听到的彼得和诺伊霍夫先生之间的分歧，或看到彼得从啤酒帐篷中出来的事情。但我不想在我们就要上场之前让她忧心。

"你紧张了。"她很平静地说。

"是的，"我承认道，"你第一次演出的时候没有紧张吗？"

她笑了："当时我太小了，都不记得了。不过紧张是很正常的，甚至是好事。紧张会让你保持警惕，避免犯错。"也可能会让我的手抖个不停，握不住秋千横杆，我心里想。

帐篷里面，灯光暗了下去，整个室内陷入黑暗。一束聚光灯亮起，在表演场的中心照出一汪金色。管弦乐队拉出一首振奋人心的曲调。诺伊霍夫先生现身，扎着蝴蝶领结，戴着高礼帽，华丽而高贵。"女士们，先生们……①"诺伊霍夫对着一个扩音器说道。

《雷鸣电闪波尔卡》奏响了，装饰着羽毛的骏马跳入表演场。马上的骑手是服装无比华丽的女子，她们没有马鞍，直接骑在马背上，不停地把腿从一侧踹到另一侧，基本上都算不得是在骑马。其中一个骑手站起身，做了个后空翻，轻巧地落到了后面的马上。尽管我看过这个表演的彩排，但依然不由自主地和观众一样屏住了呼吸。

阿斯特丽德曾经解释说，马戏团的节目是经过精密设计的——先是一个快节奏的表演，然后是一个相对舒缓的，接着再来一个快节奏的，狮子和其他危险的动物与人的表演交错出现。"在很严肃的节目后你会想要点放松的，"她说，"就像是吃饭时每道菜之后清清口。"但也需要考虑很多实际问题，比方说将动物笼子运进帐篷和运出帐篷的时间，这也使得中间的间隔成为必需。

看着这一切，我意识到，大帐篷的设计也非常精心。长凳安

---

① 原文为法语。

置的角度几乎是俯视着下方的。环形的座位令观众可以互相呼应，而一个没有间断的圆环就如同传递着帐篷内弥漫的紧张刺激气氛的导线一般。观众们一动不动地坐着，色、光、音乐和精湛的技艺交织成一张网，令他们深深入迷。他们的眼睛随着杂耍艺人抛出的球的弧线舞蹈，他们惊讶地屏住呼吸，看着驯兽员与狮子共跳华尔兹。阿斯特丽德说的是对的：即便硝烟弥漫，人们依然要活着——他们购买食物，布置家居——那么为什么不会来马戏团开怀大笑，就如同世界没有分崩离析时一样呢？

接下来是高空走钢丝。一个叫伊塔的女孩站在一个平台的顶上，手握一根长长的竿子来保持平衡。这个表演比高空秋千更让我害怕，我很多次都庆幸诺伊霍夫先生没有让我走钢丝，而是让我飞秋千。音乐是慢速柔板，戏剧化地停顿以营造气氛。就在伊塔踏上钢丝时，音乐声大作，整个帐篷都随之颤抖。

伊塔的脚滑了一下，她费力重新掌握平衡。她之前练习表演那么多次了，怎么会出现这样的失误？她刚刚站稳，就又开始摇晃，这一次晃得太厉害了，没有办法重新平衡。她尖叫着跌入空中，四肢摆动，仿佛是在游泳一样。所有人都屏气凝神。"不！"我大声喊道。随着她的下降，我仿佛又看到了阿斯特丽德将我推下平台的那一天。

我向前冲去，我们必须去帮助她，但是阿斯特丽德把我拉了回来。伊塔落在了网上，网被压得贴近地面。她躺在那里，一动不动。观众们似乎都屏住了呼吸，想知道是应该担心，还是这是表演的一部分。工人们冲过去，把她从表演场中抬了出来，他们很快从观众的视线中消失。看着伊塔毫无生气的身体，我恐惧极了。我也可能会发生这样的事情。伊塔被匆匆地抬到了停在大帐篷后面的标致汽车上。我原以为会有救护车，不过工人们一把她塞入车后座，车就发动离开了。

"本季第一场演出就发生意外。"一个声音在我旁边说道。刺激的气息喷在我光着的肩膀上，带着一丝热气。尽管我们过去几乎都没有说过话，不过我认出了这个有着飘逸银发的女人是德丽娜，在演出之前和中间休息时在场地内算命的吉卜赛人。"很坏的兆头。"

"胡扯。"阿斯特丽德不赞许地摆了摆手，不过她的脸色非常阴沉。

"伊塔会没事吧？"德丽娜走后，我问。

"不知道。"阿斯特丽德直言，"就算她活下来，应该也没有办法再表演了。"她的语气仿佛是说，活着不能表演是比死了更可怕的事情。

"你相信算命吗？"我听到自己问了不该问的问题，"关于坏兆头的，我是说。"

"呸！"阿斯特丽德摆摆手，"如果她真能看到未来，她还混在这里做什么？"她一语中的。

我看向帐篷里面，人们不安地等待着。剩下的演出肯定要被取消了，不过演员们还是紧紧地站在一起，准备继续表演。"小丑，快！"诺伊霍夫先生叫道，示意下一个节目的演员迅速上场。小丑们翻着跟斗上台，演出一场城市风情的哑剧。有快乐小丑，穿着大大的鞋子，戴着小小的帽子；有音乐剧小丑；还有无所不能模仿的滑稽小丑。

彼得似乎和这一切格格不入。他最后一个走入表演场中，脸上涂着白色和红色的油彩，中间还有显眼的黑色线条。他看着观众，仿佛他们让他不得不等待。他没有悲伤，而是表现为一个严肃的小丑，妙语连珠，露出难得的笑容。其他的小丑一个接一个地演着滑稽的戏码，而彼得则在外围舞动，完全独立地演出了一幕属于他的戏剧。他牢牢掌控着整个大帐篷，诱哄、逗弄、感受那些沉默寡言的人，那些非常疲倦的人，把他们拉入表演中。似乎他期待观众能回应他，用掌声回馈他，但实际上可能正好相反。阿斯特丽德站在角落的黑暗中，看着彼得，全神贯注。

诺伊霍夫先生也从表演场的另一端看着，他的脸非常不安。我屏住呼吸，等待着彼得开始表演诺伊霍夫先生禁止的那段正步仪式。彼得没有接受之前诺伊霍夫先生提出的在他的节目中加入维希国歌的建议，但他一直都让自己的表演轻轻松松，仿佛是意识到在伊塔失足摔落之后，任何事情都显得多余。

小丑们之后是头戴珠宝首饰的大象、熊和猴子，它们身上穿的小裙子和我身上的衣服不无异曲同工之处。之后节目中场休息，室内灯光亮起。观众们走到外面空地去活动腿脚或是抽烟，但这个休息并不属于我们。"我们是下一个。"阿斯特丽德告诉我，"我们必须做好准备了。"

"阿斯特丽德，等一下……"我的胃里似乎敞开了一个巨大的空洞。一直到现在，我都不过是演出的观众，几乎都忘了我在这里的真正原因。但是，要真的在众人面前走出去……尤其是在伊塔的意外之后，我怎么能做到呢？"我做不到。"我的头脑一片混乱，已经什么都记不起来了。

"你当然能。"她安慰我，将一只手放在我的肩头，"你只是紧张。"

"不，我什么都不记得了。我没有准备好。"我的声音中流露出恐惧。其他几个演员望向我,其中一个杂耍演员扬扬自得地翘起了嘴角,仿佛她关于我的一切猜测都得到了证实。

阿斯特丽德领着我走到一边,然后停下脚步,用双手按住我的双肩:"好啦,听我说。你很棒,甚至很有天赋,你也努力刻苦。不要理会观众,想象这就是在达姆施塔特,只有我们两个人。你能做到的。"她用力地吻了我的两颊各一下,仿佛是要将她的冷静和力量传递给我。然后她转身向表演场走去。

钟声响起,观众们回到自己的座位。我隔着帘幕看向满心期待的人群,腿越发沉重。我都没办法走过去。"去!"音乐声响起,阿斯特丽德冲我吼道,猛地将我推了出去。

灯光再度暗淡下来,我们跳入表演场。在冬季营地中,梯子是被固定在墙壁上的,而在这儿,它却是从上面垂下来的,底部基本上无依无靠。梯子晃来晃去,我努力不让自己摔下去。爬上去的时间比我原本以为的要长一些,我刚爬到跳板上,灯光就亮了起来。灯光扫过帐篷的每一个角落,最后落在我身上。于是,我就这样展示在观众面前。我浑身颤抖。为什么小丑能够藏在油彩之后,而我们却要近乎全裸,身上只有一小片尼龙布料来阻挡几百双眼睛?

音乐声渐缓,这标志着我们的演出即将开始。一阵静默,紧接着是一阵越来越大的击鼓声,这是我跳出去的讯号。"跳!"阿斯特丽德的声音从黑暗中传来。我应该在她说完后立刻就跳出去,但我没有。阿斯特丽德荡了出来,等待着我,再耽搁一秒钟,就一切都太晚了,整个节目就会彻底失败。

深深吸了一口气,我从跳板上跳了出去。突然之间,我的脚下除了空气就再无他物。尽管在冬季营地中已飞了很多次,此刻我依然感到了一阵极端的恐惧，仿佛这就是第一次。我荡得越来越高，将恐惧推到一边，畅享着在我身边环绕流动的空气。

阿斯特丽德飞向我，双臂探出，我必须在弧线的最高点放手，节目才能成功。不过，这个接的过程依然让我害怕，特别是在看到伊塔摔下去之后，我的恐惧尤甚。阿斯特丽德曾经让我摔过一次，这是恐惧的来源。她还会再这么来一次吗？

我们的视线交缠在一起。相信我，她似乎在说。我放手，飞过空中。阿斯特丽德的手紧紧握住我的，她拉着我让我在她下方摇摆了一瞬。放松和激动的感觉在我全身奔涌，不过，现在可没有时间庆祝。一秒钟之后，阿斯特丽德就把我抛回了我应该去的方向。我强迫自己再次集中精神，按照她教我的那样翻转身体。然后，我伸出手，几乎连看都不敢看。阿斯特丽德安排得天衣无缝，秋千横杆飞入我的手中，观众一阵欢呼。我荡回跳板，整个世界都被我踩在脚下。

我们做到了！我的心中满是欣喜，从记事以来我从没这么开心过。不过表演并没有结束，阿斯特丽德等待着我，她的神情肃穆，精神集中，丝毫没有分散。我们又表演了第二段，这一次阿斯特丽德抓住我的脚。喝彩声让我飞得更高。之后我又飞了一次，再回到跳板，节目就结束了。有一瞬，我感到的是悲伤失落，而不是如释重负。

灯光照向站在跳板上的我，我挺直身子。观众们一遍遍地欢呼。在我看来，他们完全都没有注意到阿斯特丽德作为一个接应人所付出的一切。那时我才明白，为了让我加入这场表演，她牺牲了自己，放弃了成为焦点的机会，这该有多么艰难啊。

灯光又照向下方，彼得准备再次进入表演场，这一次，他是进行个人表演。和其他在演出中只出现一次或两次的演员不一样，他不断在两场大节目中间出现，是一根将整个演出串在一起的线。现在，他以他的表演来分散观众的注意力，让工人有足够的时间将狮子和老虎的笼子就位，这些是趁着我们表演过程中下方黑暗时运进来的。

阿斯特丽德和我爬下梯子，急匆匆走出帐篷，来到已经有些晦暗不明的后院。"我们成功了！"我叫道，甩着胳膊抱住阿斯特丽德。我等待着她的夸赞。她现在肯定对我很满意，不过她没有回应。过了一会儿，我退后一步，神情沮丧。

"你做得很好。"她终于说道。不过她的语调很轻描淡写，神情中透着苦恼。

"我知道第一段的时候我晚了……"我开始说。

"嘘！"她让我噤声，然后凝视着帐篷里面。我顺着她的视线，望向坐在第一排的一个男人——他穿着党卫军的制服。我心中的不安陡然而生。如果他前半场演出就坐在那里的话，我肯定早就注意到他了。他肯定是中场休息时来的，而我由于紧张，没有看到他。

"我肯定他只是来看演出的。"我说，想要安慰她，但我的话语中没有什么力量。一个德国军官出现在这里到底是为了什么呢？他神情放松地看着驯兽师哄着那些大型的猫科动物表演把戏。"你还要去警告彼得不要在接下来的节目中表演那一段……"我停住了，因为我发现她根本就没有在听，而是依然从帘子的缝隙全神贯注地看着。

"我认识他。"阿斯特丽德的声音很平静，不过她的脸色已经变得苍白。

"那个德国人?"她点点头。"你肯定?"我压着卡在喉咙中的紧张,"他们穿着那些讨厌的制服,看起来几乎都一样。"

"是我丈夫的一个同事。"前夫,我想给她纠正,不过此刻似乎并不明智。

"你不能再进去了。"我焦虑地说。尽管我已经完成了表演,但是阿斯特丽德还要演一场西班牙网。我的胸口收紧。"你必须去告诉诺伊霍夫先生。"

"绝对不行!"她厉声说,听起来是生气更多一些,而不是害怕,"我不想让他因为在演出中有我参加而觉得担心。如果我不能表演,我就失去了价值。"然后诺伊霍夫的保护就变成了纯粹的慈悲。她直直地望着我:"那将是我的末日。你必须发誓说你不会去告诉他。没有人可以知道。"

"我替你表演吧!"我恳求道。当然,我的提议听来非常虚伪——我没有练习过绳子上的节目或其他任何表演,我只练过秋千。

我转身疯狂地寻找着。彼得,如果我能找到他,也许他可以劝说阿斯特丽德不要再表演。"阿斯特丽德,请等一下……"但一切为时已晚——她大步走向表演场,肩膀挺着,透着果决。在那一刻,我看到了她到底有多勇敢。我对她充满敬畏,简直目瞪口呆。

阿斯特丽德从她之前用的那个梯子上又转到另一架梯子上。这一次,她从一条单独的缎带上垂下来,似乎悬在半空中。我屏住呼吸,审视着那个军官的脸,想看他是否认出了阿斯特丽德。不过他一直望着她,入了迷,让人难以怀疑他。她在以她的动作讲述一个故事,编织一幅织锦。这演出紧紧地抓住了他以及所有观众，不过，我依然紧张得无法呼吸。阿斯特丽德的美丽和神乎其神的技艺就像是扩音器一般叫嚣着，威胁着要泄露她真正的身份。

"最危险的地方最安全。"掌声雷动，阿斯特丽德离开帐篷时低声对我说。她的声音中有一种自满，有一部分的她很享受欺骗了那个德国人的感觉。但她的手在解绑带的时候不住地颤抖着。

然后一切都结束了。整个马戏团一起出去，做最后的谢幕，这个集体亮相引得观众再次爆发赞赏的热情。我按照阿斯特丽德的指示爬上梯子，我们从相对的两个跳板上向观众做最后的谢幕。我没有飞出去，只是像芭蕾舞演员一样把腿举高伸向空中。孩子们冲着闪耀着汗水的演员疯狂摆手，演员们则谦逊地鞠躬答谢，仿佛还没有从角色中抽离出来的戏剧演员一般。

之后，有些演员给聚在后院边缘处的一些观众签名。我紧张地望着阿斯特丽德接受观众的赞美，也许她不该出现在这里的。不过那个德国军官也没出现。

我看到彼得出现在后院的另一端，没有给人签名，而是在踱着脚步自言自语，就和他在演出开场前一样专注。他是在回顾他的表演，想找出错误，以便下次可以改正。马戏团的艺术家们就像芭蕾舞演员或是钢琴演奏家一样用心。每一个细节的瑕疵都是一道裂开的伤口，尽管根本没有别人注意到。

签完最后一份节目单后，我们回到火车上，路上看到工人们还在给动物们梳洗喂食。"过去，在第一晚演出之后会放焰火的。"阿斯特丽德盯着黑漆漆的天空说道。

"但现在没了？"我问。

"太贵了，"她回答，"而且现在似乎没有人会觉得爆炸是种享受。"

这时，疲倦的感觉将我吞没。我的骨头很疼，皮肤因为汗水干掉而感到阵阵寒意。此刻我唯一想做的就是回到西奥身边，贴着他温暖甜蜜的小身子瘫倒，但阿斯特丽德将我哄到了更衣车厢，我们在那儿脱下演出服，卸去脸上的妆容。她将温暖的药膏涂在我的肩膀上，那药膏散发着松香味，令人安心。"我只想睡觉。"我抗议道，试图甩开她。

"在这个行当里，我们的身体就是我们所拥有的一切，必须用心看顾。明天你会觉得庆幸的。"她保证道，她的手指用力按着我的脖子。我的肌肉火烧火燎地痛。

"你做得很漂亮。"阿斯特丽德接着说道，她的声音饱满而真诚，道出了我期待了很长时间的赞美。我的心似乎都漏跳了一拍。"当然，在第二段的时候你的腿应该伸得更直一些。"她补充说，将我又拉回到地面上。阿斯特丽德永远是阿斯特丽德。"我们明天可以改过来。"明天，我想，没有尽头的练习和演出的日子正在我面前延伸。"我为你骄傲。"她又说，我能感到自己的脸颊红了。

我们从更衣车厢走向卧铺车厢。这时，我停住脚步。我还在担心那个看到她的德国军官，以及他认出她的可能性。阿斯特丽德不会告诉任何人，但我呢？我望向彼得的车厢。他很关心她，我看得出来，他会是保护她安全的最佳人选。不过，如果我去告诉他，他肯定会跟阿斯特丽德说。诺伊霍夫先生呢，我开始思考。自从来到马戏团，我就没有和他说过几句话，不过他一直都非常和气。这是他的马戏团，他肯定知道应该做什么。我仿佛又看到了阿斯特丽德怒气冲冲的脸，听到了她的声音：没有人可以知道。如果她发现我违背了她的交代，会勃然大怒的。但是诺伊霍夫先生经营着马戏团，他是我能找到的保护阿斯特丽德安全的最佳希望。

我不顾一切地想回到西奥身边，不过他肯定已经睡着了——而我必须要先去做些别的事情。"我忘了点东西。"我说，在她做出任何回答之前就转身走向另一个方向。

我敲了敲诺伊霍夫先生的车厢门，邻着守车的最后一节车厢。"进来。"他在门内说，我打开门，之前我从来没有来过这里。车厢内的装潢令人很舒服，一道帘子隔开了床铺和待客区域。诺伊霍夫先生坐在一张桌子边，他的块头似乎要把身下那本就不结实的椅子压垮。此刻，他已经脱掉了在表演场上穿的那件天鹅绒外套，解开了因为汗水而显得有些暗沉的带花边的亚麻礼服衬衫的衣领。烟灰缸上一根碾灭的雪茄散发出烧焦的气息。他伏在桌案上，正在检查账簿。经营一个马戏团是很大的生意，绝不只是表演场和冬季营地。他得对每一个人的福利负责，不止付出薪水，还要负担他们的房租和食物。就在此刻，我能看得出来他的疲倦和年纪，还有他负担的沉重。

他从眼前的分类账簿中抬起头来，眉毛依旧是皱着的。"怎么了？"他说，他的声音轻快，满满的和气。

"我打扰你了吗？"我勉强地说出口。

"没有。"他回答，不过他的声音很平淡，眼睛也比几个小时前更加深陷，"因为伊塔摔了这件糟糕的事，我必须填一份给政府的报告。"

"她会没事吧？"我问道，但心里有些害怕听到答案。

"我不知道。"他说，"明天天一亮我就要去医院，不过政府要求明天必须交一个税。'罪恶税'，他们这么叫。"仿佛我们做的一切，提供娱乐，都是错的。"我正在计算这笔钱该从哪里来，"他无力地笑了笑，"做生意的成本。要我为你做什么？"

我踌躇了，不想给他雪上加霜。诺伊霍夫先生的车厢角落中有一台小收音机，正在播放着节目。现在这是违禁品，而我过去从来都没有意识到他有一台收音机。我还注意到他的桌子上有个漂亮的盒子，里面装着信纸和信封。诺伊霍夫顺着我的视线看过去。"你是想给你父亲写信，让他知道你过得很好吗？"我过去想过几次，想知道爸妈会认为我现在变成了什么样，他们是担心我，还是彻底不再想我。我该说什么——说我加入了一个马戏团，说我现在有了一个孩子，非常像那个被从我身边带走的？不，现在的生活，他们半点都不会理解。如果他们知道我在哪里，我心中就有一部分会总是期盼着他们来找我——而日复一日过去，他们并没有来，我就会心碎。

"我可以替你写。"他提议。我摇了摇头。"那需要我做什么？"

我还没来得及想出来该怎么解释我为什么来这里，诺伊霍夫先生就气喘了起来，他的咳嗽比在冬季营地时更厉害了，声音也更大了。他探手端起一杯水。咳嗽平息之后，他吞下了一颗药。"你还好吧，先生？"我希望这个问题不要太冒昧。

他摆了摆手，仿佛是在赶苍蝇。"家族遗传的心脏问题，一直都有的老毛病。潮湿的春季气候没有好处。对了，你需要什么？"他又问我同样的问题，希望能尽快回到账簿中去。

"是阿斯特丽德的事。"我犹犹豫豫地开口，深深吸了一口气，跟他讲了坐在第一排认识阿斯特丽德的德国人的事情。

他的脸沉了下来。"我一直都担心迟早会发生这样的事情。"

他说，"谢谢你告诉我。"从他的语调我听得出来他是要送客了。

但我又转身回来，大着胆子又打扰了他一次："先生，最后一件事——阿斯特丽德如果知道我告诉了你这件事，会非常生气的。"

我从他的脸色就能看出他心中的冲突，他想帮我保守秘密，却又不能承诺什么，除非是说谎。"我不会说我是从你这里听来的。"这个说法给人的安心很少，我是唯一一个知道这事情的人。走出他的车厢时，忧虑一直在撕扯着我的胃部。

我回到我们的车厢时，阿斯特丽德正坐在黑暗中的铺位上，她抱着已经睡着的西奥。我努力克制着自己去捅捅他让他睁开黑色眼睛看我的欲望。"他几分钟前睡着的。"她说。得知我刚好错过了西奥醒着的时段，这让我感觉更糟了。她轻柔地抚着西奥的脸颊。

"我想问一句，"阿斯特丽德开口，我一下子僵住了，心中在努力编造一个能说得过去的借口，解释我刚刚去了哪里，"你回来的路上，看到彼得了吗？"

"离开后院后我就没见过他，那时候他在排练。"我说，心里想，在演出结束后修改错误，不太适合用排练这个词。

"我希望自己能去找他。但巡演期间只要演出开始，他就更愿意一个人睡。"她的眼睛充满渴望地望向了彼得的车厢的方向。"见到埃里克的同事之后……"她把下巴垂到胸口，"我真的不想独处。"她放在西奥背后的手在颤抖。

她很孤单，我意识到。在本斯海姆火车站工作的那几个月当中，我已经习惯独处。作为家里唯一的孩子，这并不是什么难事。但阿斯特丽德出生在一个很大的马戏团家庭，然后和埃里克在一起，再之后又很快遇到了彼得。尽管她十分强悍，却无法应对孤独。

"你并不孤单。"我说，感觉我作为一个退而求其次的替代选择，应该还是勉强可以的吧。我用胳膊环住她："我在这里。"她的身子僵住了，有一瞬间，我猜测她是否会推开我。自从来到马戏团，总是我需要阿斯特丽德，我依赖她。而现在，似乎反了过来。

阿斯特丽德怀里抱着西奥，躺倒在铺位上。我顺着躺在她旁边，她的身体暖烘烘的。我们前额抵着前额，仿佛是在子宫内的双胞胎，是同呼吸的连体儿。我感觉到了一种慰藉，那是离开家之后就再没有感受到的。阿斯特丽德曾经有一次开玩笑说她老得可以做我妈妈了，不过的确是这样。我仿佛又看到了我妈妈，如同她目送我离开那天我看到的一样真切。她应该为我争取我需要的，应该用生命保护我。而现在，我有了西奥，我开始理解她的爱中包含什么，又不包含什么。

"你在想什么呢？"阿斯特丽德问。这是她第一次表现出兴趣来。

"想大海。"我扯谎道，感觉很尴尬，不愿意承认自己在渴望将我赶出家门的家。

"大海，还是住在海边的人？"她问，她的语调听起来似乎是看穿了我的答案，"你的家人——你还爱他们，是不是？"

"我猜是。"这种坦白似乎是一种软弱。

"你在夜里大声叫了他们。"她说。我能感到自己的脸唰地红了，很庆幸在黑暗之中她看不到我的脸。"我依然会梦到埃里克，"她坦白说，"我依然对他有感情。"

我大吃一惊："即便他……"

"把我赶了出来？不要我了？是的，即便如此。你爱的是过去的他们，那些让他们做出这些事情的可怕原因出现之前的他们，你懂吗？"

我懂。从她声音中的悲伤我能听得出来，埃里克对她弃之不理，这是多么大的伤害。"但你现在有彼得了。"我提醒道，希望能缓解她的痛苦。

"是，"她回答，"但非常不一样。"

"他很关心你。"我强调。

我能感到身边的她身子僵住了。"彼得喜欢我的陪伴。如此而已。"

"但阿斯特丽德……我看得出来他有多关心你……也看得出来你有多关心他。"她没有回应。阿斯特丽德怎么会看不明白彼得的真情呢？可能经历了那一切之后，她很害怕去期待更多。

"好啦，我们本来是说你的。"阿斯特丽德转移了话题，"我知道你想念你的家人，但过去的已经过去了。面对未来，迎向风雨。你现在有西奥了，你再也不会回去了。"她声音坚定。"如果你想救你自己和西奥，那就需要接受这些。当然，除非你找到他的家人。你希望他找到家人的，是不是？"她追问。

剧烈的疼痛刺穿了我。"当然，那会让人安心。"我回答，声音低沉。尽管我想过西奥的家人，为他们祈祷过，但我真不能想象出送走他的情形。他现在是我的了。

"或者找不到的话，他可以被人收养。他不是你的，他属于一个家庭。你是一个年轻女孩，还有一辈子的美好年华。有一天你会让他离开的。"

我就是他的家人，我心中想。我指了指黑暗中的车厢："这就是我的生活。"我不计划永远留在马戏团。我需要带着西奥离开，永远离开德国。但是现在，我很难想象其他的事情。

"有一天你会觉得不同的。"她说，"有时候，我们以为会永远延续的生活并不会如我们想的那样一直持续下去。"

别人都睡着了，四周一片静寂，她的话语似乎在静寂中回响着。我咬了咬自己的嘴唇，不让反对的话说出口。我曾经放弃了自己的孩子，那让我难过欲死。我无法再承受一次那样的痛苦。

当然，阿斯特丽德并不知道这些。我的过去还是一个深埋的秘密，但这个秘密似乎正在我和阿斯特丽德之间缓缓生长，将我们越分越远，让我们友谊的每一分每一毫都沦为谎言。

"阿斯特丽德。"我开口说。我需要现在就告诉她我是怎么走到在火车站发现西奥的那一晚的，告诉她关于德国士兵的事情。这个秘密不应该在我们之间继续溃烂。

"如果你要说演出的事情，我们可以明天早上再讨论。"她困恹恹地说。

"不是演出的事。"

"那是什么？"她抬高了头，问道。我咽了口唾沫，不知道该怎么说。"谢谢。"在我说出话前，阿斯特丽德说道。她的声音中有一种我从来都没有听到过的脆弱。"我是说，我觉得我没跟你说过我很感激你做的一切。没有你，我不能继续演出。"严格地说，这并不是真的，她可以继续表演西班牙网或其他单人节目。但是她的心是随着秋千一起飞的，我出现在这里，让飞秋千有了机会上演。"我希望你能知道我充满感激。"她看到我的头埋在了毯子下面，又说道。

我如鲠在喉，有种东西堵住了我原本打算说的话语。我能够把这障碍推开，坚持告诉她真相。不过，她抓住了我的手，我们之间出现了一种过去从没有过的温暖。我想向她吐露秘密的意愿土崩瓦解，如同尘埃一般随风飘散。"你想说什么？"

"没什么。是……是彼得的事。"此刻，我没有办法跟她说出我过去的全部真相。但为了保守秘密，匆忙之下，我脱口说出了别的秘密："他在演出前喝酒了。"我心中畏怯，不知道是不是应该说出这件事情。这不关我的事，但是有一部分的我就是感觉，她应该知道。

阿斯特丽德没有立刻回答，我能感觉到身边的她因为关切而绷紧了身体。"你肯定？"她问，"他在演出前总是举止奇怪。"她的声音透着不安，显然不想面对早就知道的这桩真相。

"我肯定。我看到他从啤酒帐篷中走出来。"

"噢。"她的声音听来并不吃惊，只是悲伤，"我过去费了很大力气阻拦他的。"

应该费更大力气，我想说，但是一个人得强大到什么地步，才不会被阿斯特丽德阻止？

"我只是觉得特别无助。"她说，声音有些失控。我以为她会哭，但她只是耸了耸肩。我靠得离她更近一些，她陷入我的怀抱，西奥被紧紧地夹在我俩中间，我都担心他会因此醒来大闹一场。"特别无助。"她重复道，我知道她说的不只是彼得的事情。

最后，她的颤抖渐渐平息，她挤得离我更近了一些。"演出才是根本。"她说，带着一副更加昏昏欲睡的样子，"只要我们能够演出，一切就都会好起来的。"

我在脑海中回忆着我和诺伊霍夫先生之间的对话，想起我跟他说起那个认识阿斯特丽德的德国人时他脸上困扰的神色。

我情不自禁地想，我是否犯了一个严重错误。

10

诺 亚

"我要去镇上。"我对阿斯特丽德说。我把西奥抱在大腿上，用勺子将他午餐的最后一口喂进他嘴里。他的午餐是一根香蕉——一个厨工发现的稀有物品——被我碾碎之后拌了一些牛奶进去。西奥吃第一口时就惊喜地睁大了眼睛，这种陌生的丰美滋味让他咯咯笑个不停，它和平时喝的寡淡无味的粥是如此不同。好的食物对西奥来说非常难得，因为我没有办法不引人起疑地给他注册一份口粮卡。所以，我自己的食物中只要有适合他的，我就喂给他。

我放下碗，希望阿斯特丽德不要反对。今天是星期天，现在已经将近中午，首演过去两天了，而且我们已经结束了四小时的排练。我的肩膀剧痛，潮湿的皮肤散发出一种泥土的气息。"我要去旅馆洗洗。"我补充。因为我们的场地里没有自来水，马戏团在一个小旅馆中订了两个房间，一间给男人，一间给女人，我们可以每周过去洗个澡。

阿斯特丽德探手到她的行李箱里摸索，然后递给了我一小块肥皂。"给。"她说，我满怀感激地接了过来。马戏团给我们的肥皂不过比粗糙的浮石强点，但这一块却光溜溜的，散发着甜美的气息。"我用树汁做的。"她补充说。我依然不断因阿斯特丽德而瞠目结舌，她是如此足智多谋，而且在巡回演出路上的成长过程中她又学会了那么多的事情。这时她的眉毛皱了皱："一个小时内回来。我想纠正一下你的挂膝悬垂，在明天演出之前还要再练练劈叉。"

"但今天是星期天啊。"我抗议道。今天我们不表演。星期天，在马戏团的后院，马戏团的人们会训练一会儿，或是玩玩牌，或者只是放松一下疲惫的身体。孩子们自由自在地跑来跑去，捉迷藏，跳绳，今天没有人会赶他们离开大帐篷，或让他们安静，这是他们可以尽情享受的日子。

一个休息的日子——但对我来说不是。阿斯特丽德让我训练的时间和平常的日子一样多，只是午饭之后留些时间让我喂西奥，和他玩一会儿。今天，似乎连这我都不能拥有了。我知道最好不要争论这个问题。尽管我勉强成功地完成了星期五和星期六的那些表演，但还有很多东西需要练习。我只尝试了直接飞荡——我荡到最高点，她在我落下去时抓住我的手臂——但我们可以尝试的变化多得数不清：单足旋转加一百八十度后空翻、脚踝接脚踝。而我所学会的不过是高空杂技技艺中的九牛一毛，距离足够好还相差十万八千里。

"那个……"我顿了顿，"我在想，如果我在第二段的最后旋转，你可以反向接住我。"

这是我第一次大胆地提出建议，阿斯特丽德盯着我，仿佛我长出了犄角一样。然后她耸了耸肩，摆了摆手："那绝对行不通。"

"为什么不行？"我问，"我可以在返回时伸直身子，效果会比直接飞荡要好些。"

她不耐烦地噘起嘴，仿佛我就是一个在被告知不可以之后还坚持要糖吃的孩子："你需要继续练习基本功，不要好高骛远。"我退后一步，心里愤愤不平。我也许可以在表演中表现得足够好，但她绝对不会把我当成平等的人对待。"反正，如果你想去镇上再回来，现在就得出发了。"阿斯特丽德改变了话题，"我会替你看着西奥。"

"你不介意？"我一边问，一边充满渴望地看着西奥。尽管我极端地想洗个澡，再次感受清爽，但我真不想离开西奥。在表演的日子我能见到他的时间太少了——到最后的表演结束时，他已经醒了很久，又该睡觉了。我很讨厌牺牲掉我们在周日下午能共度的宝贵时光。我多想把他一起带去城里啊！他也可以好好地洗个澡，而不是坐在一个金属桶里，任由我往他身上浇水，在水温不合适时恼怒地哭闹起来，合适时开心地大叫起来。但我不能冒着引起额外关注和疑问的风险带他到镇上。

"一点不介意。"阿斯特丽德走过来，从我手里接过西奥。她看着他的样子有一种温柔，似乎在倾诉着她从来都没有过的孩子的故事。第一次演出之后，这短短的两天内，她对我也和气了一些。她依然对我的表演非常苛刻，提出很高要求，但似乎她真的认为我可以表演了，已经是他们中的一员了。那天晚上我们聊了彼得和过去之后，我几乎感觉我们是可以彼此信任的朋友了。

或者，至少我们应该是朋友，如果我没向她隐瞒我自己的孩子和他的德国父亲的事情。我应该几个星期之前就告诉阿斯特丽德的——这可能会减轻伤害。但我没有，真相依然埋藏在我们之前，溃烂发炎。现在会令她讨厌我的不只是秘密本身了，还有我为了保守秘密而做的伪装。

"如果你穿过树林，沿着小溪走，可以比走大路快点到镇上。"她建议。

我扭头望了望，想看一看她说的那条路线。除了到达的那天沿着主路过来，我并没有离开过场地。

"那条路就在大帐篷后面。"她察觉到我的迷茫，继续说，"要不我们陪你走一段，我指给你看？"

我跟着阿斯特丽德，她抱着西奥穿过卧铺中的窄窄过道。一个舞蹈演员正在用自制的染发剂染头发，另一个在缝补紧身连体衣上的破洞。靠门口的地方有一个负责穿插表演的体型肥胖的女人正毫不羞涩地换着衣服，她硕大的胸脯和下方的赘肉连成一片，难以分辨。我移开视线。这么多女人住在同一个地方，几乎没有什么隐私——马戏团中有很多事情我都无法适应，这只是其中之一。

我们走出去。早些时候，我们去训练时，大帐篷上方的天空涂染着粉色和蓝色。但现在，一团雾气笼罩在大帐篷之上，仿佛是一顶帽子压得低低的，盖过了眉毛。我们穿过马戏团后院，帐篷和火车之间的开阔空间里，马戏团的人在消磨着时间，躲避着观众探查的目光。内衣毫不羞涩地在晾衣绳上扑拍。靠近厨房的地方，煮土豆的热腾腾的味道飘了出来，预告了晚上的菜单。我听到了杯盘碰撞的声音，有六个工人正在清洗着午餐的盘子。

经过大帐篷，里面传出来的声音是一首熟悉的交响曲。一个单簧管乐手正在练习，还有一个强壮男人的呼噜声混杂着两个小丑的一场滑稽决斗中刀剑碰撞的声音。透过帘子的缝隙望去，整个表演场在白天刺眼光线的照射下显得有些伤感。天鹅绒的坐垫破旧脏污，地上铺的曾经干净的木屑上现在也一片狼藉，散落着糖纸和烟头。角落里有一摊黄色，是一匹马的尿液的痕迹，散发出阵阵酸气。

在场地边缘有一棵刚刚开花的樱桃树，德丽娜坐在树下，异域风情的紫色衫子在她身体四周铺展，戴着珠宝戒指的手洗着一沓牌，弯曲起的硕大指节分外显眼。阿斯特丽德跟我说过，她每年都会加入马戏团，在我们巡演的第一站出现，然后一直留到季终，在演出开场前在我们的游乐场地内接待观众。在马戏团这个几乎能包容一切的奇怪世界中，德丽娜依然是个局外人。这不仅因为她是吉卜赛人——马戏团里有各个种族——而是她的表演是一种哄骗，就像是魔法。这不是马戏，阿斯特丽德轻蔑地说。这是我加入他们之后这几个月中经常听到的一个说法，用来形容那些不符合马戏团理想的表演。

德丽娜冲我招了招手。我迟疑了一下，看向阿斯特丽德。"我能吗？"我问，"我就待一分钟。"她翻了个白眼，耸了耸肩。我向德丽娜走近了一些，对她在自己面前的牌桌上刻意摆出的奇怪阵列充满好奇。"我没有钱给你。"我说。

她伸出手，一句话没问，抓住我的手，用她粗糙的手指摩挲着我掌心的纹路。"你生在幸运星之下。"她说。幸运，这个词，之前我听过多少遍了？"但你感受过深深的哀愁。"我不安地动了动，她怎么看出来的？"你会懂得和平。"她又说。对当下的年月来说，这似乎是个大胆的预言。"但首先，会有疾病——会有断裂。"

"断裂，骨头吗？"我问，"还有，谁会生病？"她摇了摇头，没有再说什么。紧张突然袭上心头，我站起身。"谢谢。"我匆匆说。

我走回阿斯特丽德身边，她正抱着西奥转圈逗他开心。"她说了什么？"阿斯特丽德也情不自禁地很好奇。

"没什么重要的。"我不太自然地回答。

"我真不知道你为什么要相信这种东西。"她奚落地说。

我不知道你为什么不信，我想这么回答，但我害怕这话会显得非常无礼。"我喜欢对未知、对可能会发生的事情的承诺。"

"未来很快就会来到眼前。"她说。

离开马戏团场地，我们走入一片树林，从树中间穿行而过。这是一片由松树和栗子树组成的林子，比从远处看要更密集一些，和那个晚上我带着西奥跋涉过的树林区别不大。现在雪已经消融，潮湿的泥土中冒出了小草。日光透过树木的枝丫照射进来，一些早发的绿色蓓蕾点缀在枝头。低矮的灌木中窸窸窣窣，可能是藏着一只狐狸或是一只刺猬。如果那个晚上的天气也像现在一样，我应该根本不会倒下，不会进入马戏团。

"我觉得我应该顺便在镇上给西奥找些食物，"我对阿斯特丽德说，"找些米糊或鲜牛奶。"

"今天是礼拜日。"阿斯特丽德指出。我点了点头。这就是麻烦的地方：我能去镇上的这天，刚巧是大部分店铺关门的一天。

"当然，总会有黑市……"我们的村子被占领时，我在孤女院和车站时，也都听说过这样的事情，人们以高价非法卖出一些别人在别处买不到的东西。

"我不知道到哪里去找黑市。"我的肩垮了下来，"也许我可以到镇上问问……"

"不行！"她厉声说，"你绝对不能做任何引来怀疑的事情！如果你问到了不对的人，可能会引来危险的问题。"

很快，树林中就出现了一条小溪。河岸边的柳树向下垂着，但又没有低到扎入水中，打破浑浊的溪水玻璃一样的表面。"在那儿。"阿斯特丽德停下来，指着一道坡度和缓的木头拱桥，过了桥就是小镇的边缘。

"你不跟我一起吗？"我问，心里有些失望。如果能一起去，我们会更轻松更开心的。

她摇了摇头："最好不要被人看到。"我想知道她说的是她自己还是西奥，还是同时指两个人。她还在想着那个在第一个晚上过来看表演的德国人吗？不过她的眼睛充满期待地望向村镇。"反正，得有人看着西奥。"她提醒我，"你带着身份文件了，是不是？"

"带了。"我拍了拍口袋。

"小心点，"她皱着眉毛，审视着我的脸，"除非真的有必要，否则不要和任何人说话。"

"我一个小时内回来。"我说，吻了吻西奥的头。他伸出小小的手，仿佛在说：带上我吧。仿佛有一层面纱被一点点掀开，他每天都越来越多地看到这个世界，理解这个世界。

我轻轻地抓住他的手指，此时此地，我心中有一片地方似乎停摆了。"如果你真想去，现在就必须走了。"阿斯特丽德用胳膊肘顶了顶我。我又吻了吻西奥，然后向着梯也尔坐落的山脚而去。我爬上陡峭而蜿蜒的小路，紧邻路的两侧都是半木结构的房子，家家户户挂着灰色的百叶窗。屋檐下的山鹑彼此唱和。在星期日的下午，小镇的主街格外安静，因为大部分的商店都关门了。一些围着披肩的老妇人正走向位于小镇广场高处的罗马风格教堂。

唯一的特例是一家咖啡馆，透过圆圆的窗户，能看到衣裙翩翩的女人们抿着咖啡，吃着玛德琳蛋糕，男人们在镇广场旁边的一块草地上玩着滚木球。一个十一二岁的男孩在角落中卖着报纸。

旅馆很像是个大点的寄宿公寓，包含两座高高的毗邻的房子，原本中间分隔两户的墙被打掉了，它们连成了一片。我从店主那里拿过钥匙，什么都没说，他似乎就知道我为什么而来。他也看过我们的演出吗？还是现在我身上有了什么标志，显示我是马戏团的一员？小小的门厅里面挤满了客人，他们坐在椅子中，或是靠着墙壁，抽着烟。马戏团能订到房间真是幸运啊，旅馆里面都是战争爆发时从巴黎逃难过来的人或从被空袭和战火屠戮过的北方来的村民。流民，阿斯特丽德这么称呼他们。不管是因为什么，他们无家可归，无处可去，留在了这里。

二楼的房间狭小而简单，只有一个简单的熟铁架子床，洗手池中上一个客人留下的水渍还没有被清理干净。我迅速地脱掉衣服，扫了扫不知道怎么钻到我衣服里面的表演场上的木屑。我停在镜子前，审视着自己的裸体。如同阿斯特丽德预料的一般，经过那么多训练，我的身体渐渐发生了变化，有些地方变硬了，有些地方延伸开了。

然而，在秋千上的时间所改变的不只是我的体形。自从我们开始上路巡演，我就发现自己比过去更加认真了，经常都想着演出。演出结束后几个小时，我都还能感觉到空气在我脚下飞过，仿佛我是搭上了一列无法下车的火车。我甚至在梦里梦到飞秋千。有些时候，我会惊醒，手正握着一道根本不存在的秋千横杆。我在清醒时也沉迷其中。有一个晚上，我溜进了一片漆黑的表演场。观众席空空荡荡，但我依然能感觉到四面八方都有眼睛跟随着我，只有些微的月光照射进来。一个人练习非常愚蠢，没有其他人观察我的动作，我摔下去也无法求助，但是白天训练的那些时间显然不够。

我告诉阿斯特丽德，希望她能为我的决心鼓掌称赞。"你可能会死了的。"她轻蔑地说。无论我怎么选择，练习太多还是练习不够，似乎都是错的。不过，一些更难的把戏总是勾引着我：真希望我能够加入一个单足旋转，再飞得高一些，那样可能就可以完成一个空翻。我没有必要这么做，我不过是通过表演来达成一笔交易。但我发现自己想要更多，想要实现更多。

半个小时后，我走出旅馆，刚刚洗过澡，浑身清爽。我的眼睛扫过一家家商店，想要闲逛一会儿，享受片刻轻松时光。也许不像阿斯特丽德说的，可能会有一两家店铺营业，可以找到食物。不过，西奥在等着我。我转身离开了。

在马路对面，一栋房子门口有一个头发乌黑的十八九岁的年轻人来回踱着步。他看着我，以一种我曾经只感受过一次、现在几乎已经忘记了的方式。我的皮肤一阵刺痛。曾经我可能会感到飘飘然，但现在我不能让任何人注意到我。他是想找我麻烦吗？我低下眼睛，匆匆走过去。

街角，有一个男人在一个倒扣的板条箱上摆了一些水果售卖。我看到了草莓，这是自战争爆发后我第一次见到草莓。它们颜色斑杂，还太青了，根本没有成熟，但依然是草莓啊。欲望在我口中泛滥，我想象着西奥第一次品尝到这种陌生的甜美味道时的表情。我一边向着摊子走去，一边把手探进外套口袋，摸索到一枚硬币，付了钱给卖主。我的钱仅能买得起两颗草莓，我把它们放入口袋里，努力克制着自己现在就想吃掉一颗的欲望。

我听到身后传来一声窃笑。有一瞬间，我以为可能是刚才见过的那个黑头发男人。不过转过身，我看到的是两个男孩，他们十二三岁的样子，正冲着我的方向指指点点。我环顾四周，想看看他们是不是在笑话别的，然后意识到他们就是在笑话我。我低头看了看身上的大红色裙子、有花纹的袜子以及深 V 领的衬衫。我太不像普通人了。我抬起手盖住胸口，心中升起一种羞耻感。在秋千上，我学会了如何隐藏在灯光之后，假装那不是我；而在这里，我觉得自己浑身赤裸，暴露在人前。

一个女人走向两个男孩，她可能是他们的妈妈，我等待着她去训斥他们的无礼。但她赶他们回家，把他们挡在自己身后，仿佛是要隔开他们和我。"离远点。"她用法语警告他们，根本没有降低声音。她盯着我，仿佛我会冲上去咬人。看我们表演是一回事，在街上遇到我们则是完全不同的事情。

"抱歉，真的够了！"身后传来一个声音。我转过身，发现是那个刚才看着我的年轻人。他用古怪的眼神看着我，我等待着他站在女人那边。"马戏团的表演者是我们村子的客人。"他却这么说。我想知道他是怎么知道我是马戏团的人的，然后我意识到肯定是因为我的穿着。我向后退了一步。

"但你看看她！"女人反驳，嫌恶地指着我。

我的脸唰一下红了。外面的人肯定会认为马戏团中充满黑暗，糜烂不堪，阿斯特丽德曾经这么警告过我。实际上，真实情况与此截然相反。如果说有什么特别的话，应该是在巡演时的生活管理更加严格——女孩的帐篷里面有一个年长的女管家，我们还有宵禁，比德国人规定的那个宵禁时间还要早。而且演出之后我们都累坏了，根本没有办法去惹麻烦。不过依然有喜欢管闲事的戏迷们会在后院探头探脑，想瞥到一眼奇怪和异常的事情。实际上，我们的生活真的非常简单，简单到无聊——醒来，吃饭，穿衣，训练，重复训练。

女人张口要继续说，但年轻男人在她说出口之前拦住了她。"再见，维里耶太太。①"他不屑地说，女人转身气哼哼地顺着街道走远。

"你好。②"女人走后，他对我说。

我想起阿斯特丽德禁止我和村民打交道的命令，转身就走。"等一下。"他叫道。我扭头看过去。"很抱歉那个女人那么无礼。我叫卢西安。"他说着，探出手。他没有像我老家那样在自我介绍时说出自己的姓，我好奇这是不是这里的习惯。"大家都叫我卢克。"现在离得近了一些，我发现他比我以为的要高。我几乎仅能到他肩膀。

我迟疑了一下，然后轻轻地握了握他的手。"幸会。③"他说。他是在取笑我吗？不过他的脸上没有奸诈，没有其他村民有的奚落。

"诺亚。"我吞吞吐吐地说。

"像那个方舟，"他评论道，我低下了头，"《圣经》里的方舟。"

"噢，是，当然。"我回答。街对面，男孩们又发出了嘲笑的声音，他们的母亲已经走到了一家店里，听不到他们的声音了。卢克向他们走去，满脸怒气。"不要。"我说，"你只会让事情更糟。反正我就要走了。"

---

① 原文为法语。
② 同上。
③ 同上。

"那太糟糕了。"他说,"我能送送你吗?"他根本没有等我回答,就挽住了我的胳膊。

我猛地挣开。"抱歉。"我说。是因为我是马戏团的人,他才这么大胆地认为他可以这么做?

"对不起。我只是想帮帮你。"他的声音充满了歉意。"我应该先问问你的。"他又伸出手,"可以吗?"

他为什么这么和气?他很友好——太友好了。这些日子,没有人真的友好,除非是有所图谋。那个德国士兵出现在我的脑海。"我不认为这是个好主意。"我说。

"一个男孩送一个女孩,这有什么不对?"他问。他的眼睛迎上我的眼睛,含着一丝挑衅。

"好吧。"我让步了,让他挽住了我的胳膊。他向前走,带着我走向镇子的边缘。隔着衣袖,我能感到他的手指很温暖。他充满自信地快步行走,他是那种我在老家绝对不敢与之说话的男孩。

我们走过人行桥,靠近树林的边缘。我停下脚步,抽出手,这一次更加坚定。"我自己可以了。"让他陪我走出镇是一回事,但如果让他继续陪着,让马戏团的人看到我和村里人打交道,就不好了,阿斯特丽德说过我不该这么做的。我几乎能感觉到她落在我身上的目光。我望向树林的方向,心中猜测她是不是正望着我呢,但我没看到人。不过我依然不该再停留。现在已经超过一个小时了,她应该正等着我回去训练呢,甚至可能正在担心我呢。"我必须走了。"我坚决地说。

他抹开前额上的一绺头发,脸上既有受伤,也有困惑。"我很抱歉打扰到了你。"他说完就转身离开。

"等一下！"我叫道，"卢西安……"

"卢克。"他纠正道，又转身向我走来。

"卢克，"我让这个名字从舌尖流出，"我需要买些东西。"因为急着摆脱那些可恶的男孩和他们的妈妈，我几乎都忘了帮西奥找食物。

"什么东西？"卢克问。

我仿佛看到了阿斯特丽德，听到了她不让我问下去的警告。"牛奶，还有一些米糊。"我结结巴巴地说，不想说出关于西奥的事情。

他平静地看着我："给你自己？"

"是。"我迎上他的视线，没有动摇。他是一个陌生人，不值得信任。

"还是给孩子的？"他问。我僵住了，心中惶恐。他怎么会知道西奥？"马戏团到达的那天，我看到你在游行的时候抱着他的。"

我的皮肤上起了一片鸡皮疙瘩。我没有意识到他过去就注意过我。我们在表演场之外的生活突然之间也像在鱼缸里一样，可以任人观看。"那是我小弟弟。"我勉强说道，希望他没有像阿斯特丽德一样怀疑其他的可能。

"你有粮卡吗？"他问，似乎接受了我的解释。

"是的，当然，"我回答，"但根本不够。"

他扭头看了看镇中心的方向。"店铺星期日都关门了。"最后他说，"也许你可以平时再过来。"

"演出很忙，很难挤出时间来。"我小心翼翼地回答。我想问他黑市的事情，却又不敢问出口。

"你在马戏团做什么，驯老虎？"卢克似乎是在责备。

有一瞬间，我想告诉他我才来到马戏团几个星期，根本不算马戏团的真正成员，但马戏团的人现在就是我的自己人了。我昂起下巴："实际上是高空秋千。"我很为自己在这个新学会的技艺方面的优秀表现而骄傲，也很为自己投入的辛苦而自豪。这对卢克这样不在马戏团的人来说很难解释，不过，他似乎还是觉得很有意思。"你没去看表演，是不是？"

他摇了摇头。"可能我该去看看。"他说，然后笑了笑。"不过你得再见我一次。我们一起喝咖啡。"他接着说，确认我没有认为他的提议不合适，"我肯定自己会有很多关于演出的问题的。你会告诉我吗？"

我一时语塞。他似乎非常友好，在别的场合，我可能会更加轻易地给出肯定的答案。"抱歉，不能。"我说。

失望从他脸上一闪而过，迅速消失。"我可以陪你走完剩下的路，"他提议，"以防你再碰上那些男孩，或是他们的妈妈。"

"没有必要了。"我回答。鼓励他没有什么好处，我不想任何马戏团的人见到我和他在一起——特别是阿斯特丽德。

在他继续说话前，我迈开脚步。我能感到他目送着我走远。

11

阿斯特丽德

我看着诺亚过了桥，一股强烈的保护欲充斥着我的心。这是她第一次离开营地，她能应付吗？会因为紧张出问题吗？有一阵子，我想追上她，再嘱咐她一次要小心，不要和任何人说话，以及成百上千件别的需要注意的事情。我自己也想去镇上好好洗个澡，不过那天晚上，那个德国人差点认出我来，我不敢去冒险被人看到。我警惕地环顾四周。我所站的地方在森林边缘，距离小镇不太远，我不想碰到别人，被询问关于孩子的事情或关于我自己的事情。

我的脑海中回想着那天晚上的演出。当时我望向帐篷内，有人看到了我的眼睛——一个穿着军装的男人，翻领上闪烁着党卫军的徽章。罗杰·冯·阿尔布雷克特。他是我丈夫在柏林时的同事，曾经到我们劳赫大街的公寓拜访过几次。

此刻，我不由得好奇，德国和法国有那么多城镇，我们马戏团的第一场演出离柏林有几百英里远，埃里克的同事怎么会在第一场演出时过来看？几乎不可能是因为巧合。当然，他并不是埃里克比较亲密的朋友，只是我们举办节日派对时接待过的普通同事。不过，这也足够了，他可能已经认出我来了。我们原本以为到了法国就会远离危险，但在这里，危险的疑云还是真实地笼罩着。

我看着诺亚走向小镇中心，肩膀绷着。她很紧张，我看得出来，毕竟这是她第一次独自进镇。但她继续向前。"她真是个好姑娘，你知道的。"我一边转身走回树林，一边大声对西奥说。我几乎能感觉到他点头表示同意。"她非常爱你。""她"——等西奥大了会说话之后，他会怎么称呼诺亚呢？叫"妈妈"似乎是对将他生下的女人的背叛，她肯定现在还在为了失去他而伤心，但每个孩子都应该有机会管一个人叫妈妈。我挪了一下手，他舒服地扎在我脖子里。我从来都不喜欢小孩，但他身上有些聪明的地方，他有一个老灵魂。我把他抱得高一些，然后哼起了一首从长大后就从没想起过的甜美童谣，名叫《你知道吗，有多少小星星》：

你知道吗，有多少小星星在蓝色天幕上？
你知道吗，有多少片云朵遨游于世界中？
上帝数清楚了呀
一个也不会漏下
尽管有很多，总数很大

我低头看西奥。他过去听过这首歌吗？他的父母是否曾给他唱过这首歌？他们是虔诚信教的犹太人，还是视教规于无物？我改唱《葡萄干和杏仁》，这是一首意第绪语①童谣，我看着他的脸，

_____
① 日耳曼语族的一种语言，主要由犹太人，尤其是德系犹太人使用。——编者注

想看到一些表示他听懂了的迹象。他也看着我，眼睛睁得大大的，一眨不眨。

一个犹太婴儿辗转到了马戏团，到了我身边，到了我这样的另一个犹太人身边，这样的事情实在不太可能发生。发生的概率能有多大呢？但我们不是仅有的犹太人，我提醒自己。在诺伊霍夫马戏团待了大约一个月时，我意识到自己并不是唯一的犹太人。我曾经在餐厅见过一个不熟悉的男人，他坐在工人们吃饭的那一侧，身材消瘦，少言寡语，长着整齐的灰胡子，腿脚有问题，总是一个人待着。有一个女孩跟我说，他叫梅斯，是个杂工，很擅长修理小玩意。于是我拿着我的手表去找他，那是父亲在我十六岁生日时送我的礼物，非常珍贵，可惜已经不走了。

梅斯的工作间位于冬季营地边缘的一个棚子里。我敲了敲门，他让我进去。屋内的空气散发着新鲜木头和松节油的气息。透过一扇后门，我可以看到一张窄窄的床和一个洗脸盆。前屋拥挤的空间内，架子上和地板上，都摆满了小工具和坏了的机器引擎。夹杂其中，散落着大大小小不同型号和样式的钟表，有十好几个。

"战争爆发前，我在布拉格，是个钟表匠。"梅斯说。我好奇他是怎么来了这里，但马戏团的人通常不会分享太多过去的故事，所以，最好不要发问。我把手表递给他，他检查了一下。

他拉开抽屉找工具时，我看到了那件东西：一个已经失去光泽的银质门柱圣卷①。光是留着这样东西，就可能害他丧命。"那是你的吗？"我不禁问道。

---

① 犹太人贴在门柱上的安家符，由一个装有写着特定经文的羊皮纸卷的小盒子构成。羊皮纸卷上的经文出自《托拉》（《圣经旧约·申命记》第六章 4–9 节和第十一章 13–21 节）。——编者注

　　梅斯迟疑了一下，可能他对我的过去的了解不比我对他的了解多。我本来以为我的犹太身份在马戏团当中并不是一个被严格保守的秘密，但他是在我离开的那几年加入的，可能没有听说过我。他微微扬起下巴："是的。"

　　起初，我大吃一惊。诺伊霍夫先生知道这个人也是犹太人吗？他当然知道——他在庇护这个人，就像庇护我一样。我不该惊讶的。我原以为诺伊霍夫先生收留我只是为了演出考虑，也许还是顺便帮老朋友一个忙。不过，他的勇气是无限的，他不会拒绝需要帮助的人，无论那是一个明星表演者、一个普通的工人，还是西奥这样一个毫无本事的孩子。这与马戏团或家族之间的关系无关，这是因为为人的正义之心。

　　但诺伊霍夫先生没有跟我们任何人提过别的犹太人，可能是为了让我们保持匿名，以便保护我们。"很漂亮。"我顿了顿，又说，"我父亲过去有一个和这个很像。"我们之间产生了一种心照不宣的亲密感。

　　但那个位于抽屉前部的一眼可见的门柱圣卷威胁着他的安全——还有我的安全："也许你该更谨慎一点。"

　　钟表匠平静地看着我："我们不能改变我们自己的身份。早晚我们都必须面对自己。"

　　一个星期之后，他把我的手表还给了我，没有收钱。从那天之后，我们再没有说过话。

　　我们到了营地边缘。西奥已经有些睁不开眼，我抱着他穿过后院。这是一个温暖的春日，有人在外面排练。吞剑的人正在练习着表面上看似将助理一切两半的节目，远些的地方，一个壮汉正试图跑步超越一个骑摩托车的人。我感到厌烦。自从一战之后，节目就变得越来越冷酷了，仿佛人们需要看到命悬一线的场景才会感觉刺激，单纯的娱乐不再足够。

瞥到彼得在大帐篷后面排练，我的心提了起来。到达梯也尔后，我见到他的次数少之又少。他太忙了，太累了，即便是今天，星期天，我们本该在一起的日子，也无法一如当初了。现在看到他，我的渴望在内心滋长。和埃里克在一起时，性爱总是直来直往，就是男人和女人在一起时应该发生的那些，但彼得会用野性的手掌和嘴唇触及过去从来都没有被触及过的地方，我从来都想不到的地方。

彼得又在排练那个我已经非常熟悉的节目，就是模仿纳粹军人踢正步的那个——诺伊霍夫禁止他演出的那个节目。我本以为，那个晚上他没有演出这个节目，会就此放弃。但是他现在准确无误地练习着那些动作，一举一动中包含着空前的果决。马戏团总是很少涉及政治。曾经有一个故事，说一个奥地利的马戏团，因为给一只猪穿戴了普鲁士的军盔和军服，就关门大吉了。但彼得这段日子却越来越无畏，他的小讽刺剧尽管隐晦，但也足够尖锐，没有人会看不懂是在嘲讽德国人。

想到这些，我不由战栗。我应该更强硬一些，让他就此打住。这并不是个游戏，不是用一根棍子捅捅动物试探的游戏，我们可能为此失去一切。但看着他，我的景仰之情却油然而生：他孤身面对德国人，战斗，而不是直接接受发生的事情，接受强加在我们身上的苛刻限制，尽管这一切会导致我们走向不可避免的终结。

或者，是酒精令他如此大胆？他举高的脚在空中微微晃动，他匆匆把脚放在地上，以防摔倒。彼得一直在喝酒——我无法再忽略这件事，诺亚已经确认了。我对酒精不陌生。我曾经见过我们自家马戏团中的演员喝酒，甚至见过我妈妈在事情太糟糕无法承受时喝酒。彼得过去也喝，但那时酒精是无伤大雅的，晚上喝上几杯而已。我并不在意，实际上，酒精令他变得更放得开，那感觉我很喜欢。在其他人面前，他很少说话。"阿斯特丽德。"我们两个单独相处时，他会叫我的名字，我看着酒精在他身上发挥作用，令他瞳孔扩张。在那样的时候，他会真的对我敞开心扉，随口说些大战之前在俄国的童年中听过的故事。有那么一瞬间，我能稍微看到他的内心，能真正地了解他。

但是现在不同——他的酗酒问题越来越严重。早晨我就能在他身上闻到酒味，他在舞台上总是身形不稳。如果诺亚注意到了，那么诺伊霍夫先生也注意到只是个时间早晚问题。担忧的感觉在我身体中肆意流窜。在训练和演出之前喝酒，即便是最了不起的演员，也可能会被开除。马戏团无法承担意外事故，对于一个草率粗心的演员来说，没有一个地方是安全的。彼得在我们巡回演出的第一天就喝酒——第一天，一切都是新鲜的。如果一个月后，巡演的生活真正令人开始失去耐性，那时又会怎么样呢？

后院另一端的一片喧哗让我从沉思中醒过神来。诺伊霍夫先生大步流星地穿过后院，他的脸涨得很红，雪茄被紧叼在牙中间。起初，我觉得他是因为彼得又在折腾那个节目来斥责他的，但是他走向了一个波兰工人。我记得那个人叫米洛斯，不过对他并不太了解。米洛斯正在焊接一根帐篷支柱，焊枪喷射出的火花四处飞溅——也溅向了附近的一包干草。火灾是马戏团的大问题。诺伊霍夫先生低声对米洛斯说了几句，试图安安静静地把事情解决了，不过米洛斯的声音却越来越刺耳。

诺伊霍夫先生夺过焊枪，指着远处。

"你会后悔的！"米洛斯厉声说，扯下自己的帽子丢到地上，然后又捡了起来，气冲冲地离开了。诺伊霍夫先生把他解雇了吗？马戏团就像是个家庭，工人们每年都回来干活，诺伊霍夫先生对工人非常慷慨，即便是退休的工人。但是粗心大意是不能容忍的。

彼得穿过场地，和诺伊霍夫先生说话。我抱着西奥向他们走去。我走近后，他们停止了交谈，似乎不想让我听到他们说什么。我的怒气油然而生。我不是需要庇护的小孩。尽管我也有所成就，但我是个女人，就低一等。"那个波兰人怎么了？"我问。

"我必须让他离开，我没有选择。我会找到他，把事情抚平，给他一封好的证明信，再给一些补贴金。"诺伊霍夫先生的声音透着不安。

"赶走一个愤怒的工人可能有危险。"彼得说。我看得出来，他很忧虑，想要保护我的身份。如果米洛斯对其他人提到我或去警察局举报会怎么样？彼得看着我，从他眼睛的深处，我能捕捉到一抹意味深长的东西。关心，可能还有别的。我想起诺亚说的彼得对我的感情。也许她是对的，但我又将这个想法推到了一边。

"各种各样的危险都可能发生。"诺伊霍夫先生反驳说，他是在隐晦地暗指彼得的政治讽刺节目。

彼得没有回答，重重地跺着脚步走开了。我猜测也许诺伊霍夫先生会去追他，但没有，诺伊霍夫先生走向了火车的方向，并示意我跟过去。"我需要跟你谈谈。"他停在门口。走入女子车厢让他感觉别扭，尽管现在里面空无一人。

诺伊霍夫先生咳嗽了起来，他的脸更红了。他从口袋中掏出手帕，掩在口上。手帕拿开的时候，上面染着粉红色。"你病了吗？"我问。

"心脏病。"他声音嘶哑。

我大吃一惊，认识他这么多年，我不知道他有心脏病。"严重吗？"

"不，不严重，"他摆了摆手说，"但我一直感冒，潮湿的气候也对我不好。我刚才说，那个工人，米洛斯……如果我给他补贴金，这事情传开来，其他人可能也会来跟我要钱。但如果他去警察局……你觉得会如何？"

我一时语塞。我可以跟他讲我从爸爸那里学到的事情，但我在这里依然是个客人。这不是我的马戏团，而是完全不同的环境。我小心谨慎地开口："这是一个艰难的决定。现在一切都和过去不一样。"

"我想跟你说些别的事情。"他突然转换了话题，我这才意识到，原来米洛斯并不是他要和我谈谈的真正原因。"阿斯特丽德。"他开口说，声音温和，这个声音意味着他要给我带来的是坏消息。我准备好听到关于我家人的确切消息，听到我早就已经知道的可怕现实。"你了解的，马戏团现在的处境非常微妙。"

"我知道，"我回答，"我不肯定我能帮上什么忙。"

"有一件事可以帮上忙，你需要和彼得谈谈那个节目的事情。"

又是这个问题。我的担忧被恼怒冲散。"我们过去讨论过了。我跟你说过，我们无法阻止他做他自己。"

"如果你和他解释一下那个节目可能带来的危险，肯定可以的。"他竭力劝说我，"如果他要在你的安全和那个节目之间做选择……"

"他会选择我。"我坚定地说,努力让声音中的自信比内心感受到的更多一些。经历了和埃里克的一切之后,我从来都不敢再确信任何人会选择我。"但我不想让他必须选择。"

"你必须。"他坚持说,"那天演出,那个德国人看到了你……"

他知道了。我的胃里像灌了铅一样。"你怎么知道的?诺亚告诉你的?"当然是她。我没跟其他任何人泄露过这件事。

"阿斯特丽德,那并不重要,"他的脸上浮现出一抹默认的神色,让我确认我的怀疑是正确的,"重要的是,现在马戏团要面临的监督检查已经是无法承受的了。今天早些时候我接待了一个检查人员。"我的心越来越沉,仿佛压了一块大石。一个检查人员——在星期天出现?是在找我吗?"他们威胁要让我们回去。"他补充道。

"回德国?"我的整个身体都绷紧了。

"可能,也可能是去阿尔萨斯-洛林的某个地方。"这片边境区几百年来在德国和法国之间几易其主,在战争爆发之初就迅速被帝国吞并了。去阿尔萨斯,还是回德国,其实没有什么区别。

"他们真的会这么做吗?我们才刚巡演没多久。"我问,其实已经知道答案。

诺伊霍夫先生又咳嗽了起来,他揉着太阳穴说:"今年他们差点就没让我们上路。"

"真的吗?我不知道。"有很多事情他都没有对别人说。

"我知道,对你的处境来说,回去不是理想选择。"他补充道。有一瞬间,我感觉,他是不是在威胁我。但他的声音波澜不惊,只是简单地陈述事实:"你现在明白我为什么必须让彼得停止那个节目了。"

他接着说："我请他们宽限一下，跟他们解释演出的日程都已经定好了，取消会毁了我们的生意。但你也知道，帝国并不关心生意。"

"是。"我表示赞同。如果我们有出格的表现，他们会毫不犹豫地惩罚我们。

我已经被人认出来了，诺伊霍夫先生也知道这件事情。我这才恍然大悟，完全意识到之前的鲁莽：我怎么会认为我在马戏团这种公开的大型场合能继续隐藏呢？"我离开，"我缓缓地说，诺伊霍夫先生睁大了眼睛，"我离开马戏团。我已经给演出带来了太多危险。"我不知道自己能去哪里，但是我曾经离开过一次，就可以再离开一次。

"不，这完全不是我想的。"他焦急地提出抗议。

"但如果我的存在会带来危险，那我就该离开。"我坚持道。

"别傻了。马戏团没有你不行。他没有你不行。"诺伊霍夫先生把头转向空地，彼得已经又开始练习了。我思量着诺伊霍夫先生说的是不是真的，然后，我低头看西奥。他需要我，诺亚也需要我。"你要留下，这里是你的家。"他又咳嗽了一声，然后又咳嗽了一声，"但愿我们挺过在法国的这一季巡演。"

"我懂了。我会去和彼得谈谈。"我保证道。

"这是个开始，"他说，他的脸色依然充满担忧，"但我担心这还不够。"

"我不明白。我还需要做什么？"

"你看，就目前情况来说，我们和我们的朋友都必须尽一切的努力去维持现状。马戏团必须不惜代价地保持运转。所以，我必须这么做。"他说。我歪头看他，不明白他要说什么。"既然那个德国士兵看到你了……"他深深吸了一口气才说，"我只能让你不再演出，别无选择。"

12

诺 亚

我急匆匆走向营地，没有回头看卢克，即便是走入树木的掩护后。在树林里走了一半之后，我才意识到我几乎是跑着的。我放慢速度，慢慢呼吸。遇到卢克非常奇怪，他打量我的方式让我心头萦绕着不安，但这也很让人兴奋，我从来没想过会再对人心生火花。我想象着把这件事告诉阿斯特丽德的情形，我就像是信任姐姐一样信任她，我从来都没有过姐姐。

二十分钟后，我回到营地。走到火车附近时，我看到阿斯特丽德正站在卧铺车厢的入口处，气势汹汹。有一瞬间，我认为她是在生我的气，怪我去了这么久。也许她看到了我和卢克说话。我爬上火车时，她的眼睛中燃烧着愤怒，然后诺伊霍夫先生庞大的身形从她身后的门口处闪现出来，我才意识到，事情比我想的要严重得多。

"你怎么可以？"她问道，"你怎么可以这么做？"

她肯定是不知道以什么方式发现了我的秘密，关于那个德国士兵，关于我的宝宝。

"我都知道了。"阿斯特丽德冲着我低声吼道。我僵在原地。"你怎么可以？"

阿斯特丽德走向我，举起胳膊，仿佛是要打我。我退后一步，被一个从卧铺下面探出来的皮箱边缘绊了一下。

阿斯特丽德的脸离我只有几寸，我能感觉到她热烘烘的呼吸和口里飞出的唾沫。"他把我从演出中删掉了。"我意识到她说的是我向诺伊霍夫先生告密有人在演出时认出她来的事情，她并不知道我的秘密。

不过，这也一样糟糕。我努力建立起来的与阿斯特丽德之间的信任感全都崩塌了。她目光灼灼，仿佛燃烧着的热煤。"不行！"我脱口而出。尽管诺伊霍夫曾经承诺过，但他已经说出了是我告诉他的。而现在阿斯特丽德不能参加演出了。

"你是个骗子。"她的拳头紧握。

"好了，好了。"彼得轻声对阿斯特丽德说，把一只手放在她肩膀上，让她平静下来。但他并没有拦到我们中间或是把她拉回去。

"阿斯特丽德，"诺伊霍夫先生走上前，想要劝架，"不是诺亚……"

但她绕过他，依然冲着我："你是想取代我吗，你这个小魔鬼？"

这个想法实在太不着边际了，我几乎笑出了声——如果阿斯特丽德没有这么生气的话。"根本不是，"我急匆匆反驳，她的不信任仿佛匕首一般刺穿了我，"我绝对没想过取代你。我为你担心。"我原以为我这么做是为了她好，但现在才意识到她会怎么看待这件事情。几个女孩围拢在车厢门口，窃窃私语，以不加掩饰的敌意注视着我。演员们不会彼此打小报告，我破坏了基本准则，而且让演出面临风险。其中一个女孩抱着西奥，我把他从她手中接过来，紧紧抱在胸前，仿佛他是一件铠甲。

然后我转向一直旁观争执的彼得："她有危险。你知道的。"

他耸了耸肩，不愿意为了帮我而反对阿斯特丽德："你不该那么做。那个秘密是她的，要不要说出由她自己决定。"但他的声音没有力量。在他内心深处，他知道我这么做是为了保护阿斯特丽德，而他却不敢这么做——他是在默默地感谢我做了这件事。

"我替你保守秘密。"阿斯特丽德低声嘶吼。我扭头看向身后的诺伊霍夫先生，祈祷他没有听到。

"这不一样。"我低声说。她难道不明白吗？我说出这件事是为了保护她。我屏住呼吸，等待着她告诉其他人西奥不是我弟弟。但是她转开脸，依然因为愤怒而浑身颤抖着。

"我们需要改正问题，提前做好准备。"诺伊霍夫先生插话，他的声音透着我从未听过的权威，"阿斯特丽德不再参与梯也尔剩下的演出。"

"但是诺伊霍夫先生……"阿斯特丽德又想为自己辩护。她停了下来，意识到自己已经失败了。

"下一个城镇她可以重新加入吗？"我满怀希望地问。

"看情况。"诺伊霍夫先生不愿意承诺太多，"同时，你需要准备在没有阿斯特丽德的情况下演出。格尔达会负责接你。"

"但我做不到，"我反抗说，我刚勉强能在阿斯特丽德的帮助下飞起来，我无法相信其他任何人，"我需要阿斯特丽德。"我的目光绝望地从诺伊霍夫先生转向阿斯特丽德，但她只是扭头看向了别处。

"帮她们准备下一场演出。"他吩咐阿斯特丽德。她已经被从节目中删除，但不能卸下要帮我训练的责任。阿斯特丽德没有回答他，而是转脸怒目如刀地等着我，一句话也不说。

"来吧。"格尔达坚定地说，"我们必须要排练。"

我落荒而逃，跟着她离开火车，很庆幸能够逃离阿斯特丽德的怒火。

第二天晚上，我孤单地站在更衣车上，其他女孩都离我远远的。阿斯特丽德不在，尽管车厢内热烘烘的，一片喧嚣，但没有她我就感觉空荡荡的。从昨天开始她就没跟我说过话，即便是在练习时。她没睡在我们的车厢里，我猜，她是去了彼得的车厢。在火车的走道里遇到她时，我想跟她说些什么，让情况缓和一下，却想不出该说什么。她一言不发地从我身边经过，眼睛没看我。

现在一切事情我都要自己做，化妆，涂白垩粉，缠腕带，我的手沿着她的手抚过的位置移动。我换好全套服装，准备登台，走下火车，向着大帐篷的方向而去。我扫了一眼入口处张贴的节目单。我的节目被挪到了前半段，这样格尔达就能有更多的时间完成自己的节目以及阿斯特丽德的节目。我读着没有了阿斯特丽德的节目表，昨天发生的事情和她对我的背叛的愤怒又一次令我感觉沉重。她被从演出中剔除了——因为我。我的胃像是灌了铅一样，起初是因为愧疚，然后是因为恐惧。没有了她，我怎么可能表演？

我绕过大帐篷走向后院，看到有人在营地边缘徘徊。那是一个男人，单独站着，和其他聚在一起的观众离得远远的，用脚尖踢着泥土。卢克，我认了出来。我惊讶地停住脚步，向后猛抽身子，躲到了角落里。他在这里做什么呢？他之前可能说过要来看演出，但我从来都没想到他真会来。而且我一直都在因为阿斯特丽德被从节目中剔除的事情而忧心，几乎已经把他忘了。

而现在，他来了，就站在离我几尺远的地方。我的心跳得有些亢奋。我向他走去，但又停住了脚步。他是个陌生人，一个令我觉得不安的人。我又躲入大帐篷的阴影之中。

他穿着一件整洁的礼服衬衫，黑色的头发湿漉漉的，像是刚刚梳理整齐，看起来比我们初遇那次更帅气了。不过，他似乎非常紧张，一直低着头，用眼角的余光偷瞄着周围。他在这里显得茫然若失，和我在镇上碰到的那个自信满满的男孩截然不同。我想去他身边，但已经没有足够时间了，而且，不能让人看到我们在一起。

其他的演员渐渐都来到了后院，他们凑在一起做准备，卢克从我视线中消失了。他的身影混入了人群，我感到一阵钝痛，内心克制着想要去找他的渴望。他是不是终于意识到来这里是个错误，决定一刻也不再多留了？

我扭头看向其他演员，他们正在拉伸身体，为演出做准备。我没看到阿斯特丽德，尽管整个马戏团的人都集中在这里了，但是，没有她，这里就显露出一个空洞。我只表演过几次而已，全都是在她强健的手的指引下。我自己做不到。

几分钟之后，钟声响起，我急匆匆绕过大帐篷，到了后院我的位置。我透过帐篷帘幕的缝隙看向里面。卢克坐在第一排，我真好奇他是怎么在这么短的时间内搞到了这么靠前的座位的。他抱着胳膊，面无表情地注视着面前的表演场。我想跑到他跟前去，

或是至少冲他摆摆手打个招呼，不过管弦乐团马上就要结束演奏
了，帐篷内已经彻底黑了下来。开场乐奏响高潮旋律，演出开始
了。我又看了一下，卢克坐在座位中，身子前倾，视线追随着在
马背上表演的几个衣着暴露的女孩，眼睛中跳荡着光芒。看到他
欣赏着她们优美裸露的身体，我的嫉妒油然而生。

　　演出的前半场一贯充满刺激而节奏紧凑，似乎永远都不会结
束。为了打发时间，我开始打量观众。卢克后面一排坐了一个小
女孩，她金色的鬈发闪闪发光，手里抱着一个娃娃。她穿着一件
浆洗过的粉色连衣裙，从她抚平下摆的方式，我能看出这是她非
常珍贵的一件衣服，是那种一年中只能穿几次，专门在特殊场合
穿的衣服。她旁边的男人，我猜是她爸爸，递给她一卷筒新团出
来的棉花糖，她吃了一点点，脸颊上闪耀着惊奇的光晕。她的视
线一直都没有离开表演。

　　表演场内又平静了下来，小丑们翻着跟斗进入。彼得踏上舞
台，开始表演他的政治讽刺剧——就是诺伊霍夫先生禁止表演
的那一个。他真的演了。看到此，我勃然大怒，他明知道这个节
目会给阿斯特丽德、给我们所有人带来危险，为什么还会选择表
演？阿斯特丽德不参与演出，并不意味着她就安全了。他滑稽的
举止引得观众当中的孩子们阵阵发笑，他们并没有意识到其中的
隐喻。但是成人们都一片沉默，有些人不安地在座位中挪动身子，
有几个人从帐篷后面悄悄溜了出去。

　　小丑们结束表演时只换来了稀稀落落的掌声，然后就轮到我
们了。格尔达和我向表演场走去，在黑暗中探索着我们的路。"格
尔达，"走到梯子底部后，我轻声说，"第二段在你接住我之前我
要做旋转。"

我能感到她吃惊地呆住了。"阿斯特丽德从没说过这个。"阿斯特丽德负责所有的高空杂技节目，她发号施令，之前没有人改动过她的编排。

"那样效果会更好，"我坚持说道，"而且你什么都不用改，位置是一样的，只要接住我就行。"在她来得及说话之前，我就开始往梯子上爬。很快我爬到了顶端，聚光灯已经照射着那里，等待着我。我等待着格尔达的信号。"跳！"

我没有任何犹豫地跳了出去。当我放开手的时候，有一瞬间的恐慌：格尔达负责接应，我只练习过一次。她能像阿斯特丽德那样掌控一切吗？不过，格尔达在飞秋千的表演中只做过接应人。她很轻松地接住了我，她的小臂如同粗壮的香肠，但她技巧不够，而且缺少阿斯特丽德的热情。和阿斯特丽德以外的人一起表演，我感觉像是出轨，是背叛。我环顾表演场，徒劳地寻找着阿斯特丽德的身影。她有没有躲在什么地方看着，因为不能参加演出而憎恨着我？

第一段表演即将结束，我走到跳板边缘。我用眼角的余光瞥到了卢克。阿斯特丽德最早教会我的马戏团规则之一就是不要因为观众——任何观众——分心，但我情不自禁。卢克就在这里，他看着我的眼睛中跳荡着光芒，一如我在镇上第一次看到他时的样子。他只看着我一个人，我的心中既开心，又充斥着恐惧。

我挺起肩膀。现在是我的演出，能否成功由我决定。我向格尔达示意，然后就像过去一样跳了出去。只是这一次，在到达格尔达身边时，我在半空中旋转身体，把脸冲向了她的方向。这个动作比原计划的多花了一瞬，尽管我已经提醒过她，她还是动作仓皇。我现在的位置有点低，低得她差一点就没接住我。观众席中发出一阵轻微的抽气声。"该死。"格尔达接住我时冒出了粗口，她紧紧地抓着我的手腕，手指几乎陷入肉里，我们一起荡回去，慢慢升高，然后她又将我抛回我的秋千，观众席中掌声雷动。

中场休息时，我走到后院，依然因为差点摔下去而浑身汗淋淋的，抖个不停。卢克绕过大帐篷走了过来，他注视着我。他越走越近，我的脉搏越跳越快。

"晚上好①。"卢克带着羞涩的笑容说。

"诺亚！"在我还没有来得及回答他时，一个声音传来。阿斯特丽德穿过场地，向我冲来。她的眼睛中冒着怒火。"你到底以为你在做什么？"她用德语问道。她比诺伊霍夫先生不让她参加演出时还要愤怒。

卢克走上前想要护住我，但阿斯特丽德从他身边绕过，仿佛他根本不存在一样。"我跟你说过不要加转身。"她继续训斥我。

我扬起下巴："观众喜欢看。"演出不属于阿斯特丽德，我不属于阿斯特丽德。

"你是在为了他显摆！"她扭头示意卢克的方向。

我的脸唰地红了："不是的。"

我还没来得及进一步辩解，诺伊霍夫先生就走入了后院。我屏住呼吸，等着他过来问卢克是谁，在这做什么，但是他笑着说："不错，诺亚。"这是他第一次夸赞我的演出，我都能感觉到自己的身子挺得更直了一些，以证明他夸得没有错。"那处改动很厉害。"他微笑着说。

我耀武扬威地看向阿斯特丽德，想知道她现在是不是也同意

_____
① 原文为法语。

了，但她似乎变小了。我心中升起内疚，它取代了原本的开心。阿斯特丽德已经被迫离开了表演场，对编排的掌控是她现在仅有的，而我却连这也偷走了。她转身匆匆离开。

"我一会儿就回来。"我告诉卢克，追向正离开后院向火车走去的阿斯特丽德。她转身看向我，我深深吸了一口气："你说得对，那个动作很傻。那很危险，而且没有增添什么效果。"

"所以我告诉你不要做。"她哼了一声，稍微平静了一些。

"但你为了他显摆。"她又说。

"他？"尽管我知道她说的是卢克，不过我装傻充愣，想要拖延时间，晚点面对她的质问。

她指向后院的方向，卢克正在那里等我："镇长的儿子——你是怎么认识他的？"

镇长的儿子？我猛抽一口气。我记得阿斯特丽德提起过镇长，说他和纳粹合作。这是不是说卢克也是站在德国人那边的？不可以。

阿斯特丽德依然注视着我，等着我的回答。"我去镇上时遇到他的。"最后，我说道，"我不知道他会来看演出。"

她抱起胳膊："我记得我告诉过你离当地人远一些。"

"你是说过，不过有几个男孩对我很无礼，卢克出面帮了忙。"我有气无力地说。

"镇长的儿子碰巧英雄救美？"她的语气中充满嘲弄，然后她放低了声音，"诺亚，我们距离维希政府的总部不过一个小时的路程。这个镇的镇长和帝国联系紧密……"她突然顿住了，因为卢克正向我们走来。她的话一点点进入我的心中，我的血液越来越冷。我原本以为卢克只是表达单纯的善意而已，他对我的兴趣会是因为更深层的原因吗？阿斯特丽德接着说："你说你因为担心我的安全，才把埃里克的同事出现在演出现场的事情告诉诺伊霍夫先生。但是你又做了这样的事情……"

卢克渐渐靠近我们所站的位置，他插话道："我只是想看看演出。"

彼得走过来，走到阿斯特丽德身前，几乎和卢克胸顶着胸。"你需要回你的座位。"他用法语说。

"而你需要停止嘲弄德国人的表演。"卢克散发着令人吃惊的压迫感。

彼得后退一步，过去很少有人像卢克这么大胆地和他正面冲突，他真的大吃一惊。"你太放肆了！"

但是卢克没有被吓住，而是挺起了肩膀："他们会拘捕你，你知道的。"

"谁？你父亲？"尽管他们才刚刚相遇，但两个人之间敌意难掩。

诺伊霍夫先生又出现了。"够了！"他命令道，"我们承担不起这种小打小闹。观众当中有官员，有宪兵。"诺伊霍夫先生又说。实际上那些人不是德国军官，不过这并不会让人安心。这些日子，法国警察不过是帝国的提线木偶。彼得和阿斯特丽德交换了一下不安的眼神。认识阿斯特丽德的德国军官出现在观众席不过是几天前的事情，现在一切似乎都太巧合了。

我如鲠在喉："你觉得他们是因为你来的，是不是？"

"我不知道。"阿斯特丽德回答，她的声音冷冷的。

"你需要离开。"彼得对阿斯特丽德说，"现在。"但她能去哪里呢？我真想知道。等我转身想去问她，她已经不见了。

钟声响了，响声通知观众中场休息结束，该回自己的座位了。帐篷内的灯光暗淡了下来，我向内张望。两个穿制服的人站在后部，他们并不是那种放假过来换换心情放松一下的警官。他们抱着胳膊，站姿刻意。上半场的时候，他们没有出现。

我转头看，后院已经没有了彼得和阿斯特丽德的踪迹。"我们该怎么办？"我问诺伊霍夫先生。

"继续演，就如同过去一样。做别的事情就会惹来怀疑。"

从帐篷中传来了音乐声，下一个节目是大型猫科动物表演。

"你应该回你的座位去。"我对一直站在我身边的卢克说，"你错过演出了。"

"是的，的确是。"但他依然停留不去，眉毛皱了起来，"你没事吧？我是说，那个女人似乎很生你的气。"让卢克担心的并不是警察，而是阿斯特丽德。我迟疑地望着他。他看起来非常真诚，但他甚至都没有告诉过我他是镇长的儿子。阿斯特丽德说的关于他的事情是真的吗？

"我能在演出结束后见你吗？"卢克又问道，他侧头示意后院后面的小树林，眼中满含着希望，"在那边的空地，可以吗？我会在那棵有节子的栎树后面等你。"

"你得离开了。"我没有理会他的问题，指了指他的座位，然后就走了。

装老虎的笼子已经被从舞台上推了下来，下一个节目——高空走钢丝——正在准备中。两个警察走向表演场。我转头看去，阿斯特丽德无迹可寻。这些人会是为了抓我而来的吗？这里应该不可能有人知道我带走西奥，不过……我望向后排的出口，不顾一切地想找到西奥。

但是警察已经走到第二排座位的位置，停在了那个带着吃棉花糖的小女孩的男人面前。他们伏低身子，跟他说话，试图不干扰到演出。我悄无声息地沿着大帐篷的边缘往他们的方向走，一直走到距离他们只有几米远的位置，可以听清他们争吵的内容。其中一个警察指着出口方向，命令那个男人跟他们走。"你需要跟我们走。"卢克从他的座位回过头来看。我期待他能出面说些什么，管一管这个事情。但是他没有。

"不过，演出……"女孩的父亲恳求道，他提高了声音。乐队在曲子中间停住了演奏。所有的目光都投向这场争执。"肯定可以等到演出结束吧。"他把手放在女儿身上，做出保护的姿态。

不过，两个警察什么都没有听。"现在就走。"其中一个伸出手去按他的肩膀，准备将他拖出帐篷。他们想让他去干什么呢？

"走吧，宝贝，"父亲用他最温柔的声音对小女孩说，"我们改天再来看演出。"他的声音到了最后突然继续不下去了。

"我想看大象。"女孩的嘴唇颤抖着。

"她可以留下。"警察冷冷地说，"我们只想要你。"

男人不可置信地望着警察："先生，她只有四岁。你肯定不是说让我把她单独留下吧？"

"那就带着她一起。现在就走。"警官命令道。

女孩的父亲牢牢握住女孩的手腕，想在警察来拉她的手腕之前离开。但是女孩不愿意，她号哭起来，跌坐在地上，丝毫不在意沾在她裙子上的污泥。他开始哀求她，希望能在警察插手之前让孩子听话。演出场周围的座位间一片窃窃私语。镇上的人肯定都见过拘捕，但是一个带着年幼无知的孩子的父亲被从马戏团现场带走……其中一个警官摸向了警棍。

住手！我想要大喊。我必须要做些什么。我出于本能走到演出场右侧的梯子边，向上爬。爬到梯子顶上时，我捕捉到乐队指挥望过来的视线，向他点头示意。他吃惊地瞪大了眼睛，这不是安排好的节目。然而，他举起了指挥棒。乐队奏响了一曲欢快的曲子，灯光打在我身上。我用眼角的余光看到警察停下了他们的动作，也望向这边。在大帐篷的另一边，阿斯特丽德正向我挥动手臂，示意我快下去。

但是太迟了。我从跳板上跳了出去，尽我所能荡向最高点。然而，现在该怎么办？我没有接应人，只能荡来荡去，拖延不了太久。绝望之中，我松开了秋千，然后蜷起身子，蜷成一个球，翻了一圈，然后又翻了一圈，翻转的过程中也在向地面坠落。下面没有东西接住我或是阻拦我。在接近保护网时，我把自己的身子伸展开，保持水平，减缓速度，这是阿斯特丽德教我的。我让自己的背朝下，这样，落地时，我的四肢或脖子就不会受到撞击。

下落时，我屏住了呼吸。"天啊！"观众的叫喊声中有一个特别高的。我触到保护网，头猛地向前探，又向后垂。我撞到了地面，弹起，又跌下来撞到地面，几乎和第一次一样重，疼痛在我身体中蔓延，眼前白色的星星乱冒。我一动不动地躺着，整个人头晕目眩，痛得无法移动。

我闭着眼睛。有人的手落在我身上，将我抬起来，从网上移开，就像那天晚上将落下的伊塔抬走时一样。但在我们回到地面上时，我甩掉了它们，挣扎着自己站了起来。不知怎么回事，从那么高的地方以那么快的速度落下来，我浑身酸痛，却没有受伤。这到底是怎么回事？我优雅地行礼，掌声响了起来。我用余光看到趁着警察分神的时候，父亲抱起女儿离开了帐篷。

"小丑，然后大象。"我听到诺伊霍夫先生吩咐道。阿斯特丽德曾经跟我说，在需要缩短演出时间时，他有一套应急方案以使演出不显得突兀。我走出帐篷，双腿一直颤抖，几乎都踩不稳脚步。

阿斯特丽德从大帐篷另一端溜出去，绕到这边来找我。"你还好吗？"她问，我审视着她脸上令我觉得陌生的表情，那其中少了愤怒。是关心。她在替我担忧——尽管我做了那样的事情。

我热泪盈眶。她一直都对我怒气冲冲，一开始因为我去跟诺伊霍夫先生告密，然后因为我擅自增加动作。"对不起。"我说，然后便说不下去了，我太想与她和好了，"我从没想过要伤害你。"

"我知道。"她说，"没事了。"

"真的吗？"我抬头看她。

她点点头："真的。"她目光中是满满的原谅。

"对不起。"我又说，我感觉需要再说一次。我的眼泪奔涌而出，她把我拉到她身边，任潮湿的泪水渗入她衣服的纤维，没有一句抱怨。

过了一会儿，我站直身子，擦干眼睛。"不过，诺亚，你必须谨慎一些。"我一恢复过来，阿斯特丽德就开口说。她的声音非常温柔，但目光严肃："我们可能会失去的太多了。"我意识到，她在说的是卢克以及他可能带来的危险。

彼得从大帐篷中出来，走向我们，从他的表情我能看出来他在生气。"蠢！"他向我啐了口唾沫，"你又给马戏团惹了麻烦！你到底怎么想的，怎么会邀请那个男孩来？"我大吃一惊——我原以为他会像阿斯特丽德一样，因为我刚刚在秋千上的举动而训斥我，但是发生了这么多事，他依然在为镇长的儿子生气。可能是因为卢克有胆子和他当面冲突，对他的那个节目提出批评。当然，他也担心阿斯特丽德。我想要指出来，就像卢克刚才说过的，如果彼得真的担心她的安全，也许他应该不要再继续进行嘲弄德国人的表演。

但我不敢。"我没邀请他。"我反驳说，"他自己来的。他想看演出。"

"当然他是自己来的。"彼得反唇相讥，语调满是嘲讽。"先是镇长的儿子来了，然后警察也来了？纯属巧合。我们为你做了那么多，"彼得的火气越来越大，"收留你，训练你，而你这么回报我们的善意？我们应该把你赶走。"恐慌在我心中升起。如果他说服诺伊霍夫先生这么做该怎么办？

阿斯特丽德举起一只手，仿佛是要拦住他。"够了。"她出面保护我，困惑的疑云出现在他的眼睛中。她把手轻柔地放在他胳膊上。"她做了正确的事情。"阿斯特丽德眼含敬意地看向我，这是我第一次发现她用这样的目光看我。"不过，你可能会送命。"她又对我说，声音中又出现了担忧。

"我没想……我必须做点什么。那个可怜的男人……"我的声音颤抖着，我也说不清楚是因为刚才的坠落，还是因为彼得的怒气。

"那不会有什么区别。"彼得说，"警察会去男人家里，找到他。"

我希望那个男人和他女儿能有时间逃跑，就像我带着西奥逃掉一样。我不顾一切地希望自己能相信自己所做的一切会造成一些不同，但是我知道，他们可能没有那么幸运。

"你现在明白我为什么必须去跟诺伊霍夫先生报告德国人的事情了吗?"我问阿斯特丽德,"今晚的拘捕——可能会发生在你身上。"

她固执地摇了摇头:"我会没事的。"她认为马戏团是一个铠甲,可以让她不受德国人的影响。但是这当然不是真的。"你无法拯救每一个人。你知道的。"

"我也没有试图去拯救每个人。"我反驳,"我只是要救西奥。"还有你,我无声地补充。但看到警察要带走那个小女孩时,我仿佛受到了刺激,要去行动,就如同我将西奥从火车车厢中救出来的那个晚上一样。

"那你在有所行动前必须考虑得仔细一些。"阿斯特丽德责备说,"邀请镇长的儿子来这里非常愚蠢。"

"我没有邀请他。"我又一次坚定地说。但我也没跟他讲不要来。"对不起。我不想造成任何伤害。"

"我知道。"她回答,"我们的举动会产生反应。好的意图不会让我们免于因果。"

音乐声响起,到终场谢幕的时间了。阿斯特丽德帮我站稳,我感到后背一阵刺痛,我希望那仅仅是擦伤。我步履不稳,跟在阿斯特丽德身后,走入大帐篷,爬上通向高处的梯子。警察已经走了。我的心中既有宽慰,又有担忧。他们追上女孩和她父亲了吗?

在我荡出去向下方的观众致谢时,我注意到,卢克已经离开了座位。我猜测着他是否会如同刚才所说的在小树林里等我。或者,在发生了那一切之后,他可能已经放弃了。在发生了那一切之后,放弃可能是最好的选择了。

演出结束,观众们匆匆离开,没有如同以往一样停留徘徊,只是想快点回家，远离麻烦。在我们离开帐篷的路上，诺伊霍夫先生来到后院。他无力地坐在一个倒扣的板条箱上，呼吸沉重。

"在马戏表演中拘捕，"他喘着粗气，"我从没有想过这样的事情。"直到最近，马戏团都是远离战争的庇护所，人们在其中就像是藏身在一个雪球当中，与外面的世界隔绝。但墙壁正在慢慢变薄。我回忆起在达姆施塔特时，我说到我们到了法国就会安全了时阿斯特丽德的反应。那个时候，她已经知道了真相。再没有一个地方是安全的了。

他用手帕揩着眉毛，接着说："他们现在已经走了，但我希望你们所有人都立刻回自己的住处，然后待着不动。"我等着他训斥我在秋千上的行为，但是他没有。

我望向小树林的方向，想寻找卢克的身影。我看到了他，他的身子半掩在一棵倾斜的栎树后面。他依然在那里。我们的目光交汇。他刚才看到了我摔下来，此刻脸上写满担忧和焦虑。我笑了笑，微微抬起胳膊，冲他挥了挥手，跟他示意我没事。他的表情放松了一些，但是他的眼睛依然紧紧盯在我身上，恳请我向他走去。

我向前迈了一步，但诺伊霍夫先生依然坐在箱子上，看着大家。我不能去见卢克。

我也不应该想去，我提醒自己。他向我隐瞒了他是镇长的儿子。阿斯特丽德说他可能还隐瞒了其他事情，可能是对的吧？

卢克依然注视着我，似乎在屏息等待着。好几秒的时间过去了。我后退一步。即便想去，我也不敢违反诺伊霍夫先生的命令过去，那些警察刚刚离开这里。卢克发现我不会过去找他，他的脸从希望转为困惑，然后是失望。

我又后退一步，几乎被什么东西绊倒摔在地上。在大帐篷的边缘，泥土中躺着一个娃娃。我想象是那个小女孩因为不得不离开马戏表演而太不开心了，没有注意到丢了娃娃。尽管她父亲保证过，但她不会再回来了。我捡起娃娃，拿着它去找西奥。

然后，我转头又看向卢克。他已经走向了村子的方向，肩膀无力地垂着。

"等一下。"我想喊住他，但是我没有。过了一会儿，他就不见了。

13

阿斯特丽德

那时天还没亮透,我在几乎一片黑暗中爬上梯子,整个大帐篷中只有一枚吱吱作响的灯泡亮着,那是昨天晚上有人忘记关的灯。从观众席看的话,大帐篷非常瑰丽,但是从这里能看出来,帐篷布已经褪色了,边缘处的流苏也破破烂烂的。我的脑海中奏响了昔日熟悉的音乐,隐隐约约,仿佛娱乐场尽头的旋转木马的音乐。我看到了哥哥们,他们一边准备演出,一边捉弄着彼此。空气似乎随着我家人的魂灵舞动。

我握住秋千横杆,起身一跃,飞入空中。我不在乎自己对诺亚提出的绝对不能独自飞秋千的警告。我没有选择。我再也不能表演,但是我无法留在地面上。"你对高空上瘾了。"彼得不止一次地指责我。我想要辩解,但的确是这样。刚刚有一瞬间,就在我飞出去之前的那不到一秒的时间中,我从跳板上向下看,我一直都坚信自己会死在下面。这种清醒——这种瞬间的聚焦——是我最想念的表演中的时刻,它远远胜过观众的赞美或其他一切。

昨晚诺亚独自一人表演时，我第一次真正看到马戏的全貌。看表演的时候，我想起来，有一次，埃里克带我去维也纳人民歌剧院看了一场演出，《奥尔良的少女①》。周围都是衣着时髦的柏林妇人和如云一般的香奈儿服装，我别扭地在座位中挪动着身子，感觉自己与这里格格不入。但是演出一开始，我能看到很多其他人看不到的东西，看到布景让人产生景深错觉的方式，节目如何加入我们的表演中有的全部小把戏。那时候，我意识到，我看不到人，无论是不是在舞台上。我一辈子都是如此。

我越飞越高，仿佛是想逃离过去的记忆。我将腿向上抬起，然后又高高地荡回跳板。细密的汗水包裹着我的皮肤，我的腿愉快地疼痛着。诺伊霍夫先生说到了下一个城镇我可能还可以表演，这给我的慰藉不多，那还有两个星期——我的一生都在表演。而且，诺伊霍夫先生并没有保证我可以继续留在表演场中，他意识到了危险，只要有一丝恐惧，就会把我从演出中删掉。

昨天警察打断演出时升起的那种恐惧又出现了。我仿佛又看到观众席中小女孩的脸出现在眼前，感到万分沉重，终于完全意识到事情会变得到底有多可怕。她那天本来像其他所有人一样开心——就像我在柏林和埃里克共度的最后一个早晨——根本不知道用不了几个小时，她的世界就会被摧毁。

我抹了抹眼睛，把刺痛抹走。在我的家中没有人哭泣，大家不会因为疾病、死亡或其他的悲剧哭泣，小时候我就能始终忍着眼泪。本来可以更糟的，我提醒自己，警察来拘捕的可能是我。

我又跳了出去，紧紧抓着横梁停在空中，没有试图再飞高一

① 原文为德语。

些，不过是让轻微的摆动带动着我的身体前前后后摇摆。有一瞬间，如果我不动，似乎就能穿越时间，让一切都复归原来的样子。我的身体、飞行，他们无法将这些剥夺——尽管诺亚做了那样的事情。

尽管诺亚做了那些事情。我纠正自己。她不仅告诉了诺伊霍夫先生德国军官的事情，还邀请镇长的儿子来看演出。她从秋千上抛身出去，只为了拯救一个要被警察抓捕的男人和他的女儿，这场惊人的表演既勇敢又愚蠢。尽管我们没有相似之处，但是在诺亚身上，我越来越多地看到一种倔强，让我想到年轻时的自己，还有一种冲动，将她自己置于险地，也让我们所有人有危险。

突然之间，我一阵头晕眼花。有种感觉袭向我的腹部，一波恶心涌上来，强烈得令我差点松开了抓着秋千横杆的手。我浑身冒汗，手掌变得潮湿，这非常危险。我努力要回到跳板上。因为可能出现这样虚弱的时刻，我才告诉诺亚不应该单独荡秋千。看着下方，我被恐惧攫住。马戏团演员中很少有长寿之人，他们有些死在了表演中，有些在身体开始衰败时受伤。我心中想了一遍我认识的演员，我家马戏团的那些，还有其他的演员，试图想起一个有命度过自己七十岁生日的人。但是我想不出来。

随着最后孤注一掷的一荡，我飞得高了些，最后落在跳板上，双腿打战。过去，我从来都没有摔过，甚至没有出现过这么接近摔的状态。我到底是怎么了？

又一波恶心的感觉将我笼罩，我努力尽快地下了梯子，吐到了一个桶子中，那并不是我的桶。我趁还没有人注意，拎着水桶到外面的水井边洗刷，吐出来的胆汁的恶臭让我的胃又翻滚起来。我把手抵在自己的上腹部。我基本上是出生在空中的，从来都没有因为飞来荡去恶心过。我听其他的高空杂技演员说过这样的事情——突然之间就无法忍受高度和运动，但这是因为他们病了或怀孕了。

怀孕。我浑身僵硬，这个念头令我一下懵了。这真的不可能，不过这是唯一合理的答案了。在离开冬季营地之前，我们有过一个纵酒狂欢的夜晚。我已经三个月没有来月经了，但这没有什么不正常的，我认为这是表演和训练对我身体造成的影响。而且当然，如果是因为别的事情，我会知道的。

我回到大帐篷，木然地坐在一条长凳上，克制着思绪中的乱流。埃里克和我一直都想要一个孩子。在他的工作还没有变得那么忙碌时，我们几乎每个晚上都会做爱，周末时一天要有两三次，但是什么产出都没有。我以为问题都出在我身上。我真的想知道，为什么我妈妈会那么多产，生下五个孩子，而我却一无所出。一年又一年，什么都没有发生，最后我们不再谈论这件事情了。

问题出在埃里克身上，我沾沾自喜地想。不是我。是他的完美的雅利安身体有瑕疵。他也无法和任何其他人拥有家庭。

但我的焦虑很快就将那一丝丝满足感蚕食掉。怀孕是我此刻最不想的事情，孩子是已经被长久遗忘的梦。我年纪太老了，不能组建家庭；而彼得，情绪化又抑郁，很难说是一个理想的父亲。我们不是那种伴侣。我们没有家。

我可以处理掉。在马戏团的岁月中，我不止一次地听到有人窃窃私语这样的事情。不过，即便我在考虑，我也知道，这不是一个选择。

彼得走进来，看到他我并不觉得高兴，这真是仅有的一次。我用一只手扫过脸颊，确认它已经干了，然后又覆盖住我的腹部，仿佛他能看出不同来。我不想告诉他，增加他在巡演期间的压力和疲倦。他不需要为此担心。我等着他看出来我脸色苍白、浑身颤抖，或是闻出我身体上萦绕的臭气。

但他心里想着别的，没有注意到。"来，我带你去看点东西。"他说着，拉起我的手，带着我离开表演场，去他的小屋。那里接近营地的边缘，是一栋单独的结实的小屋，比一个小棚子大不了多少。我不确定地站在入口处，潮湿的木头和泥土的味道中混合着陈腐的烟气。自从来到梯也尔，我就没有和他在一起过，因为他一直在专心排练，我不想打扰到他。他会把我拥入怀中吗？我觉得此刻的我真的无法距离他太近。但是他领着我绕过了床。在房间的另一边放着一件新家具，那是一个橡木的长方形矮箱，大约五尺长，就像是一个超大号的行李箱。

"真漂亮。"我说着，用手抚摸着木头，欣赏着雕工精美的箱盖，"你从哪搞来的?"还有，为什么搞来? 彼得的小屋是斯巴达式的，毫无舒适可言，并不适合放这样的东西。

"我在本地的集市上见到，就和木匠换来了。别担心，"他笑着说，"价格很合适。"但是并不是这个问题，这件东西结实坚固，放在马戏团中却没有什么实用价值，格格不入。我们继续巡演的时候该怎么办?

彼得不是一个没有逻辑的人，我等着他进一步给个说得通的解释。他掀开盖子，用手抚摸着箱子底部。然后他把箱子底掀起来，露出了一个暗层，大约有一英尺深，足够一个小个子的人平躺在里面。"天!"我叫道。

"以防万一。"他说。他是说，如果党卫军和警察再来，我可以躲到里面去。他看着我的脸，我努力克制着自己对这个棺材一样令人窒息的空间的反应。"我们没有适合你躲藏的地方，所以我觉得这个可能可以应付一下。"他解释说，努力说得平平淡淡，但他的脸透着严肃。看到警察在演出过程中要抓捕那个人，这同样让彼得心绪不宁。他和我一样都清楚，德国人或法国警察会再次出现。我们必须做好准备。

他是在努力保护我，但他的眼睛中有些东西，不只是关心，甚至不只是喜爱。我曾经见过那种神色，就在我和埃里克新婚之时。我转过身，浑身颤抖。我想起了诺亚说过彼得对我的感情。我那时当即就否认了，不愿意去看，不愿意去相信。不过此刻，回望着他充满希望的眼睛，我知道诺亚说得没错。我过去怎么就没看出来呢？在此之前我都很容易认为我和他之间不过是临时凑合的关系，诺亚把一面镜子举到我的眼前，我再也无法忽视了。我回想过去几个月中，彼得一直都在我身边，努力保护我。他的感情不是心血来潮的，也不是直到最近才产生的。它一直都存在。诺亚那么年幼无知，怎么会看到了我没看到的一切？

"你讨厌它。"他说，他的手在箱子上摩挲，声音中透着失望。

是的，我想说，经历了在达姆施塔特的一切之后，我已经发誓说再也不躲藏了。但我回答："并不讨厌。"他一片好意，我不想伤害他的感情。"很完美。"我又迅速补充说。实际上，这个地方比达姆施塔特那个藏身之处还要小。我几乎藏不进去，我的肚子会越来越大，藏进去会越来越难。

"那是怎么了？"他用手捧住我的下巴，审视着我的脸，"你脸色非常苍白。你病了吗？还是发生了什么事？"他仔细打量着我，察觉到有些东西不对劲，脸上流露的关心更浓了。

这个时候，恐惧攫住了我。我不是恐惧我的怀孕或是被警察抓捕的危险，甚至不是恐惧党卫军。不，我是害怕这件事……害怕我和彼得之间的这件事。起初不过是两个寂寞的人被彼此吸引来填补空虚，我们本该一直维持那样的关系。但在某一个我没有注意的点，我们的关系变得那么复杂——我改变了，他也改变了。

我迟疑了一下。把怀孕的事情告诉彼得会彻底改变一切，但我不能保持沉默，让他像现在这样担心。有一部分的我不顾一切地想和他分享这件事。告诉他，我脑海中响着一个声音，更像是诺亚的，而不是我自己的。他爱我，这就足够了。

我深深吸了一口气，然后又呼出。"彼得，我怀孕了。"我屏息等待着他的反应。

他没有回答，只是呆呆地看着我。"彼得，你听到我说的话了吗？"我问。墙壁似乎向我们压过来，空气更加憋闷了。"求你，说点什么。"

"不可能。"他说，声音中充满了难以置信。

"是真的。"我无力地回答说。我们两个在冬季营地共度了那些夜晚，他以为会怎样？

他站起身，开始踱来踱去，用手拢着头发。"我是说，当然有可能，"他接着说，仿佛我刚才根本没有说话，"只是很难相信。现在要面对这一切，事情更复杂了。"

我的心沉了下去。告诉他就是个错误。"你听起来并不开心。"我说，我感觉到脸颊发烫，仿佛我被人扇了耳光，"这不是我计划的。抱歉给你添麻烦了。"

他又坐了下来，拉住我的手。"不，亲爱的，根本不是这样。"

他的脸柔和下来，声音也变得温柔，"再没有比这更令我开心的事了。"

"你是说，你想做个父亲?"我吃惊地问。

"不是。"他应声答道，我的心沉了下去。他还是不想做父亲。"因为我已经是个父亲了。"他的声音迟缓而沙哑，每一个字仿佛都耗费了很大的力气才说出来。

"我不懂。"房间似乎开始旋转，胆汁又涌上我的喉咙。我让自己保持短促而浅浅的呼吸："你在说什么?"

"我有过一个孩子。"有过。他的脸上露出无比痛苦的神色，我从没有见过他这么痛苦。

"啊!"我猛抽一口气，整个人都懵了。我想过彼得在认识我之前有一段过去，但是一个孩子? 突然之间，我觉得自己一点都不了解他。

"我结过婚，和一个莫斯科的芭蕾舞女演员，她叫阿妮娅。"他说，视线望向了别处，声音低沉。我想象着他妻子的模样，非常嫉妒地勾勒出一个个子高挑、身材窈窕、四肢纤长优雅的形象。她现在在哪儿呢? "我们有过一个小女孩，名叫卡佳。"他说出这个名字时几不成声。他努力接着讲下去，动着嘴唇，但发不出声音来。

"发生了什么事?"我问，心里害怕听到答案，但又很想知道。

他默默地坐了好一会儿，始终讲不下去。"西班牙流感。最好的医生和最好的医院也帮不了她。"

"她那时多大?"

"四岁。"他把头埋在手中，后背随着无声的抽泣一抖一抖的。

我无助地坐在他旁边，努力消化着这一切，思绪一团混乱。几分钟之后，他抬起头，抹了抹眼睛："我猜我应该早点告诉你的，但太难了。"

"卡佳死后没多久，阿妮娅就死了。"他接着说，"医生说也是流感。我认为是因为太伤心了。一切都过去了，你明白的。"他的声音又稳住了，我很担心他是否会再次崩溃。

"很抱歉。"我用胳膊环住他，把头靠在他的肩膀上，但我的同情没有什么意义，很难去平息我没有感受过的痛苦。我更加理解他了，他阴郁的情绪，他的酗酒。

"这给你带来了痛苦的记忆。"我接着说。

他摇了摇头："不，回想她们是开心的事情。但你能明白我为什么紧张了吧。"

"我明白。"我明白，他是在害怕，害怕会再拥有一个孩子，就像是他过去有过的那个一样可爱的孩子。他即便拥有了全世界的金钱和权势，也不足够。他现在该怎么保护和关心一个孩子？

"会没事的。"我说，努力让自己声音中的确定掩过疑惑，"我们可以做到。"现在，该由我来负责坚强了。

"是的，我们当然可以。"彼得挤出一个笑容。他吻了吻我，然后又吻了一次。他把他的嘴挪到我的眼睑、嘴唇、脸颊、胸口。他的重量压迫着我躺在床上，有一瞬间，他似乎是想要我。但他只是把头放在了我的腹部，没有说话。

"在遇见你之前，我已经放弃了希望。"最后，他说，"我不知道没有你我会怎么样。我爱你。"他又说。自从我们在一起就一直被他压抑着的感情现在冒了出来。我曾经非常渴望它，此刻却觉得有些难以承受。太多了，我要负担他，还有孩子。

他抬起头，眼睛中闪烁出一线光芒。"我们应该结婚。"他宣布道，用他的双手握住我的双手。结婚。这个词语一直在我脑海中反复地回响着。曾经这个词有着重要的意义，而现在，在我脑海中，我仿佛看到了埃里克猛塞到我眼前的那几张纸，说婚姻再没有任何意义，我仿佛听到我的结婚戒指落到公寓地板上的声响。

"噢，彼得。"对于我来说，婚姻只有一次，我无法理解任何人以那种方式需要我，也无法再让自己那么贴近一个男人，"我们不能。"

"不，当然不。"他仓促地说，难掩失望。

我用手拢住他的脸颊："在我心里，我早已经嫁给你了。"

"或者，我们可以离开。"他说。我大吃一惊。彼得过去一直都拒绝这个想法，因为没有别的地方能让他像在这里一样表演。但是现在，有了孩子，一切都改变了。

"我们不能离开。"我回答，"在这里，我可以隐藏。"至少现在可以。曾经我可以把握机会逃走，但是现在有些事情比我自己的安全更加重要。我又一次抚摸腹部。"而且诺亚需要我……"

"那个女孩？"他十分困惑，"她有什么重要的？我以为你一点都不喜欢她呢。"

"不喜欢，当然不喜欢，不过……"是真的，我承认。从一开始我就不喜欢诺亚，在她害得我不能表演之后就更不喜欢了。但她依赖我，就像西奥依赖她一样。"如果你真想离开，你可以离开。"我主动提议。这些话语说出来令人心痛。

他抱着我的胳膊更紧了一些。"我永远不会离开你。"他说，他的手向下，抚摸我的腹部，"也不会离开我们的孩子。"

有一个人永远都不会离开我，希望我还年轻的那一部分心能相信这一切。"会没事的。"我遣散疑虑。

　　"不只是没事，我们会有一个家。"尽管内心恐惧，但我保持微笑。这样的事情会有可能成为现实吗？但我们的孩子会是犹太人。我仿佛看到诺亚在我们发现她之前，带着西奥在雪夜的森林中盲目奔逃。我们几乎不能保护一个犹太孩子——到底该怎么保护两个呢？

14

诺 亚

"不行，不行!"第二个星期日，在训练过程中，阿斯特丽德叫道。她的声音尖锐，响彻整个大帐篷，有一个在下面练习的杂耍艺人手中的银环咣当落在地上。"你必须再高一些。"

格尔达把我抛回秋千横杆时，我用力甩腿，努力达到阿斯特丽德的要求。但当我回到跳板上向下看时，她的脸上依然写着不满。

"你必须把腿荡过头部。"我爬下梯子时，她斥责道。

"但你说过不能破坏身体的线条，所以，我觉得……"我刚开始解释就停住了话头，我知道自己不会赢。过去这几天，阿斯特丽德的脾气非常糟糕，我说什么她都厉声训我，我的练习和前几天一样好，她依然斥责我。看着她的嘴唇不满地撇着，我猜测，她是不是还在因为我害她无法演出而生我的气。差不多一个星期前，她似乎已经原谅我了，但现在我又不确定了。

"有什么问题?"我问。

　　她张了张嘴，仿佛是要说什么，但最后说："没什么。"听起来言不由衷。

　　"阿斯特丽德，请问，"我追问道，"是不是有什么事，我可以帮上忙？"

　　她笑了笑，但笑意不达眼底。"希望你说的是真的。"她说完就走开，往梯子上爬。

　　我想，所以，是有事情出了问题，但最好不要追问。"我们要继续练习吗？"我问，很担心听到答案。

　　但她摇了摇头："我们今天到此为止。"她到达跳板，握住秋千横杆，毫无预警地跳了出去。尽管她不能在演出中表演，但这并没有阻止她继续飞行，她反而比过去飞得更快、更猛。她没有接应人配合，几乎不碰横杆，以一种在我看来不可能的方式荡来荡去。

　　我穿过训练厅，走向彼得，他停下练习看向阿斯特丽德。"我们必须阻止她。"我说，"她会害死自己的。"

　　但他的眼神中既有爱慕，又有枉然，他的姿势表明了他的拒绝："我无法阻止她追求卓越，成为她自己。"

　　"这不是卓越——这是自杀。"我反驳道。敢这么激烈地反驳他，我自己都大吃一惊。

　　彼得用古怪的眼神盯着我："阿斯特丽德绝对不会害死自己。她有很多很多值得活下去的东西。"他的声音中有一种不安。可能他知道是什么困扰着阿斯特丽德。但我还没来得及问，他就走开了。

　　我又担忧地望了阿斯特丽德最后一眼，就将我的裹裙和衬衫套在训练紧身衣外面，离开了大帐篷，穿过营地。现在是星期天下午将近黄昏时分，我们到达梯也尔已经一个多星期了。我想自己喂西奥，在他睡觉前尽可能多花些时间陪他。运水的卡车停在离铁路不远的地方，人们都聚拢在车尾部，赶着装满自己的水桶。马戏团里面随处都可以见到一片片的水桶，多得看不到边际，装的水用来洗漱、饮用以及做其他各种事情。在达姆施塔特第一次看到有两个水桶贴着我的名字排在队伍中时，我开始感觉到，我属于马戏团的程度更深了一些。

我往桶中装满水，一桶用来洗漱，一桶饮用。我拎着水桶向火车走去，渴望尽快换衣服，到西奥身边。我爬上火车的台阶，尽量小心，不让水溅洒出来。我原本以为能在卧铺车厢找到刚刚小睡醒来的西奥，但卧铺车厢是空的，西奥不在那里。

放松，我告诉自己，然后转身向外走。有时候，负责看孩子的女孩们会带孩子们出去呼吸新鲜空气。有几个孩子在火车后面，滚着一个球，两个负责看孩子的女孩正悠闲地聊着天。西奥没有和他们在一起。

他去了哪里呢？我的心跳加速。他丢了吗？被人带走了？我穿过后院，去找阿斯特丽德。她会知道该怎么做。然后，遥遥地，我听到一阵咯咯的笑声。我的眼睛望向关动物的围栏。西奥就在那附近，一个负责看孩子的女孩埃尔希抱着他。我稍微放松了一些。

但就在我穿过草地的时候，埃尔希走向了狮笼。我看到他们走近一只狮子，她对西奥说话，指指点点。笼子非常脆弱——只是几根金属杆子搭成的，它们彼此间隔很大——西奥和那只猛兽之间毫无阻挡。埃尔希抱着西奥走向笼子的时候漫不经心，丝毫不害怕。西奥的手探出去，仿佛是在爱抚小狗一般。

"不要!"我的声音被风吹散。西奥把手探入笼子中,手指距离狮口只有几寸远。

"西奥!"我向他跑去,脚步重重地砸在坚硬的土地上,踢起点点的青草和泥土。

我到了西奥身边,将他从女孩怀里一下子抢了过来。狮子被我猛烈的动作吓了一跳,吼叫着扑向了栏杆,扫过西奥刚刚所在的位置。

我向后跳了一步,脚下一绊,跌倒在地。西奥号哭起来,在我摔倒之时,一颗尖锐的石头划伤了我的手掌,但我根本没有在意。我将西奥紧紧抱在胸口,我从没见过他哭得这么厉害。如果再晚一秒,可能一切就都太晚了。

"嘘!"我安抚着西奥,审视着他。尽管脸因为放声大哭而涨红,但他看起来没有受伤。然后,我站了起来,拂掉膝盖上的泥土。"你怎么这样?"我斥责脸色苍白的埃尔希。

"我……我们只是在玩儿,"她惊慌失措地解释,"我想带他仔细看看狮子。我没想造成伤害。"

但我依然怒火冲天。"那个动物——可能会杀了西奥。还有这套衣服……"把西奥抱过来,我才注意到西奥穿着一件亮片紧身衣,非常大,用别针潦草地卡了一下,"他穿的到底是什么呀?"

隔着她的肩膀,我看到阿斯特丽德从大帐篷走了过来。她大步流星地穿过草地,脸上既有愤怒又有关心:"乱七八糟的是怎么回事?"

"她抱着西奥就贴在狮笼上。"我说,刚才的恐惧历历在目,我的声音不禁升高了,"他可能会丧命。"

她把西奥从我怀中抱走,西奥停止了哭泣,大口吸着气,慢慢地平复。"他看起来很好啊。他受伤了吗?"

"没有。"我承认,说着拍向一只总是绕在动物笼子边嗡嗡个不停的苍蝇。我以为她会支持我,就算她还在生我的气。她怎么会不为了埃尔希的所作所为而担心呢? "看看他的衣服!"

"他很快就可以开始训练了。"她温和地说。

"训练?"我困惑不解,重复道。

"要表演。"她回答。尽管我们过去从来都没有讨论过西奥加入表演的问题,但阿斯特丽德说得就像是已经确定了一样。

我盯着她,一时无语。我无法想象西奥表演,也根本无法想象西奥在马戏团中的未来。"他只是个孩子。"我说。西奥大叫了一声,仿佛也在抗议。

"我还不会走就上秋千了。"阿斯特丽德说,"当然,那是一个固定秋千。"我心头一凛。在阿斯特丽德的世界中,孩子进行表演是自然而然的事情。不过,西奥不会学荡秋千或任何马戏团的节目。他的生活——我们的生活——会在别处。

"他太小了。"我坚持道,没有提我绝对不让他表演的事情。

阿斯特丽德没有回答。她越过我的肩膀,看向通往小镇的田野边:"有人来了。"我转身顺着她的视线望去。

"卢克。"我说出了声,与其说是在回答阿斯特丽德,不如说是自言自语。他那次来马戏团是差不多一个星期之前的事情了。后来,我以为他放弃了,或是被吓跑了。我没想过还会再看到他。

那样也许最好,看着他走过来,我心里想。他是镇长的儿子,而且,阿斯特丽德已经说清楚了,他不值得信任。"他来这儿做什么?"她问道,声音中流露着不满。

"我不知道。"我陡然间充满戒备。似乎我并没有做任何事情鼓励他来，我的心不由自主地提了起来。卢克离我们越来越近，他的一只手中拿着一小束黄水仙，黑色的头发被风吹得扬了起来。"但我会搞清楚的。"我低头看了看西奥，有些犹豫。我不想在刚刚发现他处于危险之中时就离开他，或是将他交回给埃尔希。此刻，我很不想请阿斯特丽德帮忙，但我实在太好奇了。"你介意看一会儿西奥吗？"我鼓起勇气问道，其实心里清楚她会怎么回答。

"我已经是你的教练了——现在还要做孩子的保姆，是不是？"她厉声说。我没有回答，她很恼怒，但她非常喜欢西奥，不会拒绝他。"噢，好吧，如果必须这样的话。你去吧。不要太久。"她从我的怀中接过西奥，走回火车的方向。

卢克走过来，我向后退了一步。"你又来了。"我努力让自己的声音显得不太友好。我突然之间想起了我的头发，它们只是仓促向后梳起的，还有我的脸颊，它因为排练时的紧张红得有点过头。"你来了好几次了。"

卢克迟疑了一会儿，紧张地看着我肩膀后方阿斯特丽德带着西奥离开的方向："我希望我来这里没有什么问题。"

"我觉得没有。"我实事求是地说。

"我感觉你不想让我来。"他说，"那天演出结束后你没来见我。我遵守诺言来了，一直等你，等到不能等。你一直没来。"

"警察来了，那天发生了那么多事，我不能去。"我说，"而且，我们有宵禁。有人盯着，我不能出去告诉你。"

"没关系。"他立刻就原谅了我，"我给你带来了这些。"他笨手笨脚地将花递到我身前。甜美的芬芳飘向我，我接过花，手指扫到了他的手指。我把一枝花别在头发里，然后又把一枝别在衬衫第一个纽扣上。

"和我一起走走？"卢克迈开了脚步，但我依然站着没动，脚底仿佛生根了。我没有跟上去，他转过身来。"你不来吗？"

"你父亲。"我说。

他脸上浮现出恍然大悟的神情："他怎么了？"

"他是镇长。你为什么没有告诉我？"我问。

"因为没想到。"他不安地回答。

"怎么会没想到？"我问，"你是镇长的儿子。"

"你说得对，当然，"他用懊悔的声音承认，"我应该说的，如果有机会见到你，我应该会告诉你的。我猜，我只是希望这件事情不重要。"或者，可能是因为他知道这件事情非常重要。"是不是？"他问，"重要吗，我是问？"

我迟疑了一下，思考着。我不在乎他的父亲是镇长，不像阿斯特丽德和其他人那么在乎。不过如果他父亲是个纳粹支持者，那么卢克会受什么影响？他本人似乎特别善良，不可能是那个样子的。

卢克依然用满含焦虑的目光注视着我，看起来非常在意我怎么回答。"我觉得不重要。"最后，我屈服了，"但是，最好还是知道。"不知怎么，反而是说没说显得更重要一些。但我也有自己的秘密，我有什么资格去评判别人？

"不再有隐瞒，我保证。"我屏住呼吸。我无法做出同样的许诺，但是他探出了手："我们能一起走走吗？"

我不安地回头望。我不该跟他走，我觉得，我该听阿斯特丽德的劝告，明白卢克可能会带来危险。而且我想快点回到西奥身边。"我的衣服不合适。"我说，我能感觉到还湿漉漉的紧身衣紧紧地贴着我的皮肤。

卢克笑了："那我们不去重要的地方。"

"好吧。"我心软了。尽管我有所保留，但我对他好奇——而且渴望能暂时逃离马戏团的喧闹和紧张。

他领着我走向树林的边缘，就是我去镇上那天阿斯特丽德指给我的那条路。我急匆匆离开马戏团的场地，跟上他，以免有人看到。我转头看着火车的方向，想象着阿斯特丽德正在哄西奥睡觉。我不想给她添麻烦，我自己都很少有机会见到西奥。"恐怕我只有几分钟。"

"其他人，他们不想看到我出现，是不是？"他问。

"不是。"他们认为他会带来麻烦，这说法似乎毫无根据，而且说出来也很伤人，"他们对外人有些紧张。我猜这些日子大家都是这样。"

"我不想给你惹麻烦。"他说，"可能我还是该离得远点。"

"不要，"我尖声回答，"我可以自己做决定。"

"那咱们走吧。"他说。我们一路沉默无语，穿过树林间的小空地，然后沿着溪流而行，这一次是朝着远离小镇的方向，小镇就在我们后方，似乎正用不赞许的眼神看着我们。我本来想和卢克单独相处，但此刻只有我们俩，却显得非常尴尬，几乎令人不安。

他停住脚步，坐在一块像是小峭壁一样探出溪流的地上，然后清理了旁边的一些芦苇，把地方整平，让我坐在他身边。我坐在潮湿的地上，感觉到一阵寒冷，太阳渐渐坠向远山后面，空气也有了些微寒意。"我给你带来了这个。"他从口袋中掏出一个橙子。

从战争爆发前，我就没见过像这样神奇的水果了。"谢谢你。"我有礼有节地说。他到底是怎么弄到的呢？因为他父亲担任镇长——一个可以伤害其他人的职位。我把这个有瑕疵的水果递了回去。"但我不能接受。"

我递橙子给他时，注意到他的食指弯曲的角度非常怪，有些畸形。他把橙子放回到口袋里，面露沮丧之色。然后他又拿出了一个包在棕色纸张里面的东西。"那，拿着这个。我用自己的口粮配给卡买的，真的。"我打开纸包，里面是两片面包，中间夹着一片康塔尔硬干酪。我一时语塞。我自己拒绝食物是一回事，但如果是给西奥的额外营养，那是另一回事。"谢谢。"我说，心里深受触动，他对我这样的一个陌生人如此慷慨无私。我将食物重新包好，塞入口袋里。

这时从我们身后传来了一个声音，那是卡车的轰鸣声，从路上传来的，声音越来越大。我匆匆地站起身，不想被人看到。"我必须走了。"我说，我提心吊胆，担心卢克问是否还会再见他。

但他拉住我的手，拦住了我："跟我走。"他领着我迅速走回树林里，沿着一条小路走向了另一个方向。到达一片空地后，我们放慢脚步，他环顾四周。"一切安全。"他说。

我的心依然狂跳，我心里反复想着我应该和他保持距离的各种理由。"那些警察，在演出时抓捕那个男人和女孩的警察，他们为你父亲工作，是不是？"

"是的。"他低下了头，"很抱歉。我不知道会发生这样的事情。我肯定这是由更高层的人下的命令。他肯定没有选择。"

"总是有选择的。"

他的眼睛低垂着，没有看向我的视线："如果因为发生了那些事情，你不想见我，我可以理解。"

"不会。"我回答，速度有点太快了。

"那就来吧。"他又一次拉起我的手，继续向前走，我的手指能感到他温热的触碰。

很快，到了树林边缘，在一片开阔田野的另一边，一个谷仓暗色的剪影在暮色的天野中出现。卢克向着谷仓走去。

"卢克，等一下……"走向谷仓的时候，我不安地说。一起散步走走是一回事，但是和他一起走到一个建筑物的里面，则意味更深，实在太冒进了。"我必须回去了。"我说。我想象着阿斯特丽德对我的位置一清二楚，正怒气冲冲地望着时钟。

"就几分钟，不会有人看到我们的。"他劝道。

木门吱嘎作响，卢克将门拉开。他站到一旁，示意我先进去。谷仓里面是空空的，空气中有浓重的腐朽木头和潮湿的干草的味道。

"你是怎么发现这个地方的？"我问。

"这是我们家产业的最边缘。别担心。"他看到我警觉的表情，补充道，"现在除了我，没有人来这里。"

他指了指阁楼："没有人会发现我们在这里的。"

我狐疑地向上看，突然间开始意识到现在只有我们两个人，远离马戏团，远离所有人。"我不知道……"

"我们就说说话，"他的声音中充满了挑逗，"会有什么问题呢？"

卢克爬到阁楼上，然后帮助我上去，他攥着我的手腕的手指泛着潮湿。那是一小块长方形区域，大约两尺长，三尺宽，距离谷仓的三角形屋顶的斜面很近。粗糙的木头板上铺着干草，我能感到裙子下面的干草让我的大腿发痒。卢克抽开一块板条钉成的木头窗板，窗口中露出了与村庄相邻的连绵群山，还有被覆盖着苔藓的农舍屋顶装点的一块块原野。有些窗户中灯火闪烁，然后遮光的窗帘落下，把光罩住，就仿佛蜡烛被熄灭一般。一片平静——纯净原始，我们似乎都可以暂且忘记战争。

卢克指向地平线边的一座被落日的光芒映衬出轮廓的小尖塔。"我在那儿上过学。"他说。我笑了笑，想象着他孩童时的模样。他的一生都生活在这个村庄，就如同若事情没有变成现在这样，我也会一直留在老家。他接着说："我有两个姐姐，都嫁人了，住在离这里不太远的别的镇上。小时候，我祖父也和我们一起住。那时候家里总是充满欢声笑语。"他的声音中有一种怀念的调子，这些已经远去的时光仿佛历历在目。

他把手探入一堆干草下面，拿出了一个暗色的玻璃瓶，已经空了一半。"从我父亲酒窖里拿出来的夏布丽葡萄酒。"他调皮地咧嘴笑了。他把酒瓶递给我，我就着酒瓶抿了一口。尽管我一点都不了解酒，但能尝出来这是陈年好酒，味道很有层次，刺激又浓郁。

就在他藏酒的那个角落，我注意到还有别的东西半掩在干草下面。出于好奇，我向前挪了挪。那是一块厚板子和一摞画。"你是个画家。"我评论道。

他笑了，用胳膊抱着膝盖："画家这个词有些夸张了。我有纸的时候就画素描，有时也画油画，不过不太多。我母亲喜欢艺术，我们放假去旅行时她总是带我去画廊。我曾经想去巴黎的索邦神学院上学。"谈到艺术和童年时，他的眼睛中充满着朝气。

"远吗？巴黎，我是说。"地理不够好，我真的觉得有些尴尬。

"这段日子，火车大约要走四个小时吧，路上要停那么多次。我跟妈妈去参观过博物馆，她喜欢艺术。"他此刻的声音有些悲哀。

"你还和你父母一起生活吗？"我问。

"只是我父亲。我母亲在我十一岁时去世了。"

"很抱歉。"我说。尽管我的父母都还健在，但他的丧母之痛似乎令我感同身受，令我一直费力想要埋葬的痛苦更加深重。我想碰碰他的胳膊，安慰一下他，但我对他还不够了解。"你还计划去学习艺术吗？"我问道。

"似乎没有这个可能了。"他用长长的纤细的手指指着下面的乡野。

"但你还是想。"我坚持说。

"现在看来，画画似乎毫无价值，"他回答说，"我不知道该做什么——我不想在这里干坐着。爸爸想让我加入法国反布尔什维克主义志愿军团①，但我不想为德国人战斗。他说镇长的儿子不去加入不太合适，我一直都在拖着他。我应该离家出走，可是我又不想留下爸爸一个人。"

"肯定有其他办法的。"我提醒，尽管我并不肯定自己是否相信这个说法。

"全都是因为这他妈的战争。"他说，声音透着沮丧。听到他口冒粗话，我大吃一惊。"它让一切都变了方向。"他看向别处，"那天演出时发生在那个男人和小女孩身上的事，并不是第一次。

---

① 维希法国于1941年创建的效忠于纳粹德国的民兵组织，招募志愿军前往东线与苏联作战。——编者注

梯也尔有些犹太家庭从我出生时起就生活在这里，他们住在镇子东边，过了市场就是。有一个叫马塞尔的男孩，是我上学时的朋友。"

"你父亲，是他命令警察抓捕他们吗？"我问。

"不！"他厉声否认，但很快平静了下来，"我父亲奉命行事。他做出支持的样子，是为了保护村子。"

"也是保护他自己。"我冲口而出，无法克制，"你怎么能受得了？"

"说实话，他也不喜欢那样。"卢克继续说，他现在平静了很多，声音恳切，"自从妈妈去世之后，爸爸就变了。他曾经把一栋房子给一家人免费住了一整年。"卢克需要相信自己的父亲是个好人，他要我也相信。我也曾如此。在被自己的父亲赶出家门之后，我依然记得我们走路去镇上买新鲜面包时的那些清晨，那时只有我们两个同行，我们一路走，他一路吹着口哨。他给我多买了一个羊角面包。不过，我还是昔日的那个女孩。到底是什么发生了变化？

卢克接着说："我求我父亲，至少帮帮马塞尔家。但是他说，什么也做不了。"他有些语无伦次地倾诉着，仿佛他直到此刻才可以与其他人分享自己经历的事情。

"当我们深爱的人去做可怕的事情时，真的很难接受。"我说。

然后，我们默默无语地坐着，已经暗了的天空令小阁楼上的光线也暗淡了。我注意到卢克的下颌方方的，很坚硬，隐约有着到了晚上开始冒出来的小胡碴。

"你从哪里来的？"他改变了话题。

　　我不安地挪了挪身子。一直到现在，我都努力地不过多地谈论自己。"荷兰海岸。我们的村子紧邻大海，走到路的尽头，你就能抓到自己的晚餐。"谈论我已经失去的生活，感觉非常奇怪。我想告诉他一切，关于我父亲将我赶出家门，关于我如何发现西奥。但是，当然，我不可以。

　　"你为什么离开呢？"卢克突兀地问道。

　　不论曾多少次被问及这个问题，我依然感觉措手不及。"我父亲很残暴，所以妈妈死了之后，我就带着弟弟逃了出来。"我重复着现在已经很熟悉的故事。我不准备告诉他真相。

　　"失去母亲非常难接受。"他说，直直地望向我的眼睛。我很厌恶说出谎言的自己。然而此刻，尽管我母亲没有死，那种失去她的感觉也前所未有地真实与令人痛苦。"然后你就加入了马戏团？"他问。

　　"是的。那不过是几个月之前。"我希望他不要问中间的时间。

　　"你能这么迅速地学会那么多把戏真是太了不起了。"他的话语中充满了敬意和惊叹。

　　"阿斯特丽德训练我。"我说。

　　"那个生气的老女人？"他对阿斯特丽德的看法如此，我强忍着才能不让自己笑出来。

　　而同时，一个外人这么评价她，我是要保护她的。"她很厉害。"我说。

　　"那天她没有表演。"卢克说，但我没回答。我不能跟他讲故事的其他部分，无法在不告诉他阿斯特丽德是个犹太人的情况下讲清楚为什么她生我的气。"可能她是嫉妒你参加演出，而她不能。"卢克大胆猜测。

我笑出了声:"阿斯特丽德,嫉妒我?这不可能。"阿斯特丽德天赋异禀,表现一流,而且非常有力量。而我从她眼睛中看到的自己,不过是一个被命运拒绝拥有孩子的女人,带着一个孩子,在她不能表演时表演。也许嫉妒这个想法并没有那么荒谬。"不是那样的。"我接着说,"阿斯特丽德是一个一流的高空杂技演员。她非常投入。彼得说,她对她自己来说就是个危险。"我又说道。

"彼得,他是那个小丑?"卢克问。

我点点头:"他和阿斯特丽德在一起。"

"他肯定不喜欢我。"卢克带着浅浅的笑容。

"他很注意保护阿斯特丽德。"我解释说,"她认为两个人就是做伴,不过她没看出来彼得对她的感情有多深。"

他用深邃的目光注视着我:"我能想象。"

我看向了别处,感觉自己的脸烧烧的。"那次演出……你一直没告诉我你觉得那次演出如何。"我准备好迎接肯定会将我打击得崩溃的批评。

"你看起来很漂亮。"他试探着说,我的脸更红了。"你很了不起。"他停顿了一下,然后又补充说,"只是我为你难过。"

"难过?"我的快乐退去了。

"你不觉得困扰吗?"他问,"所有的人,都在看着你,我是说。"他的语调流露着关心,不过也有怜悯。"你没必要一定去演出,你知道的。"他补充说。

我无法解释,在聚光灯之下,我化身为另外的人。不过,他怎么敢这么评判我们?"我发现了一些我擅长的事情,"我抱起胳膊,以一种防卫的语气说,"找到了一种照顾我自己和西奥的方式。

这你是不会懂的。"

突然之间，单独和他在一起，以及我们之间的种种谎言，都令我难以承受。"我必须走了。"我突兀地说。我猛然站起来，失去了平衡，几乎从阁楼上跌落下去。

"等一下。"卢克抓住我的腿，帮我站稳，他胳膊上的温度透过我的衣服传到我的身体上。我低头看下去，尽管这里的高度和秋千的高度相差很多，但是下面没有保护网，我因为恐惧一动也不能动。我在这里做什么呢？

卢克拉着我又坐回到干草上，这一次我离他更近了一些。他把一只手放在我的脸颊上。"诺亚。"他声音温柔。我们的脸相隔只有几寸，他温热的呼吸喷在我的上唇上。一波又一波的混乱在我身体中肆虐。他喜欢我，我现在知道了。我无法抽身。

卢克吻了我。有一秒钟，我僵着身子。我应该说不，有十几种的理由说不，他这样做非常冒昧，非常自以为是，而且一切都发展得太快了。阿斯特丽德会说我根本不该和他来这里。但是他的嘴唇温柔甜美，散发着酒的气息。他温热的手指罩在我的脸颊上，似乎要把我从地上提起来。我们的呼吸交织在一起。有一瞬间，我又成了一个无忧无虑的年轻女孩。我向他靠近，落入他的怀中，心中用力地将过去都推到了一边。

卢克抽身时上气不接下气，我想知道这是不是他的初吻，然后他又贴上我，渴望索取更多。但是我把我的手抵在他的胸口，阻挡住他。

"为什么是我？"我直接问道。

"你与众不同，诺亚。我从出生就生活在这个村子，周围都是同样的人、同样的女孩。你让我以一种新的方式来审视这个世界。"

"我们不会在这里待多久，"我反驳说，"到时候，我们就离开了，去下一个小镇。"无论我和你有多喜欢彼此，我都要离开，我们之间没有将来。我们只有现在。

"我不想走。"我脱口而出，很尴尬地感觉自己的眼睛都燃烧了起来。在过去，我失去了那么多：我的父母，一个孩子。卢克，一个我基本还不认识的男孩，根本不该有什么重要的。

"你不必走。"他说着又将我拉了过去，"我们可以一起逃走。"

我歪着脑袋向上看，我肯定听错了。"疯了。我们才刚认识。"

他用力点了点头："你想要离开，我也想。我们能帮助彼此。"

"我们能去哪里呢？"

"去法国南部。"他回答，"尼斯，或者马赛。"

我摇了摇头，想起了阿斯特丽德说过的关于她的家人逃出帝国失败的故事。"那还不够好。我们必须去更远的南方，越过比利牛斯山，穿过西班牙。"我们。我顿住了，这个词语从我口中溜出，我自己都没有意识到说了它。"当然，这不可能。"这是一个让人向往的童话，就像我编出来哄西奥睡觉的那些，孩子们过家家一般。我一直都计划带着西奥离开，但是现在，离开似乎难以想象。"我必须随着马戏团去下一个镇。我亏欠他们很多。"

"我会找到你。"他固执地说，仿佛距离和国界都不是问题。

"你甚至都不知道我们要去哪里。"我反驳。

远处，教堂的钟声敲响。我听着，大吃一惊。九声。怎么会这么晚了呢？

"我必须走了。"我勉强地抽身。

他跟着我下了梯子，离开谷仓。我们两个都没有说话，一路无言地穿过树林向回走。已经到了宵禁时间，远处小镇的房屋都拉下了百叶窗，一片寂静。在马戏团场地的边缘处，火车后面，我停下了脚步。我不想任何人看到我在这么深的夜里和卢克在一起。"我从这儿一个人走。"

"我什么时候能再见你？"他追问道。

"我不知道。"我说，他的脸垮了下来。"我想见你，"我赶忙补充道，"只是很难出来。"

"我们没有太多时间。你明天晚上能见我吗，演出结束后？"

"也许吧。"我说，不太肯定自己能否做到，"我试试。但如果我不能……"但愿有办法能传递消息。我没有办法通知他。我扫视着马戏团的游乐场，思考着。

我的眼睛落在了火车的后面。我想起来每个车厢下面都有一个盒子，一个阔腹储物盒。有些车厢上的盒子被工人用来放工具。我把卧铺车厢下面的盒子拉了出来，是空的。

"这里。"我说，"如果我走不开，就在这里给你留个消息。"这是一个其他人都不知道的秘密信箱。

"明天，说好了。"他大胆地吻了吻我，然后谨慎地环顾着四周，确认没有人看到，便悄悄地离开了。

我快速走回营地，走得上气不接下气。和卢克在一起，我感受到一种从未有过的兴奋。和那个士兵一起的时候并不是这样的。现在，我能明白那个德国人如何利用了我，如何夺走了我青春的一部分，我永远无法复原的青春的一部分。而和卢克在一起，过去似乎是一个从没有发生过的噩梦。而这可能吗？

我本来不理解阿斯特丽德在被丈夫赶出家门后怎么还能再次爱上他人，而现在，似乎我也拥有了第二次机会。突然之间，我身上发生的一切似乎都有了意义。我过去想象那个德国人从来都没有出现过，但如果他没有出现，我就永远都不会遇到西奥，也不会来到这里遇到卢克。

我真希望自己能和阿斯特丽德谈谈。在她罕有地表现得和气的时候，她很像是我的一个大姐姐，我知道她可以帮助我把一切都想通。不过，她绝对不会忽略卢克的父亲，忘了他真正是谁。

我走到火车车厢的门时，埃尔希出现了。她的脸色苍白，脸上写满焦虑。

"谢天谢地，你回来了。"我依然因为她带着西奥靠近动物而生气，于是从她身边挤过，上了火车。但是西奥通常挨着我睡觉的地方是空空荡荡的，阿斯特丽德也不知所踪。

我的血冷了下来。"怎么了？出什么问题了？"

"是西奥。他病了，他需要帮助。"

15

诺 亚

埃尔希顺着长长的火车走廊而行，我紧紧跟在后面。"出了什么事?"我问。

她停在火车前部的一节车厢的门口，我从来都没有来过这里。医务车，他们这么称呼这里，用来给那些生病的人提供照顾，防止疾病传染给马戏团其他人，阿斯特丽德曾经跟我解释过。空气中有一股消毒液的味道。车厢中传来咳嗽和呻吟声。西奥留在这里，会染上比现在得的病更严重的病。在诸多声音之中，突然传来他尖锐的哀哭声。我向前走去。"他不能留在这里。我要自己带着他。"胆小的埃尔希不会阻拦我。

但是，负责医务车的女人贝尔塔蓦地出现在我们面前，硕大的腰身堵住了我的路。"你不能来这儿。"她告知我。

"西奥病了，"我抗议，"他需要我。"

"诺伊霍夫先生的规定——健康的表演者不允许进入医务室。"病菌在营地中如同野火一般蔓延：痢疾、流感很容易肆虐。

一个人不幸染了流感，就可能摧毁整个演出。

我越过她的肩膀望去。西奥躺在一个铺位上，小小的，孤零零的，外面挡着一个卷起来的毯子，以防他滚落下来。"他还好吗？"

贝尔塔的眉毛皱了起来，透着担忧。"高热。"她说，没有向我隐瞒事实，"我们会尽一切办法把温度降下来，但是这种情况对孩子来说，很艰难。"

我的心一阵绞痛。"拜托让我帮忙做点什么吧。"

她坚定地摇了摇头："这里没有你能做的事情。"她关上了门。

阿斯特丽德，想到她，我就迈开腿向卧铺车厢跑去。但她的铺位依然整整齐齐，她不在。我孤注一掷地下了火车，穿过游乐场，向彼得的小屋的方向跑去，那是这个时候阿斯特丽德唯一可能在的地方。现在已经快十点了，这样不请自来有些太晚了。然而我焦虑煎熬，根本不在乎会吵醒他们，或是打断他们，无论他们在做什么。我敲了敲门。过了一会儿，阿斯特丽德穿着一件睡衣出现。这是我们上路后她第一次和彼得过夜。看到她蓬乱的头发，我勃然大怒，我将西奥交给了她照顾——她怎么可以就这么交给别的人？

不过，我现在不敢冒险再惹她生气。"帮帮我。"我恳求道，"是西奥。他病了。"

阿斯特丽德用冷冷的空洞眼神望着我，然后砰地关上门，差点拍在我脸上。我的心沉到了底。即便她讨厌我，也不该拒绝帮助西奥。但她很快露面，身上换好了衣服，向着火车走去。我小跑着跟上她。

"我之前把他哄下的时候还是好好的。"阿斯特丽德说，"埃尔希在看着他，你说你很快就会回来。"她用的是谴责的语调。"他病了多长时间了？"

"我不知道。他们不让我见他。"我跟着她上了火车。

在医务车的入口处，她转过身，抱着胳膊，命令道："等在这儿。"

"西奥需要我。"我拉住她的胳膊。

她把我的手甩掉。"如果你也染了病，不会有任何好处。"

"你呢？"我追问。

"至少我已经不参加演出了。"她回答，"如果你病了，节目就完蛋了。"

阿斯特丽德关上门，我等在外面，听着西奥的哀号。罪恶感在我身体内奔涌。我怎么可以离开他呢？一个小时之前，我和卢克在一起，因为摆脱了照顾孩子的负担而享受着隐秘的欢欣。我不是真想摆脱，真的。尽管我知道不可能，但我又忍不住猜测就是因此西奥才陷入危险。

阿斯特丽德让我等待的地方是两节车厢中间的位置，我站在走廊处，透过满是污垢的火车玻璃窗望向村庄的方向。我们没有医生，贝尔塔的装备中只是一些家庭用药。如果能有帮助的话，我要去向卢克求助。但我们不能冒险带西奥去镇上，那样会引来人们问东问西，打听他是谁，他从哪里来。如果有人发现他施过割礼，肯定会发现我们一直隐瞒的秘密。

突然间，医务车内的号哭声停了下来。我先是如释重负，西奥终于被哄住了，但是我不由自主地猜测是出了什么事情。我猛地推开门，将所有规定都抛于脑后。我的心跳几乎都停了。西奥已经浑身僵直，手臂和腿抽搐个不停。"怎么了？"我叫道。

"不知道。"阿斯特丽德说，她可怕的脸色是我从没有见过的。

贝尔塔急匆匆跑过来。"发热性痉挛。"她说，然后对我说，"他需要洗个冷水澡。快点去取水。"我仿佛麻痹一般地站着，不想再离开西奥，一秒钟也不想。"快去！"她大吼道。

我跑下火车，在压水井边将我看到的第一只桶灌满。等我将桶提到医务车时，里面的水已经洒得只剩下一半了。阿斯特丽德在门口从我手中接过水桶，把水倒入一个陶瓷大盆中，这个盆的大小是一般的婴儿浴桶的两倍。"再来一桶。"贝尔塔喊道。等我再回来时，我看到她把一杯透明的液体倒入澡盆中。"醋。"她解释说。

我盯着西奥，但阿斯特丽德举起手，将我挡住："你不能进来。"

我想从她身边挤过去。"我必须看看他。如果发生什么……"我说不下去了。突然之间，我仿佛回到了孤女院，又一次经历我自己的孩子被从我手臂中带走的痛苦。

阿斯特丽德从贝尔塔手中接过西奥。看到阿斯特丽德脸上关心的神情和她抱着西奥的温柔动作，我知道她就像我一样爱他。不过，我依然渴望着能将他抱在自己怀中。阿斯特丽德将西奥放入浴盆中，我屏住呼吸，希望他会像平常那样闹腾，但是他依然不动，不过他的身子到了水里似乎放松了下来。"我想起来了，"阿斯特丽德的视线没有离开西奥，"他们跟这叫发热性惊厥，几年前有一个马戏团的孩子出现过这种症状。"

"惊厥？"我重复道，"听起来很严重。"

"抽搐从外表看会比实际可怕很多。"贝尔塔插言，"但是发热是个问题。我们必须把体温降下来。"她的声音非常严肃。

几分钟之后，阿斯特丽德将西奥从浴盆中抱出来，擦干身子，给他穿回睡衣，我们没有其他衣服给他穿。他的眼睛睁得大大的，平静了很多。阿斯特丽德摸了摸他的额头，皱起了眉毛："还是太热。"

贝尔塔从她的装备中找出一个小包："我们离开达姆施塔特之前，我在药店买了这个。他们说可以用来治疗发烧。"

"这是给成人用的，还是给孩子用的？"我问。量太大的话可能会有危险——甚至会致死。

"成人，"贝尔塔回答，"不过如果我们只给他一点……我们也没有选择。"她将一些粉末倒在勺子里，掺了些水，然后把勺子探入西奥口中。他抗议性地作呕，吐了一些出来。阿斯特丽德用一块抹布擦了擦他的脸和他的上衣，我真希望做这一切的是我自己。

"我们要再给他吃一点吗？"我问。

阿斯特丽德摇了摇头："看不出来他到底吃下了多少。要等一小时才能看出来是不是有效。"

"占卜师，德丽娜，说过关于疾病的事情。"我突然间想了起来。她是怎么知道的呢？

我等着阿斯特丽德因为我相信德丽娜而斥责我荒唐，但她只是阴沉沉地说："我已经不再解读命运了。"

"因为你觉得不准？"

"因为都是你不想知道的事情。"

贝尔塔走过来，给西奥检查了一下。"他现在需要的是休息。希望那些药有效吧。"而我在想，如果无效呢？但我不敢问出口。

贝尔塔走到车厢另一端的铺位边，那边还躺着两个病人。她将他们安顿好后，就调暗了屋内的灯光，然后把自己挤到一张空床中，她肥胖的身躯有一部分探到了过道中。

阿斯特丽德坐在一个铺位上，将西奥抱在怀里轻轻摇着。我从门口看着她，胳膊泛起阵阵渴望。"他喜欢被抱着。"

"我知道。"阿斯特丽德和西奥相处的时间几乎和我一样久，她知道该怎么做。不过，不能亲自将他抱在怀里，令我难受欲死。"我会整晚看着他，我保证。但你应该去睡觉了。等他好些会需要你的。"

"你觉得他会好的，是吗？"我满怀希望地问道，也感觉到一阵如释重负。

"是的。"她回答，声音更加坚定。

不过我依然无法离开他。我坐在了火车走廊那又冷又脏的地上。"那些花儿很漂亮。"阿斯特丽德说。我几乎已经忘了我衬衫纽扣上和头发里别着的黄水仙。"镇长的儿子送的，是吗？"我没有回答。"他想做什么？"

"就是聊聊天。"我回答。

"真的？"阿斯特丽德的语调满是怀疑。

"可能他只是喜欢我。"我反驳道，心里有些受伤，又有些恼火，"那就那么令人难以相信吗？"

"跨族交往是禁止的，你知道的。"你和彼得也在一起呢，我想指出来。"而且他父亲是个通敌者，老天在上。"她的声音提高了，引得车厢另一端的贝尔塔坐了起来。

"卢克不是那样的。"我反驳。

"那他父亲呢？"她犀利地问道。

"卢克说，他为了保护村庄，不得不合作。"我听得出自己言辞中的无力感，"这样才能阻止德国人做出更过分的事情来。"

"阻止？"她啐了一口唾沫，"他阻止不了他们。那天晚上演出时发生的事情难道没让你记住教训吗？镇长不过是牺牲镇民保自己的命而已——就是如此。"

沉默在我们之间持续了好一阵。"唉，你想和这个男孩交往？"她催问道，"嫁给他？"

"不，当然不。"我迅速反驳。我和卢克之间除了那个吻，我真没有想过更多。但是我现在忍不住好奇，渴望如此平常的东西，到底有什么可怕的。阿斯特丽德自己就曾经做过同样的事情，而现在，她将这一举动视作背叛。"我知道你喜欢他，诺亚，"她接着说，"但你不能太信任他，否则你会像个傻瓜一样被愚弄。"从她说话的方式，我听得出来，在她看来，我天真无知。"绝对不要认为你了解另一个人的心。我从不。"

"甚至是彼得？"我问。

"特别是他。"她厉声说，然后，她清了清喉咙，"当然，你和那个男孩之间的荒唐事很快就会结束，我们过不了几天就走了。"卢克承诺说会到下一个村庄寻找我，这似乎太愚蠢了，无法说给阿斯特丽德听。"没有人值得你付出全世界。"

"我知道了。"那个德国人的影子又在我的脑海中越来越清晰。他夺走了我的一切，我的名声、我的家人。当然，阿斯特丽德不知道这些。我的罪恶感就像幽灵一般徘徊不去。阿斯特丽德为我们付出了那么多，而我依然生活在自己刚到达马戏团时编织的谎言中，不知道是否能信任她。

阿斯特丽德坐在铺位上，身子向后倚，西奥依然被她抱在怀里。我们两个都没有再说话。我身下的火车地板越来越寒冷，越来越坚硬，但我不想离开。我们之间的影子变得越来越长。我把头向后靠，闭上了眼睛。我梦到自己在黑暗的户外，刺骨的寒意就如同我带着西奥逃亡的那一天。只是，这一次，西奥不再是个婴儿，而是一个快两岁的蹒跚学步的孩子，大了，也重了。我脚下的地面冰冷，凛冽的寒风阻挡着我的每一步。地面上有一个包袱，被雪白的大地衬托得非常暗。我停下来查看，是另一个婴儿。我将它捡起来，但这时候西奥却从我手臂中掉了下去。我绝望地挖着积雪，想要找到西奥。但是他消失了。

我醒时大汗淋漓，暗骂自己居然睡着了。阿斯特丽德还是醒着的，坐在那里，透过与她隔了一段距离的窗户望向外面。天色已经略微发灰，天快要亮了。她还抱着西奥，西奥现在非常安静。我噌地站起来，一点点走过去，时刻准备着听到阿斯特丽德的反对，但是她没有。"他的烧退了。"她只是说。西奥的皮肤上隐约有些疹子，但除此之外，他都很好，他的皮肤凉凉的。我如释重负，眼睛有些发热。裹着他的毯子已经被他的汗水浸透。他半睁着眼睛，虚弱地冲我笑着。

"你还是要小心点，不要染病。"阿斯特丽德告诫我。我已经准备好迎接她让我立刻离开的命令。不过，她抱着西奥，走向了车厢另一端。我压制着跟随过去的渴望。她和贝尔塔交涉。贝尔塔已经起床，正在给一个病人喂饭。过了一会儿，她拿来了一个奶瓶："我看看能不能让他喝点东西。"他无力地吮吸着奶瓶，然后又睡了过去。

阿斯特丽德将奶瓶放在一边。她脸上的血色突然间就消失了，她俯下身子，似乎是要呕吐。"给你。"她把西奥递给我，似乎忘记了自己之前的叮嘱。我感激地将西奥抱在身前，紧紧地，暖暖地。阿斯特丽德有气无力地瘫坐在一个铺位上。

"你觉得不舒服吗？"我希望她没有感染上西奥的病菌。

"没有。"她的语气很坚决，但她的前额和上唇都渗着淋淋汗水。

"那是……"我开始担忧。她最近这些日子似乎比往常疲惫，她过去一直都精神抖擞的。她脸色灰白，有一种让我熟悉的感觉。"阿斯特丽德，你……"我迟疑了一下，害怕自己想错了，说出来会冒犯到她，"你怀孕了？"我问，但她没有回答。"你怀孕了，是不是？"

她发现我猜到她的秘密，目瞪口呆。她本能地把手抬起来护住腹部，这个动作让我想到过去的自己。"啊！"我尖叫出声，突然间仿佛回到了一年前，我意识到自己月经没来，以及这一切所代表的意义，这一切都如昨日般历历在目。

我该向她祝贺吗？我小心翼翼地往前走，仿佛是在靠近一条蛇。就在不久之前，有孩子对我来说还不是开心的消息——是纯粹的恐惧。我不知道阿斯特丽德的感觉如何。看着她带西奥的样子，我一直都怀疑她非常想要一个孩子。不过，她已经不年轻了，而且又是犹太人……她现在真想要一个孩子吗？我望着她的脸寻觅线索，想据此来判断自己该如何反应。

她的脸上有自我怀疑的折磨。我想说上很多很多话来安慰她。我又往前走了一些，用胳膊环住她："你会是个了不起的母亲，孩子是一件礼物。"

"比那要复杂多了。"她回答，"现在这个时刻，生养一个孩子太难了。"

"我懂。"我回答的速度太快了。

她的眉毛皱了起来:"你怎么可能懂?我是说,我知道你照顾西奥,但是这完全不一样。"

对,是不一样。我无声地表示同意。我视西奥如己出,但是拥有他,也永远都无法取代第一次将我自己的孩子抱在怀里的那种感觉。但是,阿斯特丽德不知道这些。她无法真正了解我,或是理解我在说什么,因为我有所保留。我应该告诉她的。可是我怎么能告诉她?那件令我成为现在的自己的事情肯定会令阿斯特丽德讨厌我——并且想要与我老死不相往来。

告诉她真相的需要又在我心中翻腾,强烈得无法忽视。我再也无法躲避。"阿斯特丽德,有些事情我需要告诉你。记得我跟你说过有一段时间我在火车站工作吗?"

她点点头:"是的。在你离家之后。"

"我没有真正说清楚我为什么离开家。"

"你说你父亲不好。"她的声音很不安。

"不止如此。"然后,我一五一十地将一切都讲给她听,关于那个士兵,关于我生下的那个孩子,只是就事论事,没有试图为自己辩护——如果是几个月前,我应该会那样的。

我说完之后,屏住了呼吸,等待着阿斯特丽德告诉我一切都没关系。但是她没有。她的脸上阴云笼罩。

"你和一个纳粹睡了。"她阴沉沉地说。尽管这一切发生在我遇到她之前很久,我的所作所为依然像是背叛。不过,不应该是这样。对我来说,爱就是爱(或我认为的爱的感觉),我一直不觉得还有其他的因素。我等待着她冲我尖叫,问我怎么能那么做。现在回首过去,我自己也不太肯定,但那个时候一切都自然而然。

"是的。"我终于说。"埃里克也是纳粹。"我又说。就在这话冲口而出时,我就知道,我逾越界限了。

"那不一样。"她目光烁烁,"他曾是我的丈夫。而且那都是从前了。"在战争改变所有人,强迫我们站队之前。"你怀孕了。所以,你家人把你赶了出来。"

"是的,我没有选择,只好去了本斯海姆的孤女院。我以为他们会帮助我,但是他们夺走了我的孩子。"说到最后,我已经泣不成声——这是我第一次说这件事情给其他人听。

她的眉毛皱了起来:"谁?"

"孤女院的医生和护士。起初,他们告诉我,他会被安排进入'生命之泉计划',但是他的头发和眼睛都太黑了……"我的声音越来越轻,"我不知道他们把他带去了哪里。我想留着他,但是他们不让。有一天我会找回他的。"我发誓。我想她会嘲笑我,挖苦我,或者至少告诉我这一切都不可能。

但她坚定地点了点头:"你绝对不可以放弃希望。这种事情会有记录的。"

"我过去就想告诉你的。"但是我太胆小了。

"镇长的儿子,他知道吗?"

我摇了摇头:"别人都不知道。除了你。"

她凝视着我。我们彼此沉默了好大一会儿。她会要求我离开马戏团吗?这绝对是最糟糕的时机了:西奥病得太厉害了,根本上不了路,而我不可能丢下他。"你生气了吗?"最后我问道。

"我希望自己生气,但我没有立场。你犯了一个错误,我们所有人也都会犯错,而你为此付出了昂贵的代价。"我如释重负,肩膀垮了下来。她已经原谅了我。

内心的忧虑再次翻腾起来。"还有，"我说，她振作精神做好准备，仿佛我要揭开另一个更加糟糕的秘密，"你不会告诉其他人，是不是？"

"不会。他们不会知道。"她说，"其他人可能也不会那么理解。不过，不能再有隐瞒。"

我心怀感激地点了点头。"同意。"

"但是诺亚，"阿斯特丽德说，"你绝对不能再见他了。我理解你过去犯的错误。那时候你年轻，情不自禁。而那和镇长儿子的事情不一样。你肯定能看到你可能给西奥以及我们其他所有人带来的危险。"

我开口想要反驳。我想再次告诉她卢克和他父亲完全不一样，但对阿斯特丽德和马戏团其他人来说，外人就意味着危险。她已经原谅我和德国人之间可怕的错误，而放弃卢克就是我要为此付出的代价。

阿斯特丽德牢牢地凝视着我，等待着我的回答。"好的。"最后我终于说出口。我基本上还不了解卢克，但是放弃他这个想法给我带来的痛苦却比应有的多。

"你保证？"她依然不满意，紧追不放。

"我发誓。"我郑重地说，尽管再也不见卢克的想法再次令我内心刺痛。

"好的。"她似乎终于满意了，"我们应该回卧铺车去了。"

"西奥怎么办？"

她望向贝尔塔，贝尔塔点头示意。"他的烧已经退了，可以回去了。"阿斯特丽德站起来，向着卧铺车厢的方向而去。然后她停住脚步，转过身来，脸色阴沉。"我的身体……"她焦虑不安，又一次提到她怀孕的事，"如果我再也无法飞……"这并不是虚荣心，表演对她来说，就是活着的方式，她担心孩子会改变这一切。

"生了孩子后，我的身体没多久就复原了。"能这么光明正大地说出来，哪怕只是对她一个人，感觉也很奇怪，"你也会的。"我拉住她的胳膊。"来，你肯定筋疲力尽了。你自己发现多久了?"我们走在黑暗寂静的走廊中，我低声问道。

"只有几天。抱歉我没有及时告诉你。"她说。我点了点头，努力不让自己感觉受伤。"我自己接受起来也非常困难，更不用说告诉其他人了。"

"我明白。"我说，发自内心，"彼得知道吗?"

她点点头。"只有他知道。拜托，不要告诉其他人。"她恳求道，过去我没能保守她的秘密，她此刻又相信我可以。我点了点头。我死也不会说出去的。

"生孩子，"她说，"很可怕。"

"你怀孕多久了?"我很担心自己问了太多问题，但是我忍不住。

"大约两个月。"

我数了数手指。"我们有充足的时间，到时候回到冬季营地了。"她沉默无语，脸上浮现出困惑的表情。"你会回去的，是不是?"我问。

"彼得不想我们回去。"她回答。我大吃一惊。很难想象阿斯特丽德和彼得会出现在马戏团之外的地方。卢克也说过离开，不过，和一个我刚刚认识的男孩一起离开，当然只是个幻想而已。

"不过我会回去的。我还能有什么其他的选择呢? 我家住在达姆施塔特已经几百年了。"除了柏林，达姆施塔特是她唯一了解的地方。"但你可以离开，你知道的。在我们回去之前离开。"

我不确定该怎么回答。我从来都没有想过融入这个奇怪的群体，融入他们怪诞的生活。离开马戏团，带着西奥逃走，一直都是我的目标。我不必留下来——我不是囚犯，不是逃亡者。我可以向诺伊霍夫先生道谢，带上西奥就此离开。

但是，这里吸引我们留下来的，除了庇护之外，还有其他东西。阿斯特丽德关心我们。她比我的父母更像是我的家人。我能感觉到自己是马戏团的一部分，就像我是在这里出生成长一样。我没有准备好离开——现在还没有。

"不，"我回答，"无论现在发生了什么，我都会陪着你。"

至少现在。

16

阿斯特丽德

星期日下午，我们都在洗着服装，为明天做准备，这时，火车中响起一阵嗡鸣声。诺伊霍夫先生要在三十分钟后开一次会。我周围的女孩们都紧张地窃窃私语。他是有什么事情呢？有什么要告诉我们的呢？尽管没有加入她们的交谈，我的心中依然不安地刺痛着。诺伊霍夫先生不是喜欢开大会的人，如果需要的话，他更喜欢单独和每个演员或工人私下交流。这些日子，意料之外的事情只能代表麻烦。

诺亚从铺位上抱起西奥，心神不安地打量着他的脸。他生病那晚到现在已经过了一个星期了。发烧没有反复，他看起来非常健康，我有时候都怀疑，那从头到尾不过是一场噩梦。

我离开火车车厢，经过镜子时尽量避免去看自己的影子。他们说有些女人在怀孕时会更漂亮，这说法也许是真的，但我从没见过一个。马戏团的女人们一怀孕都胖得像母牛，再也无法表演，只能无所事事。她们的身体也都没有恢复原来的样子。我现在的身形只有些微变化，如果凑近仔细看，能看到腹部极轻微的隆起。但是，这只是个时间问题。

尽管我看起来还不赖，但感觉糟透了。那天在秋千上感觉到的恶心愈发严重，我每天总要吐三四次。我把食物都浪费在呕吐之中了，根本没有多余的食物可以存下来，不过，在我同意时，诺亚就从她自己的口粮里面省下来一些给我。但这并没有什么用——我的胃留不住半点东西。空荡荡的胃就如同我吃下了太辣的东西，整天整夜地火烧火燎，让我根本无法入睡。

"吃点东西吧。"昨天晚上，彼得几乎是乞求般地对我说，"为了孩子。"我没去就餐的帐篷，他就把我的饭送到了火车上来。那是炖菜，里面有很多肉和芜菁，他从自己那份里挑了给我匀过来的。

不过，曾经令人开胃的味道如今却引得我胃部翻腾，我把菜推到一边，指了指诺亚的方向："给西奥吧。"

讽刺的是，我越难受，彼得却越开朗起来。孩子改变了他的一切。自从我告诉他怀孕的事情后，就没再见过他喝酒，他眼中的忧郁也都不见了，变成了欢乐与希望。

开会之前，我从手提袋中拿出一些粉涂了涂，掩饰脸上的苍白。其他的女孩都急匆匆地离开了车厢，而诺亚抱着西奥在后面磨蹭着。我用手指拢了拢头发，准备出发。

"等一下。"诺亚说。我转身看她。她咬着嘴唇，似乎是想说什么，但她别别扭扭地将西奥塞给了我："我换衣服的时候你能替我抱着他吗？他跟着你从来都不会哭闹。"我接了过来。的确，尽管我过去从来都没有看过孩子，但是西奥很喜欢我的怀抱。

"准备好了。"几分钟后，诺亚说，她的声音有点尖锐，似乎是紧张，也可能是兴奋。她的穿着比我认为应该在星期日穿的衣服还要隆重，裙子和衬衫都被抚得一丝不皱。我抱着西奥走了出去。天色渐晚，天空泛着浅浅的蓝色，空气温暖，飘荡着阵阵花香，这是第一个真正的春天的夜晚。我们经过大帐篷。尽管感觉不舒服，没有什么胃口，我也没有停止飞秋千。我比过去荡得更用力，更高——也许比我应该用的力气更多。我当然不想危及这场怀孕，我一生都深切地渴望能怀孕。不过，这个孩子必须懂得，这就是我们的生活。我需要知道，孩子和飞行，可以同时存在。

走近后院，我能听到已经聚起来的其他人的窃窃私语，但我们一绕过大帐篷的角落，声音就戛然而止。整个马戏团的人都在这里了，演员和工人混杂在一起。大家没有站在靠近大帐篷的这一主要区域，而是都远远地挤在边缘处，在树木和我们这片开阔场地交接的地方形成了一个半圆形，中间留出了一片空地。

两棵栎树探出的枝条交错纠结在一起，树叶连成一片荫棚。诺伊霍夫先生站在下面，彼得在他身旁，脸上闪耀着期待的神采，身穿黑西装，头戴大礼帽，我从来都没有见过他打扮得这么郑重华丽。我猜测这套行头是不是他从俄国带过来的。我走过来，人群分开成明显的两群，中间留出来的空隙很像是一条走廊。我起了一层鸡皮疙瘩：到底是怎么回事呢？

我转向诺亚，她微笑着，眼睛中隐约闪烁着一种兴奋，我突然意识到，她是故意用孩子拖住我的。她递给我一束用带子捆扎的野花。"我不明白。"我说。

诺亚从我手里接过西奥，将我垂在脸上的一缕头发梳拢向后。"每个新娘都需要一束花。"她说，眼睛瞄向了彼得，仿佛不太肯定自己是不是该说这话。

新娘。我疑惑地看向彼得。他的视线坚定而热切。他要在这里娶我，在整个马戏团的见证下。一场婚礼。我脚下的大地似乎在摇晃。婚礼当然不能当真，我们的结合在法国是触犯法律的，就如同我和埃里克的婚姻在德国无效一般。绝对不会有任何政府承认这种婚姻。和彼得一起说出誓言，让孩子出生在婚姻之中，拥有一个真正的家，即便在我最大胆的梦境中，我也从来都没有想过这些。

乐队的一个大提琴手开始演奏，这是一首特别温柔低沉的曲子，不太适合做婚礼进行曲。马戏团的人们围拢成一个半圆形，脸上都熠熠放光，闪烁着一丝对生活的确信，每个人都特别需要这种确信。我望着周围微笑的脸孔，他们猜到我的秘密了吗？不，他们只是因为这一刻黑暗中的光芒而喜悦——因为我们而喜悦。自从多年前离开达姆施塔特的家，这是我第一次有了回到家的感觉。

诺亚引导着我走向树荫。我握住她的手，希望她能站在我身边，不要让我孤身一人。但是她把我的手放到了彼得的手中，后退一步。

我望向彼得的眼睛："这是你策划的？"

他微微笑着。"我猜我应该先向你求婚，"他说，然后他单膝跪地，"阿斯特丽德，你愿意嫁给我吗？"

"问得有点晚了，不是吗？"我责备道。隐隐的笑声从人群中传来。我的思绪乱作一团：我没有计划再婚，无论是嫁给彼得还是其他人。婚姻关乎永远，而我再也不相信永远。不过，我也没有准备好要孩子，或是面对现在这种情形。彼得跪在我面前，脸上写满希望。他想为我们组建一个家。

我也想，我才意识到这点。此刻，加入诺伊霍夫马戏团后我和彼得共度的生活就如同电影般浮现在我眼前：他如何保护我，我们怎么一天天接近。没有他的夜里非常空虚，只有他出现，一切才显得圆满。诺亚说的是对的，她不仅言中了彼得的感情，也说对了我的感情。在不知不觉中，他已经进入我的心中。有一部分的我暗骂自己居然容许这样的事情发生，但同时，我并不想事情走向其他方向。

不过，这并不能改变我们此刻真实的处境，或是改变娶我会带给他的危险。我低下头。"你确定？"我轻声问，不希望其他人听到。

尽管他一直站在我身前保护我，愿意为我冒一切风险，但我还是有些无法相信。在经历了那一切之后，他怎么会想抓住这次机会呢？

他点点头。"从未如此确定。"他回答，声音清晰，丝毫不动摇。

"那么，是的，我非常愿意嫁给你。"我大声地说。我笑着，将刺激着眼睛的泪水硬挤了回去。

诺伊霍夫先生清了清喉咙："好啦，咱们开始吧。"他说话的时候彼得站起身。"描绘爱的词语中很少有一丝一毫贴近爱本身的，而无法描述的那一部分，也正是爱最美丽的地方。"他开始说道，声音很像是他在表演场中使用的男中音，却更温柔一些。

他翻开一本破旧的《圣经》，读道："不要劝我离开你，转去不跟随你。你往哪里去，我也往哪里去；你在哪里住，我也在哪里住；你的百姓就是我的百姓；你的上帝就是我的上帝。"

他读着，我的视线却飘向了头顶的浓荫。在其他人眼中，这只是一团树枝和树叶。而我知道，尽管彼得不是犹太人，但他将这里当作是婚礼的彩棚，以一种无声的方式迁就我的血统。[①]我希望我的父亲能够将我的手交到他的手中，我希望我的哥哥们能伴着《让我们欢乐》的曲子将坐在椅子上的我们高高举起，就如同马蒂亚斯和马库斯娶了来自匈牙利的犹太姐妹花骑手时一样。当然，曾经，在他们不在场的情况下，我与埃里克在柏林站在一位治安法官面前。那时，我假装不在意，心里想着我的家人会一直都在；而现在，我的内心充满渴望又弥漫着悲伤。我摸了摸腹部，开始想象这个我父母永远都无缘见到的孙子。

我下落不明的家人不是唯一的区别。我在和埃里克宣誓之时年轻而无所畏惧，以为没有任何事情会影响到我们。而现在，我知道了，这种结合并不能保护我们免于遭遇未来可能发生的任何事情，反而是将我变作了彼得的负担，将彼得变作了我的负担。

彼得也不再年轻，不再天真。我想着他失去的妻子和女儿，今天，她们肯定也不会被他抛于脑后。不过，他有了向前的勇气，挺胸抬头，眼睛清亮。因此，我对他的爱前所未有地浓烈。

诺伊霍夫先生结束了朗读。"彼得，你有什么想说的吗？"

彼得从口袋中拿出一张纸，但失手掉落。他弯腰去捡却差点跌倒，他一贯的冷静自持不见了。他的手颤抖着，紧张得就像一个年轻的新郎。"这些日子，很少有事情能让人确信，"他开口说，声音也打着战，"但是找到一只相携的手，共同走下去，能令最艰难的岁月变得美好，将最陌生的村镇变成家园。"周围的人纷纷点头。每一个马戏团的表演者都有一段过往，记忆深处都有一个属

---

① 传统的犹太教婚礼在彩棚下举行，象征着新婚夫妇构筑了新家。——编者注

于自己的家。说完，他把那张纸团起来塞回到口袋里，动作突兀得让我猜测他是不是改变主意了。"我曾经以为自己的一生就那样完了。我来德国加入马戏团的时候，从来都没想过自己会再次寻觅到幸福。"他抛开了提前写好的词句，开始说出心底的话，声音变得清晰而坚定，"然后我遇到了你，一切都改变了。你令我再次相信还有可能遇到美好。我爱你。"他低头看我。

"阿斯特丽德，你有什么想说的吗？"诺伊霍夫先生问。

所有人都充满期待地看着我。我不知道说什么，也没有任何准备。"寻觅到你能信任的真爱，真是非常难得的事情。"我勉强说道，我搜肠刮肚地寻找着词句，那些从来都没有讲过的话，哪怕是对我自己，"我是如此幸运。你让我感觉更加坚强，每一天都如此。只要能和你在一起，无论面对什么，我都不再畏惧。"

"阿斯特丽德，彼得，你们确实受到了神的祝福，能寻觅到彼此。"诺伊霍夫先生的赞同拯救了我，让我不需再编造更多的话。他望向彼得："你愿意接受这个女子……"诺亚怀中抱着的西奥咕咕哝哝，表示他的赞许，所有人都轻声笑了起来。

彼得的眼睛熠熠放光，他将一个古香古色的金属环套在我的手指上。这是传家宝吗，还是他为了今天专门买的？"我宣布你们就此结为夫妻。"诺伊霍夫先生宣告。

彼得亲吻我，乐师们奏响了一曲欢快的调子，人群爆发出一阵响亮的欢呼声。有人搬出一张桌子，在上面放了几瓶香槟。看着这一切，我被这些细节深深地触动，这场婚礼筹备得多么用心啊。桌上还摆了几盘开胃菜，用配给口粮做出来的简单食物被用心地布置得丰盛。

"祝福你们未来共度的岁月。"诺伊霍夫先生举起酒杯，所有人都一同祝酒。我也把酒杯举到了唇边。

人群分散成一小堆一小堆的，人们推杯换盏，享受着片刻的欢笑。几个罗马尼亚的杂技演员开始随性地舞蹈，披着明艳的格子围巾、穿着带亮片裙子的他们绕着圈子旋转舞蹈，如同纸风车一般转个不停。我努力让自己放松下来，享受这场派对，不过眼前的绚烂色彩和喧嚣让我应接不暇。我疲倦地倚靠在一张桌子上。隔着人群，彼得对着我露出一个会心的微笑。

在跳舞的人后面，有什么在树丛中移动。我站直身子，瞥到了有人站在树林边缘。是埃米特，他正看着这场欢庆。我不记得在仪式过程中看到过他。他是诺伊霍夫先生的儿子，他被邀请是合乎情理的事情。但是他在场，令我感觉不安。

音乐越来越欢快，跳舞的人形成了一个圈，将我和彼得围在圈子中间，然后他们如同飞速的旋转木马一般绕着我们转圈。彼得牵起我的手，开始带着我逆着周围旋转的方向疾驰。运动和音乐令我有些眩晕。转圈的时候，我看到诺亚孤零零地站在圈子外面，似乎很想加入，却不知道怎么加入。

我和彼得分开，挤出圈子。"来。"

我说着，拉住诺亚的手，拉着她和我一起回到圈子中间，让她成为我们的一员。她感激地握紧我的手。我一手握着她的手，一手握着彼得的手，我们开始跳舞，完全不在意别人会不会觉得奇怪。我不想诺亚被忽略。不过随着我们的旋转，我开始头晕，我发现自己抓着她的手越来越紧，我需要她，就如同她需要我一般，这样我才能感觉到世界是正常的。

舞蹈结束，一曲慢歌奏响。这是一首罗马尼亚的老歌，《周年纪念华尔兹》。诺亚和其他人闪到一边，我知道，我要和彼得单独跳舞。他把我拉向他。他的华尔兹舞技好得出乎我的意料，但因为喝了酒，他的动作缓慢，有些笨拙。他哼着熟悉的曲调，嘴唇贴在我的耳边轻喃，我仿佛听到了母亲伴着尤勒斯的小提琴唱出那些歌词的声音："我们婚礼那晚，跳舞多么尽兴……"我的眼睛开始发热。

"我要休息一下。"歌曲结束时，我在彼得耳边喘着粗气说。

"你感觉还好吧?"他关心地抚了抚我的脸。我点点头。"我去给你拿些水。"

"我很好，亲爱的，你去好好开心享受派对吧。"我不想他为了我大惊小怪。他向着放香槟的位置走去。我斜倚在椅子中，突然间感觉非常虚弱。些微的汗水从我额头冒出来，我的胃中又开始翻涌。现在不要，我想着。我沿着火车车厢的一侧而行，走出众人视线，想寻找片刻的宁静。这时，我停住脚步，听到了从火车另一侧传过来的声音。

"仪式很棒。"诺亚在和一个人说话，我看不到那个人。她的声音中透着不安。

然后我听到了埃米特的声音。"但愿是真的仪式。"他冷嘲热讽地说。他怎么这么放肆地羞辱我与彼得的婚姻?

"是真的。"诺亚反驳说，听得出来她是鼓起了浑身的勇气，"尽管政府愚蠢地不承认。"

"在这里结婚最好。"埃米特评论道，"在我们回去之前，你知道的。"他的语气透着鬼祟。

这时出现了一阵沉默。"回去?"诺亚显得十分吃惊。我没有跟她提过我和诺伊霍夫先生之间的对话，自然没说到我们可能无法继续留在法国的事情。"回德国?"

"阿斯特丽德没跟你说？"

"她当然说过。"诺亚撒了一个拙劣的谎，想让自己显得不那么吃惊。不过她没有办法维持假象。"这不是真的！"她叫道，我猜测她可能都哭了。

"我父亲说法国巡演要缩短了。"

"你父亲什么都没有告诉你！"诺亚声音中的力量让我大吃一惊。

"可能你只能回家去了，"埃米特讥笑道，"噢噢，对了，你不能回家。"我强忍着才没有倒抽一口冷气。他对诺亚的过去了解多少呢？

我走入亮光处："够了。"

意识到我听到了他说了什么，埃米特的眼睛闪了闪。有一瞬间，我猜测他是不是会退缩。"我们发现她的时候，她孤身一人带着孩子，肯定是有原因的。"埃米特说，看起来非常顽固。隔着他的肩膀，我看到诺亚的眼睛睁得大大的，害怕他不知怎么发现了真相。当然，埃米特是在虚张声势。他肯定是。我从来都没有说出去过，他也不可能有其他途径发现这个秘密。

"小婊子，孩子肯定是她的。"埃米特朝着诺亚啐了一口。我不假思索，上去扇了他一巴掌，用力极猛，我自己的手掌都一阵刺痛。他闪到一边，难以置信地盯着我，在他脸颊上留着一个鲜红的手掌印。"早晚找你算账。"他厉声赌咒。

"在我喊你父亲之前你赶快消失。"我说。

埃米特捂着脸颊溜走了。"谢谢。"他走到听不到我们谈话的位置后，诺亚对我说，"我不明白，他是怎么会了解我的。"

"我不觉得他真了解。"我说，诺亚似乎松了一口气，"我当然没有告诉过他。很可能他是在诈你。"事实上，在马戏团中，秘密不会被埋藏很久——秘密总会以这样或那样的方式冒出来。不过，告诉诺亚这种话，只会令她徒增烦恼。

诺亚的视线垂了下去。"是真的吗，埃米特说的事情？我们要回去了吗？"

"还不确定。诺伊霍夫先生说过当局威胁过。只是有这种可能性，我不想让你担心。"

"我不是个孩子。"诺亚的声音中隐含着指责。

"我知道。我应该早点告诉你的。但你不一定要回去，你知道的。"

"我怎么能离开马戏团呢？"她认真地问，眼睛中聚起疑云，"没有你我绝对不行的。"

我笑了，被她的忠诚触动。几个月前，对马戏团来说，她是一个陌生人，一个外人。而现在，这成了她全部的生活，她无法再想象其他。"只是个演出而已——没有演出可以永远持续。"

"那你呢？"她问。她还如此年轻，总是有很多问题。

"我说过，我不会走。我不想再躲藏。"我如同发誓一般说。他们会先来逮捕我。

"这里去瑞士并不太远。"她大胆提议，眼睛望向了远山，"也许我们可以一起去……"

"不。"我直直地面对她。"有人为我担保，如果我走了，这些人会付出生命的代价。但你不是这样，"我补充，"你可以离开。"

"我会一直陪着你。"她的声音微微发颤。

"咱们今天就到此为止吧，不要再多说了。"我拍了拍她的手。

诺亚点头表示同意，她的视线又望向欢庆的派对。"婚礼很美。"她说，"我做梦都想要。"我努力克制自己想笑的冲动。在树林里面小聚，这样的仪式很简单，根本谈不上优雅。"每个女孩都想，不是吗？"诺亚又说，"你会改姓他的姓氏吗？"

我没有想过这个问题。我摇了摇头。我曾经改变过一次自己，我不能再那么做。"你一直在这儿做什么呢？咱们该回去了。"我说着便朝着派对走，但诺亚没有跟上来。她的视线飘向了另一个方向，没有看向游乐场。

"你不是在想再去见那个男孩吧，是不是？"我问。

"不，当然不是。"她的回答有些太快了。

"那样做只会惹来麻烦。而且，你也保证过。"我提醒她。

"是的。"她回答，"我只是累了，我想去看看西奥。仪式之后，我让埃尔希去哄他睡觉了。"我审视着她的脸，想判断是否能相信她的话。

"阿斯特丽德。"我听到彼得的声音从派对传来，在酒精的催化下，声音大得有点出格。

"我需要回去了。"我说。

"我明白。"诺亚抓住了我的手，"刚才的事情……谢谢你。"她的声音满怀感激。

她转身向着火车走去。我想叫住她，再警告她一次，但我没有。我走回人群的方向。

17

诺 亚

从阿斯特丽德身边离开，走回火车的路上，我在微笑。我是提前知道婚礼的。彼得提前几个小时透露给了我，我与他共同谋划如何给阿斯特丽德一个惊喜。我本担心她会介意——阿斯特丽德不是一个喜欢惊喜的人——不过现在我很开心自己参与了筹划。

彼得和阿斯特丽德现在在一起了，即将拥有一个家庭。她看起来很开心，是发自内心地开心，这是我认识她以来第一次见到。我为她开心，却情不自禁地猜测事情是否会因此改变，她是不是会每晚都和彼得一起过，属于我的时间越来越少。

我突然间感觉非常孤单。卢克出现在我的脑海中。自从一个星期前西奥生病那一晚，我就再没有见过他。第二天晚上，演出结束后，我不能按照他的要求去见他——西奥尽管好了一些，但依然非常虚弱，我不想冒险离开他。所以我在盒子里面给卢克留了一个字条："弟弟病了。今晚不能来。"我的字条后来不见了，我知道他看到了，或者我希望如此——如果是其他人发现了呢？尽管我刻意将信息写得模模糊糊，但依然会有问题。好几天了都没有回复，我都开始猜测，卢克是不是在我们接吻之后这么快就失去了兴趣，或是干脆就放弃了。

此刻我又走向那个阔腹储物盒，基本上都不敢抱什么希望。盒子里面有一张从马戏团节目单上撕下来的纸，皱巴巴的，我都以为是有人错把这里当成了垃圾桶。我抚平纸张，发现背面有模糊的炭笔写出的信息："设法来看了你。喜欢看你跳舞。在镇博物馆和我碰面。"

卢克今晚到了这里，而且看到了我跳舞。我的脸一下子红了，感觉既兴奋又有些尴尬。我怎么不知道呢？然后，忧虑开始噬咬我的心。这场婚礼应该是个秘密，他不该出现在这里。但有一部分的我又确信自己可以信任他。

我又研究了一下字条。"在镇博物馆和我碰面。"我知道他说的那个建筑。但是，那座老博物馆就在小镇的正中心，在那里碰面真的有些奇怪，而且现在已经过了宵禁很久了。我不可能去那里。

而且，我向阿斯特丽德保证过，我不会再见卢克。我转身寻找阿斯特丽德的身影，不过她混入了人群之中。阿斯特丽德今晚会和彼得在一起，如果我离开，她肯定不会发现。不过，聪明的做法还是留在婚礼派对上，直到结束，然后回到西奥身边。但是我们很快就要离开了，我可能再也无法见到卢克了。

我看了看火车的方向，无论去哪里，我都要先去看看西奥。卧铺车厢里面，西奥醒着躺在铺位上，仿佛是在等我。我把他抱起来，举在眼前，呼吸着他温热的、令人昏昏欲睡的气息。从他生病之后，我就一直非常担心，仿佛是因此想起了他到底有多脆弱，很可能眨眼之间我就会失去他。

埃尔希本来在旁边的铺位上打毛线，她站起身。"噢，真好，你回来了。"她说，"我还可以趁派对结束前去玩一下。"

"我不是回来，我是……"我想寻找一个理由，解释我为什么还需要她再看一会儿西奥。不过我还没有说完，她就下了火车。

我想把她叫回来，然后决定还是不要了。"只有你和我。"我对西奥说，西奥咕噜了一声，表示赞同。我的视线在西奥和火车门之间摇摆，望过来又望过去，思考着到底该怎么办。我有胆子带着他一起吗？

我走入冷冷的户外，又停住脚步。在这样的夜晚带着西奥出门简直是不负责任，但如果我想见到卢克，就没有别的选择。我将西奥包裹在我的外套里面。

我走下火车，矮身潜行，紧贴着马戏团场地的边缘，匆匆地奔向树木的掩护，以防被其他人看到。一进入树林，我就向着村子的方向而行，在树木间慢慢地探索着脚下的路，以防被什么东西绊倒。小路就是我那一次去梯也尔时阿斯特丽德给我指的那一条，但现在它有些恐怖，树木之间都笼罩着暗影。这一次只有西奥和我在树林中穿行，就像我们被马戏团发现的那一晚。我的身子不由抖了一下，那一刻的恐怖和绝望再一次降临。脚下干枯的树枝被踩得噼啪碎裂，似乎是要将我们的行踪泄露出去。我的皮肤起了一层鸡皮疙瘩，感觉随时都会有人从灌木中跳出来。

我到达树林边缘，向桥走去。这时我停下脚步，低头看了看西奥。他用信任的眼睛望着我，相信我所做的一切都是对他最好的。我是多自私啊，我想着，负罪感从心底升起。我怎么能冒着危及他安全的风险做这种事情呢？

离小镇越来越近了，宵禁之后的街道空无一人，灯光都熄灭了。我把西奥往我外套深处藏了藏，他在我的髋部扭动身子，刚刚栖身在我怀中产生的满足感没有了。我祈祷他不要哭闹。

我没有走遇到卢克那天来镇上时走的大路，而是选了一条和大路平行的小巷，紧缩在小路边坍塌的石头墙壁的阴影中。

博物馆在镇中心的北部。这是一座由小城堡改造的博物馆，用来展示小镇的历史，现在被彻底关闭了。通向大门的路沐浴在月光下，一览无遗。

我不确定地停住脚步，身上起了一层鸡皮疙瘩。像这样在镇中心碰面真是蠢透了，我想着，仿佛看到了阿斯特丽德望向我的不赞许的眼神。博物馆的门外环了一条粗铁链，门被牢牢地锁着。我愤怒地向后退。这是在开玩笑吗？

"诺亚。"卢克的呼唤声从黑暗中传来，他示意我绕到博物馆侧面，从那里走入一扇门。进去之后，空落落的主展厅泛着潮湿的霉味。借着月光，我能看到曾经豪华的大厅如今已经被劫掠一空，一幅残破的画垂在墙上，几件铠甲的碎片零落地散在地面上。破碎的玻璃橱柜后面空空荡荡的，有价值的东西都被德国人或是劫匪带走了。有些东西，可能是一只鸟，也可能是蝙蝠，在高高的屋顶下面的黑暗中飞来飞去。

"你来了。"卢克说，仿佛没有想到我能来到这里。他抱住我，我深深地吸了一下他的气息，混合着松香和肥皂的味道，我将自己的鼻子埋在他脖子处。尽管这只是他第二次抱我，但他的怀抱感觉就像是家一样。

他的唇贴近我的，我紧张又期待地闭上了眼睛，但西奥在我们两人中间扭动身子，我向后退了一步。"这里安全吗?"我问，他领着我走入旁边的一间休息厅，然后点亮了一根蜡烛，烛火摇曳，将我们长长的身影投射到墙上。角落里传来一阵窸窸窣窣的声音，有小东西从那里经过，在黑暗中探索。

"没人会来这儿。"卢克说，"过去这里是镇上的骄傲，现在没那么值得骄傲了。"他低头看。"这是你弟弟吗?"他问，我点点头。

"没人看着他。"我听到了自己声音中的歉意。我望着卢克的脸，想寻找生气的迹象，不过没有发现。

"他好点了吗?"卢克的话中透着真诚的关心。

"他好了。不过当时是高烧，非常可怕。所以上周我才没见你。"我说。

卢克郑重地点了点头。"我一直设法想早点见到你，不过我也知道，他好之前是不可能的。"他把手探入外套中，"看，我带来了这个。"在他摊平的光滑手掌中，是一块方糖。真正的糖。我克制着把它夺过来塞入嘴里的冲动。我用舌头微微碰了碰那块糖，那种几乎已经忘掉了的味道令我全身战栗。然后我把糖块放到西奥唇边，这种他不熟悉的甜蜜令他咯咯笑了起来。

"谢谢，"我说，"我很久没尝过真正的糖了，自从……"我一时语塞，想起了差不多一年前父亲为了我的生日储备糖的情形。"从战争前就没吃过了。"我勉强把话说完。

"我跟爸爸说，从现在开始，我要和其他所有人一样，只依靠配给卡为生，"他说，"比别人享受到的多，我感觉不太好。"

"卢克……"我不太肯定该说些什么。他探出手，轻抚了一下西奥光滑的小手。"你想抱抱他吗?"我问。

"真的可以吗? 我从来没有……"我把西奥递给卢克，西奥咕咕哝哝，自然而然地落入了他宽大的手臂中。卢克缓缓地蹲下身子，一直摇晃着西奥。西奥的眼睛开始变得沉重，然后慢慢地闭上了。

卢克把夹克脱下来，布置成一个舒服的小床安置西奥，将他轻柔地放在上面。然后他探手拉住我，将我拉入他的怀中。"你来的路上遇到麻烦了吗？"他没有等我回答，而是吻了我。我贴近他，渴望更多。我任他的手进一步探索，有一瞬间我感觉自己不再不完整，不再羞愧，也不再是马戏团的怪物。我又成了一个普通的女孩。

但是，他的手指轻抚过我的大腿时，我拦住了他。"孩子……"

"他已经睡着了。"

我在卢克的臂弯中埋得更深了一些。"我们要走了。"我悲伤地说。

"我知道。我向你保证过会去下一个村庄见你，记得吗？"

"不是去那里。"我回答，"我们要回德国了，或者，至少是靠近德国的地方。"

他的身体僵住了，眉头紧皱。"那太危险了。"

"我知道。但是没有选择。"

"我还是会去找你。"他热切地说。

"你顶多去一次。"

"我每周都去，"他反驳说，"如果你想，就去更多次。"

"但那真的很远。"我反对说。

"所以呢？"他问，"你觉得我没有办法去？"

"不是。只是……"我垂下了头，"你为什么想去呢？我是说这有太多麻烦了。"

"因为一想到再也见不到你，我就无法忍受。"他冲口而出。我抬起头，他的脸颊泛红，仿佛空气突然间变暖了。他的眼睛中有一种溺爱。一个才认识我这么短时间的人，怎么会对我产生这样深的感情，而那些从我出生时就爱我的人，却对我再无丝毫感情？

"我想给你看点东西。"他站直身子，领着我走向展厅后部的一扇小门。我回头看了看西奥躺着的地方，他依然睡着。卢克肯定不会让我把他单独留下的。

"是什么？"卢克打开壁橱门的时候，我的好奇心陡然而生。他拿出了一幅画，新鲜的油彩的味道刺激着我的呼吸。我发现，这是一幅高空杂技演员的画，是秋千荡到半空时的情景。他是怎么得来的呢？我审视着画中人的身形，秋千飞荡时身体的熟悉弧度。她的头发就像我的一样，浅浅的，在高处梳成一个髻。然后，看到她身上那熟悉的红色服装，我猛吸了一口气。

这是我的画像。

不，不完全是我，比我更漂亮。身姿优雅，容貌毫无瑕疵。卢克笔下的我是他眼中的我，是他爱慕的形象。

"噢，卢克！"我惊喜地叫道。我理解了他以艺术家的目光来看我的那种方式，开始仔细地审视那幅画，研究其中的细节。"太让人震惊了。你真的有天赋。"他完美地捕获了我的形象，从服装的纹理到我眼中始终无法隐藏的微微的恐惧。

"你这么觉得？"他的脸上有疑虑，不过声音中不自觉地流露出了骄傲。

"真是太了不起了。"我回答，真心诚意地。我想象着他创作这幅画所用的时间和心血。"你为什么要放弃学习艺术？"

他的脸上阴云密布。"我曾经想做个画家。你知道的，我就在我们谷仓的阁楼上画画。但父亲发现了，就毁了我的作品，禁止我再画。我恳求他至少让我做个美术老师，但他完全不听。"回忆起这些，卢克的眼睛闪了闪。他又接着说："我偷偷地画，直到他发现了，"卢克举起食指扭曲的右手，"他确保我永远成不了真正的画家。"

我被吓了一大跳，不是因为卢克变形的手指，而是因为一个父亲居然能对自己的孩子如此残酷。"这还不足以阻拦我继续画，只是使我不善于描绘真正微妙的细节了。"他又说。

我拉过他的手，亲吻他的手指，我的心在抽泣。看来，我们所有人，甚至是卢克，都无法逃离黑暗和痛苦。"你怎么还能继续和他一起生活？"我问道，"他是个魔鬼！"

卢克的眼睛瞪大了，我猜想他会不会生我的气。"他做了他认为正确的事情。"他回答说。

我们默默地坐着，都不再说话。卢克信任我，跟我分享了他可怕的秘密，而我也应该告诉他我的过去，现在就告诉他。然而此时，我仿佛又听到了阿斯特丽德的声音：绝对不要以为你了解另一个人的心。望向卢克清澈的蓝眼睛，我知道他不会理解我做出的选择，不会明白迫使我做出这些选择的经历。

我探手过去，用手捧着他的脸，让它转向我。我一遍又一遍地吻他，毫不停息，彻底忘了我们身处何处，忘了西奥就在几尺之外。卢克的手臂紧紧环住我，手放在我腰臀处。有一瞬间，我想要推开他，我的腹部从来都没有真正恢复生产之前的样子，我的胸也因为涨奶而微微有些下垂。

然而，我用手臂缠绕住他，任我自己被他席卷。卢克的手探入我裙子下面，我开始反抗。我们不可能在这里做这种事情。他将我轻轻放倒，把一只手垫在我的头下保护我，免得我撞上坚硬的石头地板。那个德国士兵，唯一一个和我这样相处过的男人，出现在了我的脑海。我绷紧了身子。

卢克用手捧着我的下巴，轻柔地让我的目光迎向他的视线。"我爱你，诺亚。"他说。

"我也爱你。"这些字眼猝不及防地冒了出来。我的欲望生长，将回忆都推到了一边。

一切结束的时候，我们躺在坚硬的石头地板上，一堆半脱下来的衣服压在身下，腿交缠在一起。"那真棒！"我说，声音特别大。我的声音在博物馆的梁椽之间回荡，惊得一只我们没看到的鸽子扑棱棱飞走。我们都轻声笑了。

他将我搂在手臂里，把我拉向他。"我很开心我们能分享彼此的第一次。"他认为我和他一样天真清白。

"对不起，"过了一会儿，他又说，将我的沉默当作了后悔，"我不该趁机占你便宜。"

"你没有。"我让他安心，"我也想的。"

"但愿我们能一起拥有一个安心的未来……"他有些焦虑。

"或者，至少一张床。"我开玩笑。

不过他的脸依然严肃。"事情不该这样子的。这他妈的战争。"他咒骂道。我想，如果不是这他妈的战争，我们可能永远都不会相遇。"对不起。"他又一次说。

我紧紧地拥抱他："不要说对不起。我不要。"这时西奥醒了过来，他的哭声划破了沉寂。我抽离身子，匆匆忙忙扣着衬衫上的扣子，卢克站起来，帮我站直身子。我们一边往西奥的方向走，我一边抚着裙子。卢克将西奥抱起来，这一次从容了很多。他宠爱地凝视着西奥。我们又坐到地上，我们三个在黑暗中挤在一起，仿佛一个临时家庭，听着深夜中的博物馆中的动静，老鼠抓挠的声音，还有外面的风声。

"跟我走。"卢克说，"离开这里。我会搞到一辆车，我们开着一起去边境。"

我们。尽管卢克之前说过一起离开，但此刻这个建议似乎更加认真，更有可能成真。我尝试想象那画面，想象着离开马戏团，与卢克开始新生活。这想法既令人生畏，又美好诱人。

"我不能。"我说，心中不顾一切地希望能和他一起离开，但又清楚其中的风险和现实性。我们该去哪里呢？还有阿斯特丽德、马戏团以及其他众多我无法向他说明的事情，都该怎么办？

"是因为西奥吗？我们可以带着他一起，把他当作我们自己的孩子来抚养。他不会知道有什么不同。"卢克的声音中满含希望，他愿意承担起照顾西奥的责任，我真的被感动了。

我用力摇了摇头："不止如此。阿斯特丽德还有马戏团……我欠他们救命之恩。"

"她肯定会理解的。她会希望你离开……"他又试图说服我，"诺亚，我想带着你和西奥离开这里，去一个你能安全生活的地方。"他想要照顾我。我真希望我是昔日的那个女孩，那个女孩应该会答应他，而我却经历了太多。我不知道该怎么再一如过去。

西奥又闹了起来，他感觉到疲倦、寒冷，以及不熟悉的环境带来的困惑。

"我们必须走了。"我不情愿地说，不想就此结束这完美的一刻，却担心有人可能会听到动静，发现我们。卢克站起身，将西奥递给我，把夹克给他裹紧了一些。

我们出发向回走，夜已经深了，过了宵禁时间很久了。村庄一片黑暗，森林里万籁俱寂。卢克默默地跟在我身后，向着马戏团的场地走去。那边的音乐已经停止了。我猜测是不是我离开得太久了，派对已经结束了，每个人都已经睡了。不过，空地上还燃烧着火把。借着火把的光芒，我看到了阿斯特丽德，她就站在空地的边缘。她站在那里，手臂交叠在胸前，我看得出来，她在愤怒。

恐怖紧紧攫住了我的胃，扭成一个结。阿斯特丽德知道我离开了，她知道我违背了不再见卢克的誓言。

"阿斯特丽德。"我绕过火车的角落，"听我解释。"

然后我停住了脚步。

马戏团的人都还聚集在举行婚礼的空地上。不过，大家不再跳舞，只是一动不动地站着，仿佛绘画作品中的人物。

我又向前走了一步，明白了为什么。在空地的中心，几个小时前举行婚礼仪式的地方，站着六个警察。

他们的枪口都指向彼得。

18

阿斯特丽德

我一动不动地站着，警察走向彼得，举起枪。这一切肯定都不是真的，是有人在我们的婚礼之夜玩的恶作剧。然而，没有人笑。我周围的脸孔都因为震惊和恐惧而扭曲。

那仿佛是一分钟之前，也仿佛是很久很久以前，彼得低头注视着我，脸上熠熠生光，他的心里在筹划着我们的未来。就在这时，一抹阴影从他眼底划过，那是投射在他瞳孔中的映象，在马戏团表演者后面的空白中，出现了法国警察的身影。

警察来了很多，提前杜绝了我们任何反抗与逃跑的机会。他们的脸都很熟悉，我们在村子里面见过。曾经在街上见面时，他们会轻抬帽子打招呼，至少会点头致意。而现在，他们面露不祥的表情，脚穿长筒靴，分腿站立在他面前。"彼得·莫斯科维茨……"一个警察，可能是队长，用低沉而生硬的声音说。他看起来比其他人年长一些，长着灰白的唇髭，穿着制服，胸前佩戴着徽章。"你被捕了。"

我开口想抗议，但发不出声音来。我曾经做过很多次这样的噩梦，如今它真的发生了。听到警察的宣告，彼得缓缓抬起头。他的眼睛中燃烧着怒火。他依然坐着，一动不动，但我能看出来他的思维正在运转，算计着应该做什么。警察们戒备地看着他，但保持着距离，仿佛是在面对一头陌生而危险的野兽。我屏住呼吸。有一部分的我希望彼得能奋起反抗，即便此刻反抗没有任何意义。但反抗只会让事情更加糟糕。

他们到底为什么要抓彼得呢？我猜测着。为什么不是抓我？

诺伊霍夫先生走上前来。"先生们，请问，这是怎么回事？"他用一块褪色的手帕揩着眉头。"我肯定我们可以谈谈。我有些上好的波尔多红酒……"他露出诱人的微笑。不止一次，他用专门储备下来的美食美酒阻止了警察继续搜查。然而，这些警察没有理会他，而是向彼得靠近了一些。

"什么罪名？"诺伊霍夫先生厉声问，他将和气亲切的声音收了起来，展示出了威严的一面。

"叛国。"警察队长回答，"背叛法国和帝国。"诺伊霍夫的眼睛不安地投向我的方向。他警告过彼得很多次，注意那个节目，而现在，彼得要付出代价了。

但是，他们还没有带他走。反抗，打斗，逃跑。我无声地催促着他。我绝望地望向场地另一边，彼得在他的小屋中为我细心营造了藏身之所。那个空间太小，他是计划给我容身的，而不是他。即便他能挤进去，那里也太远了，而且没时间了。此刻，他已没有躲藏的地方。

"走吧。"队长说，但他的声音中没有愤怒。他是一个已经头发花白的人，可能再过一两年就退休了。他觉得他只是在完成自己的工作而已。不过，除了他以外，有一个年轻些的警官，他怒气十足地用手中的警棍敲着自己的大腿，时刻寻找着使用的机会。

彼得和我的眼睛同时投向那根警棍。最后，他伸展身体，站了起来。他不会弄出大场面，冒险给我和其他人带来麻烦。他没有抗议，缓缓地走向警察，但他的四肢因为愤怒而僵硬。恐惧之中，我感觉到了些微的希望。可能这一次不会比之前那些检查糟糕太多。诺伊霍夫先生可以贿赂警察，明天就把彼得保回来。

彼得走到警察身边。我看着警察给彼得戴上手铐，手铐很紧，勒入皮肤，他的手腕一片青白，我不禁发出了一声惊叫，自己的手臂也俨然感觉到了疼痛。似乎没有人听到我的叫声。

彼得平静地站着，没有抵抗。但是这时，那个拿着警棍的警察走上前来，把彼得头上的礼帽打掉。吃惊和愤怒似乎将彼得的脸撕扯得支离破碎，他扑向了帽子。手腕上的手铐令他身体无法保持平衡，他摔向一边，倒在地上。

警察将彼得拖起来。他的婚礼礼服上沾满污泥，四肢愤怒地打战。我知道，他现在不会克制自己了。"你要去的地方，可用不着那个。"那个警察讥笑道，伸脚踢了帽子一下。沉默的空气弥漫着，彼得似乎在想着该如何反唇相讥。

然后，他朝着警察的脸啐了一口唾沫。

有一瞬的沉默，那个警察目瞪口呆地站在原地，然后便嘶吼着扑上去，用膝盖狠狠地顶向彼得的裆部。"不要!"我叫道，彼得弯下身子团成一团。他没有站起来，但那个警察又一脚一脚地踢向他。

说点什么，做点什么。我心里想着，但我僵在原地，惊恐得无法动弹。那个人抄起警棍，警棍仿佛雨点一般砸向彼得的头和后背。我的身体在痛苦地嘶叫，每一击我都感同身受。彼得蜷成一个球，一动不动地缩在地上。"够了！"队长厉声说，将那个年轻警察拉到一边，"他们想要活的。"听到最后这一部分，我一阵心惊。谁想要抓彼得？为了什么？"把他弄到卡车上去。"队长命令道。

两个警察拉起彼得，向卡车走去。彼得没有做丝毫反抗。"我永远都不会离开你。"就在几天前，他还这么对我说。此刻，他似乎瞬间苍老，他被打垮了。

但我不会放弃。"等等！"我叫出声，向彼得走去。一个警察抓住我的肩膀，尖锐的指甲扎入我的皮肤。我将他推开，丝毫没有理会衣服布料撕裂的声音。

我的手探向彼得的手臂，不过他却将我的手甩掉。"阿斯特丽德，你不能和我一起去。"他用德语说，声音低沉却坚决。他前额上被打的地方已经隆起了一个很大的肿包。"你需要留在这里。你需要安全。"

"他们只是带你去村里的牢房。你几个小时就能回来。"我孤注一掷地希望能相信这个说法，"他们只是想吓唬吓唬我们，给我们一个警告。你很快就会回来的……"

"不会回来了。"我还没说完就被他打断，"你不能在这里等我。你必须跟着马戏团走。明白吗？"他的黑眼睛似乎要灼穿我。"答应我。"他说。

然而我不能。"够了！"那个打过彼得的警察吼道，将我们扯开来。我向他扑过去，想将他的眼睛挠出来。"这是给我找理由呢！"他威胁道。我退后一步。我不能让事情变得对彼得更不利。

警察拖着彼得离开后院，向一辆仓栅式军方货车走去。车上一侧写着一种斯拉夫语的文字，我并不认识。一辆黑色的警车停在卡车前。一个身穿军装的司机从卡车上下来，打开后门，显露出里面的两排长凳。这一刻，我明白了，一切都无转圜——他不会回来了。

"不！"我哭叫着，向卡车跑去。

一双手臂从后面抱住我，将我拉住。是诺亚，我并不知道她是从哪里冒出来的。她用双臂紧紧抱着我。"想想你自己……还有你的孩子。"她说的是对的，但我依然用尽全身的力气反抗着她，酷似一只想要挣脱驯兽师的束缚重返自由的狮子。

"他们要带走他，诺亚，"我绝望地说，"我们必须阻止。"

"但不能这样去，"她的声音坚定而低沉，"如果你也被抓走，就更帮不了他了。"

她说得当然没错，但是我怎么能站在这里，什么都不做，任他们将我的整个世界都带走？ "想想办法。"我恳求道，我乞求诺亚能帮助我，就如同我曾经帮助她一样。而她只是抱着我，就和我一样无能为力。

诺伊霍夫先生又急匆匆赶了过来，脸因为愤怒和绝望而涨得通红。他的手中举着一个小包，里面装满了钱币，沉甸甸的，极可能是马戏团所剩下的钱的大半了。将这钱给出去会让马戏团垮掉，但是为了救彼得的命，他愿意。"警官们，等一下。"他恳求道。求求你了，上帝，我也在暗自祈祷。但愿这个办法行得通。这是我们最后的希望了。

队长转过身来，我看到他的眼中一闪即逝的遗憾——而这令我前所未有地恐惧。"抱歉，"他说，"这不是我能管的事情。"

我的恐慌陡然间倍增。我挣脱诺亚的束缚，向前奔去："彼得！"但为时已晚——警察将他塞到了卡车后斗，他并没有反抗。我向卡车后门冲去，手指距离彼得只有几寸之遥，几乎就触碰到了他，却最终错过。我看向离我最近的警察。"把我抓走，不要抓他。"我说。

"阿斯特丽德，别这样。"我听到诺亚在我身后叫道。

"抓我。"我没有理会诺亚，"我是他妻子——而且，我是犹太人。"我叫道，丝毫不顾忌我可能会带来的危险，这危险不仅危及我自己，也可能危及整个马戏团。

那个警察不确定地望向队长，等待指示。

"等在这儿！"队长命令道。他绕到卡车前面，走向警车，过了一会儿回来时手里拿着一些文件。"我们没有马戏团中有一个犹太人的档案——你没被列入入境名单。"他看向彼得，"她真的是你妻子吗？"

"我没有妻子。"彼得的眼睛就像石头一样。我退后一步，他的否认直击我内心。

"退后！"警察命令道，关上了车门，将我和彼得永远地分开。

"不！"我叫道。我想再次扑向卡车，但警察将我抓向保险杠的手拽了开来，猛力将我向后一推，我差一点摔在地上。然而，我又跑到卡车前面，就站在车前，张开双臂。他们要离开，就必须从我身上轧过去。

"阿斯特丽德，不要……"我听到诺亚又喊道，她的声音似乎非常非常遥远。

那个打了彼得的警察大步走到我身边。"躲开！"他大吼着，举起了警棍。

"阿斯特丽德，不要！"彼得的叫声中有我从未听到过的痛苦，尽管那将我们阻隔的玻璃已经减弱了他的声音，"看在上帝的分上，走吧！"

我没有动。

那个警察的胳膊挥了下来。我想要向后撤身，但已为时过晚。警棍打在了我的腹部，发出令人恐惧的砰的一声。痛苦从我腹部开始扩散，我摔到地面上。

"阿斯特丽德！"诺亚叫道，她的声音离我近了一些，她正向我冲来。她扑身到我身上，想要掩护我。

"够了！"队长命令道，过来约束他的手下。警察没有停手。他的脚向后甩，然后用力地踢向我的侧身，踢到了诺亚没有护住的地方。我体内有些东西似乎散开了。我尖叫着，痛苦在树林间回荡。

然后，我听到一声低吼，抬头看去。诺伊霍夫先生走向警察，他的脸愤怒得涨成了深红色，他将自己拦在我们和警察之间。"你居然敢打一个女人？"我过去从没有见过他这么愤怒。他五尺三寸高的身子挺得直直的，整个人显得更加高大、更加危险，他低头俯视着那个德国人。

警察又一次举起了警棍。恐惧在我体内翻涌。诺伊霍夫先生是一个老人，他无法承受这样的一击。

诺伊霍夫先生把手举到胸前，脸上出现了吃惊的表情。他蜷起身子，缩在地上，仿佛被打了一样。但那个警察还没有打他，警棍依然举在空中。

诺亚跑向诺伊霍夫先生。我也努力想站起来去他旁边，但腹部感受到一阵刀刺般的疼痛，我又弯下了腰。我拖着自己的身子，用我最快的速度向他躺的位置挪去。现在我的下腹部一阵阵痉挛，而且越来越强烈。我能感到自己的裙子下面的潮湿，就仿佛我幼时尿了裤子一样。希望只是因为地上太潮湿吧，我心中祈祷。

我靠近诺伊霍夫先生，他脸色灰白，大汗淋漓。"米里亚姆。"他轻声叫道，我看不出来他是将我当成了他去世已久的妻子，还是在想念她。诺亚松开他的衬衫扣子，他费力地大口喘着粗气。

这时，记忆中的一个画面从我脑海闪过。那是我小时候，我和哥哥们在冬季营地的山谷中玩耍，坐着雪橇滑下如海洋般浩瀚无垠的白色。我抬头看，就看到诺伊霍夫先生站在山顶上。在蔚蓝色的天空的衬托下，他让我想到了站在奥林匹斯山顶上的宙斯。看到我时，他微微一笑。甚至在那个时候，他似乎就在守护着我们。

"医生！"我喊道，但没有人来帮助我们，警察和车上的警卫都没有。诺亚蹲伏在我身边，我们无助地看着诺伊霍夫先生的眼睛变得空白，一动不动。

我裙子下面的潮湿已经不仅仅是潮湿，而是淋淋的感觉。那液体温热，不可能是来自地面。是血。我还要失去我的孩子吗？几天前我还不确定自己是否想要这个孩子，但此刻，他突然间是我在这个世界上仅有的东西了。我用手压住自己的腹部，紧紧抓着，想让我体内的那个生命不要溜走。然后我开始祈祷，从我长大之后就再也没有这样祈祷过。

卡车发动引擎。车开向前方，我伸出双手，却只换来一团尾气扑面而来。车上传来砰的一声，彼得撞在了玻璃窗上，他想看看到底发生了什么，却又无能为力，帮不上忙。

我探着手，仿佛可以触碰到他。我的下腹部一阵猛烈的疼痛，比那个警察打我时更痛。我摔倒在地，蜷成一团，把膝盖抱在胸前。

躺在地上，我扭头去看彼得最后一眼。隔着窗户，我能看到他正毫无顾忌地抽泣。他的悲伤将我撕裂，比任何的击打都要疼痛。几分钟前还充满爱意凝视着我的那双眼在渐渐变小，在我们许下神圣誓言时我亲吻过的双唇正在渐渐远去。

卡车咆哮着，彼得消失于我的视线中。

19

诺 亚

"阿斯特丽德!"我叫着跑向她身边，卡车引擎的隆隆声已经消失在远方。她没有应声，只是一动不动地躺在地上，一只手臂伸向卡车远去的方向。

我走到她身边，她蜷成了一个球。"不要，不要……"阿斯特丽德在我身边叫着，一遍又一遍，她紧抱着肚子哭泣。我坐在她身边，把她半抬起来，让她靠在我的大腿上，像哄孩子一样哄着她。

然后，我又望向诺伊霍夫先生。他似乎已经没了呼吸的迹象。他的皮肤笼罩着死灰一般的阴影，眼睛却投向天空。我想起他的咳嗽，他的心脏病。阿斯特丽德抬起头，看到诺伊霍夫先生一动不动的身体，她的眼睛惊恐地瞪大了。"我们需要找个医生。"她疯狂地叫道，想要坐起身。这时，她发出一声呻吟，又蜷起了身子。

我用一只手臂搂住她，不太肯定她是真的认为我们还能救他，还是只是不愿接受事实。"他走了，阿斯特丽德。"她开始抽泣，我将她抱得更紧了一些。我用空着的那只手抚上了诺伊霍夫先生的眼睛，将他脸颊上的一点污泥拭去。他的脸非常平静，仿佛只是沉沉地睡着了一样。

阿斯特丽德躺在我怀里，脸色苍白，虚弱无力。她的手紧紧攥在腹部。孩子，我惊惶地想到。但是我不敢说出来。

几个演员和工人在远处徘徊，看着我们。我冲一人挥手示意。"我们需要把诺伊霍夫先生送回他的车厢，"我吩咐道，努力让自己的声音中透出些许威严，希望他能听我的，"然后和承办丧葬的人联系……"阿斯特丽德看向了别处，不想听到任何细节。

"阿斯特丽德，来，让我们帮你。"我站起来，想帮她也站起身。但是她就躺在地上，躺在诺伊霍夫先生旁边，拒绝移动，仿佛是一只失去了主人的小狗一样。"你这样帮不到彼得。"我接着说。

"彼得走了。"她说，每一个字中都满含着沉重的悲痛。

一只手碰了碰我的肩膀。我抬头，看到了卢克，西奥还被抱在他怀里。我们到达营地后看到了警察，我便把西奥塞给卢克，跑来帮助阿斯特丽德。谢天谢地，他很明智地让西奥躲开了众人的目光。

卢克跪在阿斯特丽德身后，仿佛是想帮我让她站起身。我挥手示意他离开，阿斯特丽德如果看到他，只会雪上加霜。"来，阿斯特丽德。"我恳切地说，又一次用力拉她想让她站起身。我向前使劲，被她的重量压得几乎弯下身。卢克抱着西奥，远远地跟在我们后面。

"为什么？"我们向着火车蹒跚而行，路上，我忍不住问，"为什么他们要拘捕彼得？"刚看到警察时，我猜想，他们是不是得知了这场触犯维希和帝国法律的婚礼。但如果是这样，他们也会抓走阿斯特丽德的。

"是那个节目。"阿斯特丽德直截了当地说。其实我心中已经知道了答案。他们要抓彼得，是因为他在节目里面嘲讽德国人。

我们到达火车边，我帮助阿斯特丽德上了卧铺车厢。尽管现在很晚了，但是车厢里空荡荡的，人们都还聚在外面，议论着刚才发生的一切。我扶着阿斯特丽德走到铺位上。"你需要休息。"我说着，脱掉了她的鞋子。她没有回答，只是一动不动地坐着，目视正前方。尽管我在这里见过她很多次了，但此刻，她似乎就是与这里格格不入。她应该和彼得在一起，庆祝他们的婚礼之夜。而现在，那场梦已经消散了，几乎不再可能成真了。

我走回到火车门边，从卢克手里接过西奥，我想将西奥递给阿斯特丽德。平时，他总是能令她感到安慰，但此刻，她推开了他。"阿斯特丽德，我们必须为诺伊霍夫先生安排后事，"我开口说，"当然，我们必须取消明晚的演出，但是到了后天，我们要接着表演。你同意吗？"我听到自己的声音中有乞求的语气，希望她能如同以往一样担起重任。然而，她一动不动地坐着，神游天外。我的眼泪夺眶而出，洒落一片。我多么希望自己能够为了她坚强起来，却无能力为。"唉，阿斯特丽德，我真不敢相信诺伊霍夫先生已经走了。"尽管我只认识了他几个月，但他仿佛已经做了我父亲多年，比我自己的父亲更像父亲。

"他不是唯一一个。"她猛然答道。

"是的，当然。"我抹了抹眼睛，急匆匆地说。她失去了那么多，我无权在她面前哭泣。"不过，我们绝对不能放弃彼得。他会回来的。"她没有回答。

突然之间，她的脸色一片苍白。她躺倒，手压住腹部，转身将脸朝墙，发出一声呻吟。我听出来，这并不仅因为悲伤，更是因为疼痛。然后，我看到，在她身下，有一小片血迹已经从她的裙子渗到了床单上。"阿斯特丽德，你的孩子！"我叫道，惊慌失措地道破了她的秘密。那片血污似乎越来越大。"我去镇上，找个医生。"

她无奈地摇了摇头。"没用了，"她回答，"太晚了。"

"该有人来给你检查一下。"我反驳，"至少让我去把贝尔塔找来吧。"

"我只想要休息。"她已经知道这事情多长时间了？

"我真的很难过……"我寻觅合适的话语，"我知道失去孩子的感觉。"但是我的孩子生了下来，只是这一点是好是坏我并不知道。

"这样最好，真的，"她声音沉沉地说，"我绝对不擅长做个母亲。"

"不是的，"我反驳，"我看到过你带西奥的样子，我知道你说的不是真的。"

"你必须得承认，我真不是做母亲的类型。"她的目光没有与我接触。

"母亲也有各种各样的。"我说，我真的很想帮忙，但感觉自己就是在雪上加霜。

"没有了孩子，我就可以自由表演，或是随便做我喜欢的事情。"她似乎是想说服自己。她翻身过来对着我。"已经发生了的事情无法改变。"然后她的视线望向我身后，眼睛瞪大了。我转身看到了卢克，他正不安地站在车厢门口，既不敢进来，也不愿意在发生这一切事情之后离开我。"他在这儿做什么？"阿斯特丽德问。

"阿斯特丽德……"我搜肠刮肚，想找一个解释，说明为什么我跟她发过誓说不再见卢克，现在却和他在一起，却找不到。

"他在抓捕之前把你从这里带走，这可真巧啊。"她用法语愤愤地说，就是希望卢克听到，"他肯定提前就知道。"

"不是！"我叫道。卢克绝对不会出卖我们。我期待卢克说点什么来否认阿斯特丽德的指控，为自己辩护，但他没有。阿斯特丽德的怀疑感染了我，一点点渗入我的心中。卢克看过彼得的节目，甚至警告过彼得那会惹来麻烦。我记得他来马戏团看演出的那天晚上对彼得说的话：他们会来逮捕你……那是一个预言，还是他早就知道这一切会发生？

"这全是他的错！"阿斯特丽德怒气冲冲，将所有的愤怒和悲伤都发泄到了卢克身上。我想告诉她，应该责怪的不是卢克，而是彼得，因为诺伊霍夫先生已经禁止了那个节目，但他依然要表演。然而现在时机不对，那么说只会让事情更加糟糕。

卢克投降般地举起双手，不愿意争吵。他迈步下了火车，走入黑暗中。我坐在阿斯特丽德身边，搂着她。即便卢克是无辜的，但我在阿斯特丽德需要时不在她身边，是因为我跟着卢克离开了。她猛烈地战栗，然后她闭上眼睛，一动不动，我甚至不放心地去检查她是否还在呼吸。这时，我才猛然意识到她的损失：诺伊霍夫先生，她的孩子，还有彼得，都在一夕之间被从她身边夺走。

或者，可能不是。我看了看车厢门口。"抱着他。"我用力将西奥塞入了阿斯特丽德的怀里。

我走向车厢门口，走下去，但没有看到卢克。可能他已经走了。但过了一会儿，他从暗处走了出来。"她还好吗？"他问。

"我不知道。"我说，努力把眼泪忍了回去，"她失去了所有。"

"我很抱歉。"卢克说，"我觉得这一切似乎都是我的错。"

"你是什么意思？"我的心中仿佛出现了一块可怕的巨石，压得我透不过气。阿斯特丽德说的是对的吗？

"大约一个星期前，我父亲曾经抱怨过马戏团，"卢克缓缓地说，"他说，来这里表演，只会惹来麻烦。我告诉了他我警告过彼得关于那个节目的事情，跟彼得说过不要再表演。我觉得这会有好处。但这似乎只令他更加生气。"

"彼得选择了表演那个节目，"我回答，"这不是你的错误。"

卢克摇了摇头。"不止如此。爸爸警告我说离你们远远的，否则会有麻烦。我以为我来来往往足够小心了，但也许他派了人盯着我，那人可能今晚跟踪了我，看到了婚礼……我很抱歉。"他抓住我的手，又道了一遍歉。他的脸朝向我，眼睛中充满恳切。

"你没有恶意。"我说，但是我抽出了手。即便卢克没有恶意，他也给马戏团带来了毁灭，就如同阿斯特丽德曾经警告的那样。我勃然大怒，不仅是对卢克，更是对我自己。

"如果你希望我现在离开，我能理解，"卢克说，"因为我做过的事，你肯定会讨厌我的。"

"不用。"我坚决地回答，"我知道那不是你的错误。但我们需要弥补这些。"

"怎么做？"他问。

"我们必须做些事情，找到彼得。"卢克眼中浮现出疑云。他见到过很多次人们被警察带走，知道我说的事情的可能性有多么微乎其微。

我挺起肩膀。我已经辜负过阿斯特丽德一次，我不能让这样的事情再次发生。"你父亲，"我说，"这是警方的行动，他肯定了解一些内幕的。"

提及他父亲，卢克的脸上浮现出痛苦的表情："明天一早第一时间我就去和他谈谈，看看他是否知道什么。"

"早上可能就晚了。"我回答，"我们必须现在就去见他。"

"我们?"卢克难以置信地重复。

"我和你一起去。"我坚定地说。

他把一只手放在我的肩膀："诺亚，你不能去。"

"你不想让你父亲看到你和我在一起。"我内心一阵刺痛。

"不是，但是现在一切都太危险了，你为什么不在这等消息呢?"

"因为我必须为阿斯特丽德做这件事。我要现在去见你父亲，无论你去不去。"我直直地望向他的眼睛，"你一起去当然更好。"

他张口想继续争辩。"好吧。"最后他说，似乎觉得这样最好。

"等我一小会儿。"我看了看火车外面，有几个马戏团的女人挤在一起窃窃私语。"埃尔希!"我喊道，招呼她过来。那个女孩离开人群，走向我。"我需要你看一会儿西奥。"尽管在她带着西奥做了那样的事情后，我并不喜欢她，也不信任她，但我没有选择。阿斯特丽德绝不可能一个人看好他。

阿斯特丽德。我转身透过车厢门望向阿斯特丽德，她正蜷着身子躺在铺位上，怀里紧紧搂着西奥。我应该留下来安慰她，但我需要知道卢克能从他父亲那里打听到什么。"也看着阿斯特丽德。"我吩咐埃尔希，"两个都要看着。我会尽快回来。"我应该亲自告诉阿斯特丽德我要离开，但我不想引她问问题。

"我准备好了。"我对卢克说，把手放在了他的手里，和他一起走向树林的方向。

卢克领着我穿过树林，走的是一条我从来都没有走过的路。寒风阵阵，风比我这几个星期感觉到的都要寒冷，我们头顶的树随着风狂舞，在洒满月光的地上投下鬼魅般的阴影。

走了一段时间，树林变成了一片牧场的斜坡，坡底是一座乡村小屋。我不肯定我想象中的镇长住宅该是什么样的，可能要更宏伟，更庄严，或者，至少要大一些。但这就是一座普通的法国乡村房屋，一片长长的倾斜的屋顶铺着灰瓦，点缀着三扇天窗。石板路的尽头是一扇圆形的门，两侧的墙上都爬满了常春藤。一辆自行车倚靠在旁边的栅栏上。

此刻，已是午夜，原本我以为房子里面会寂静无声，但窗帘后的灯光依然亮着。我停住脚步，突然间失去了勇气。"也许这是个错误。"

"我刚才就这么跟你说过。如果爸爸看到你……"卢克推着我躲到栅栏旁边的低矮灌木中。本来倚靠在那里的自行车哐当一声摔在坚硬的地上。我还没来得及躲起来，房子的前门就打开了，一个穿着便服的男人出现在门口。

"卢克。"他打量着黑暗中的我们，叫道。他和他的儿子真的非常相像，只是老了一些，皮肤干巴，有些驼背，但湛蓝的眼睛和轮廓分明的五官是相同的。他年轻时可能也非常帅气。"是你吗？"从他的声音中，我听到了关切，一个尽管有很多缺点但依然担心着自己儿子的父亲的关切——根本不是我想象中的恶棍。浓烈的大蒜的味道从房子里面飘出来，可能之前的晚饭是酒焖仔鸡，其中还混杂着雪茄的烟味。

镇长走出来，斜睨着黑暗中的我们。他的视线渐渐聚焦，最后落在我身上。我僵在原地。"你是那个马戏团的女孩。"镇长说，声音中流露着轻蔑，"你想要做什么？"

卢克清了清喉咙。"他们的一个演员被捕了。"他说。

镇长僵了一下，有一瞬间，我以为他会矢口否认。但这时，他点了点头："那个俄国小丑。"我想反驳，说彼得不仅仅是这样，他还是阿斯特丽德的丈夫，是马戏团的主心骨。

"你肯定可以做点什么。"卢克是在恳求，在为了我们努力。

"他之前表演了嘲讽帝国的节目。"镇长语气平淡地说，他的声音冷冷的，"德国人想以叛国罪审判他。"

阿斯特丽德的样子又浮现在我眼前，彼得被带走时她的哭喊声还在我耳畔回响。"那么，至少让我们见见他。"我大胆地说。

镇长挑了挑眉毛，因为我说的话而非常吃惊："这根本不可能。"

他就要做父亲了，我想说，想以此为理由来打动镇长，他自己就有一个儿子。但我发誓要保守阿斯特丽德的秘密，而且我也怀疑这是否能令镇长动摇。"我们的马戏团主今晚上去世了，我们现在无比需要彼得。拜托……"我恳求道，搜肠刮肚，却又不知道说什么好。

"这非我能力所及。"镇长回答，"他已经被带去了镇子郊外的老军营，要被驱逐出境，明天一早就会被送去东方。"

卢克的脸上浮现出焦虑："我以为他们已经不用那个军营了。"

"是不用了。"他父亲回答，声音里面透着冷峻，"只在特别时刻使用。"

"爸爸，帮帮忙吧。"卢克又一次开口恳求，依然希望相信他父亲。我看得出来，这个男孩一直在维护他父亲，尽管他父亲做了那么可怕的事情。

"我不能。"镇长冷冷地说。

"你甚至连你儿子都不帮吗？"卢克问道，他的声音中出现了一种过去没有的力量，"你连自己的人都出卖了，我不该觉得惊奇的。"

"放肆！"他怒喝道，"我是你父亲。"

"我父亲帮助他人。我父亲不会在我们的朋友和邻居被捕时袖手旁观，他会在现在这样的时刻伸出援手。你不是我父亲。"卢克愤愤地说道，我担心他说得太过分了，"如果妈妈还活着……"

"够了！"镇长吼道，他的声音打破了静寂的夜。"你根本不知道，为了保护你，我面对过什么事，做出过怎样的选择。如果你妈妈还活着，她会为你感到羞愧。你过去从来都没有这样过。"他的视线射向了我的方向，"肯定是因为她，没有教养的马戏团垃圾。"

卢克向前一步，拦在他父亲和我中间。"不要对诺亚说这种话。"

"无所谓。"镇长摆了摆手，将我晾在了一边，"他们很快就会走了。你现在该进屋了，卢克。"

"不。"卢克迎向他父亲的视线，说，"我不留在这里，再也不了。"他看向我。"咱们走。"

"卢克，等等！"镇长喊道，他因为吃惊提高了声音。

"再见，爸爸。"卢克拉住我的手，领着我离开小屋，将镇长一个人孤零零地留在门口。

"你确定你要这么做？"走出大门时我问。卢克没停下来，他目视前方，继续向前走。他的步子迈得很大，我几乎需要小跳着才能跟上。

我们走到森林边缘。"等等。"我停住脚步，说，"你确定？如果你需要回去，我能理解。他毕竟是你父亲。"

"我不会回去。"他回答。

"你是说永远不回去？"我问。他点头。"但你要去哪里？"我问，我对他的担心陡然而生。

卢克没有回答，只是将我搂在怀里，重重地亲吻我的嘴唇，仿佛是要将刚刚发生的事情都抹去。我回应着他的亲吻，希望我们能穿越时空，回到早些时候，在一切发生变化之前。

然后，他停了下来。"对不起，诺亚。"他说。

有一瞬间，我以为他是指这个吻。"为了彼得？"我问，"不必。你努力过了……"

"不止为此，还为了所有。"他又吻了吻我，"再见，诺亚。"然后，他朝着树林的另一个方向走去，将我甩在了身后。

20

诺　亚

　　隔天的早上，阳光灿烂得过分，诺伊霍夫先生的葬礼在当地的一个公墓举行，公墓就位于我们到达时游行所经过的梯也尔另一面那条陡峭的路的边上，里面安栖着许多倾颓的墓碑。诺伊霍夫先生的墓碑孤零零的，在其他墓碑的后面，上方垂着一棵柳树。低头看着那封好了的栎木棺材，我想象着他在里面的样子，华丽的马戏团主外套内的身体毫无生命力，灰白无光。他不属于这里。他应该落叶归根，回到德国，安息在他妻子身边。但是，他要永远地睡在这里了。悲伤将我吞没。对于我们来说，他曾经是我们的全世界，保护着我们。而现在，他走了。

　　最后，是诺伊霍夫先生的健康问题害死了他。他的心脏病就在我们面前日益加重，只是他一直尽力掩饰，不让我们担心。维持马戏团运转的压力更是让他的身体雪上加霜，我们却都满心想着自己的问题，没有留意他的状况。然后，和警察之间的争执成了最后一根稻草，或者，我们是这么想的。我们也许永远都无法知道真正的情形。

我们围着棺材站着，满腹踌躇。有人应该出来说点什么，诺伊霍夫先生是我们的恩人，对我们意义重大。但我们没有主事之人。彼得不在，阿斯特丽德崩溃无助。在前面，靠近墓穴的地方，埃米特一个人孤零零地站着，眼泪从他肥胖的脸颊上滚落。马戏团其他成员和他保持了一段距离，我情不自禁地为他感到难过。

掘墓人把棺材放入墓穴时，我强忍着哭泣。我想冲过去再抚摸一下它，就仿佛这样做可以扭转时空，让一切都回到几天前，一切都好好的时候。阿斯特丽德向前一步，向着地上的墓穴抛下一把土。我跟着她，呼吸着来自泥土深处的气息，感受着下面的黑暗。尽管我过去从来都没有参加过葬礼，但这种仪式有一种熟悉感。我俯视着下方黑暗的洞穴。谢谢你，我在心中无声地对诺伊霍夫先生说。谢谢你救了西奥和我，谢谢你为我做的所有，在我这一辈子中，从来都没有人比你做得更多。我退后一步，拂掉手上的泥土，然后握住阿斯特丽德的手。

我如鲠在喉，一边竭力压抑着，一边用余光端详着阿斯特丽德的脸。她皮肤苍白，眼窝深陷，但她没有哭。这怎么可能呢？几天前，她要和彼得开始新生活，而现在，一切都完了。她打了个冷战，我用手臂环着她，我们二人的悲痛默默地紧挨在一起。我的眼睛灼痛，使劲眨了眨，把眼泪逼了回去。阿斯特丽德做了那么多事情关心我，保护我，现在该轮到我为了她保持坚强了。我把环着她肩膀的胳膊搂得更紧了一些。

葬礼结束后，我们沿着那条长路缓缓地往营地走。远处，钟声敲响了十一点。我扭头最后望了墓地一眼。

到达小镇边缘时，我看到很多马车和运货汽车正沿着陡峭的路往集市广场开，孩子们安静地步行去学校，没有了昔日的吵闹。卢克去了哪里呢？我心里猜测着。即便是现在，我依然情不自禁地想着他，想着他提出的我们一起离开的建议。尽管当时我说了不，但有那么一瞬间，我依然能看到一抹希望，看到我们可能共度的生活。而现在，那一切都和其他所有的事情一样，结束了。

在彼得被捕那晚后，我就再也没见过他，之后这两个早晨，我都去检查过那个阔腹储物箱，都没有看到字条。我有些期盼他会出现在葬礼上，过来致哀，但他没有。可能他察觉到他在这里并不受欢迎，或是担心如果来了，阿斯特丽德会再次责怪他是一切的罪魁祸首。

到了营地后，我们没有回火车上，而是像失去了父母的孤儿一般在后院盘桓。"我们应该排练。"格尔达说。我几乎都忘了，今天是星期二了，今晚应该演出。票已经卖掉了，人们会来看的。

"但我们没有主持。"一个骑手指出。众人纷纷点头。没有了诺伊霍夫先生主持的表演实在很难想象，本来彼得可能可以顶替他，但彼得也不在了。

"我可以。"埃米特说。所有的眼睛都谨慎地投向他的方向。他不具备将人们团结在一起的品格，我从来都没有见过他踏足表演场，但是没有其他选择了。"我们还有一天就离开了。"他接着说，"今天过后，可以再想别的办法。"

"一天？"驯兽师赫尔穆特问，"你是什么意思？我们应该到星期五再启程去下一个村庄。"我也记得阿斯特丽德跟我说过，我们要在梯也尔停留三个星期，然后再去下一个城镇，现在期限还没到。

"今天晚上演出结束后，我们就收拾东西。"埃米特回答，"把一切都收起来。但我们不去下一个城镇。"我起了一层鸡皮疙瘩。"我们回阿尔萨斯－洛林的斯特拉斯堡附近。"他公布这个坏消息的语气仿佛是在丢出一张王牌。

人们都同时倒抽了一口气。今晚。这个词语在我脑海中环绕。埃米特曾经说过马戏团会被遣返，但我从没有想过这件事会真的这么快就发生。我转身望向阿斯特丽德，向她寻求帮助，但她只是麻木地站着，仿佛什么都没有听到。

"阿尔萨斯，"一个杂技演员低声咕哝，"那应该也属于德国。"

我记得阿斯特丽德跟我说过，诺伊霍夫先生努力想找一个办法让我们留在法国。"我们能上诉吗？"我大着胆子问。

埃米特摇了摇头。"之前，我父亲努力想改变这道命令。我们的请求被否决了。"而随着彼得被捕，以及其他的一切，事情已经没有转圜余地了。埃米特不是一个斗士，他总是会选择阻力最小的路径。我们不能指望他再去请愿。"所以，我们要到阿尔萨斯表演。"

我浑身绷紧，恐惧如潮水一般将我吞没。我不能带着西奥回到离德国这么近的地方，那里太危险了。我望向东南方向的群山，想象着我和西奥逃跑会如何。但我不能丢下阿斯特丽德，特别是现在。

"我们之前预定的法国城市呢？"我问。人们都把视线投向我。"如果我们取消了，明年就不会受到邀请了。想想我们会损失的钱。"

"明年？"埃米特朝身后比画了一下，讥诮地说，"马戏团要完蛋了，诺亚。没有钱了。我们又失去了主持，德国人还抓了我们一个明星。"一声压抑着的哽咽，算不上是抽泣，从阿斯特丽德喉咙中发出。埃米特接着说："他们已经容忍我们到一定程度了。无论是现在，还是几个月后，早晚都是结束。你觉得这能继续多久？"

"我们必须运营下去。"阿斯特丽德说。这是从葬礼前到现在她第一次开口说话。她的声音没有往常的力量。

"来救你？"埃米特反驳。

"救我们所有人。"我插话，"包括你。你知道德国人会对那些掩护其他人的人如何吗？"我退后一步，担心自己说出了不该说的话。

埃米特的眼睛瞪大了。"我们这一季接下来要听吩咐，去该去的地方。"他稍微收敛了一些，"至少在我们能维持财务运转时。爸爸留下的钱不多。"

演员们窃窃私语。我们都很为诺伊霍夫先生伤心，而且会伤心很久。他的去世造成的空洞非常巨大，其中有很多实际的问题：马戏团没有了他，该怎么运转下去？能运转吗？

"你父亲肯定有应急措施吧？"赫尔穆特问。

所有目光都充满期待地望向埃米特，他不安地挪动着脚步："我相信我父亲在去年冬天就透支了。我们需要钱来维持开销。"

"他说的是实话。"阿斯特丽德平静地说。我想，这其实无所谓。有钱的话，会由埃米特继承，他不会为了马戏团的利益把钱拿出来使用。

"不过，有一份遗嘱。"阿斯特丽德接着说。埃米特的眼睛中冒出嫉恨——他对他父亲及其事务不如阿斯特丽德了解。"遗嘱里有一项，要求马戏团不能被卖掉。"我身后有人长出了一口气。尽管这个时候没有人会买马戏团，但如果有可能，埃米特肯定会卖了它拿钱跑掉。

"荒谬!"埃米特怒气冲冲，他以为留下来的一切都是他的，他可以随心所欲地处置。他没想到会如此。

"遗嘱里面还规定，所有演员都要保留，除非因为行为不当。"阿斯特丽德接着说。

"至少，还是少一个需要付报酬的演员。"埃米特冷冷地说，他抱起胳膊，发出了这最后一击。

阿斯特丽德似乎被打击到了，没有回答。我想伸手搂住她，但她将我甩掉，迈步走开。"别来。"我要跟上去，她对我说，抬起一只手臂，示意我离开。

"我为大家安排了一餐稍晚的早餐。"埃米特说，似乎很想就此结束这场讨论。

我们默默无言地走向用餐帐篷。香肠和浓咖啡的新鲜味道刺激着我的呼吸。帐篷中，几个没去参加葬礼的厨工摆出了早餐，非常丰盛，从我们上路来法国，我就没有见过这么丰盛的早餐，有鸡蛋，甚至还有真正的黄油——这是刻意来令人感到安慰的一餐。我默默地列着菜品，如同以往一样计算着我能带些什么回去给西奥。

"这么多食物，"我对一个侍者说，他正在往盘子里面添炸土豆，"现在全浪费掉，有些愚蠢，不是吗?"

"如果我们要在几个小时内离开，时间不够打包带上冰。"侍者说，"我们必须把容易腐烂的东西都吃了，以防坏掉。"

我拿起一片吐司和几个鸡蛋给我自己，然后坐在一张空桌子边。埃米特端着满满一盘食物走过来，他的胃口似乎没有被悲伤影响。他没有打招呼就坐了下来。自从婚礼那晚起我都没有和他单独相处过，我克制着起身离开的冲动。这时，我想起了他在葬礼上的悲哀。"这天过得很艰难。"我评论道，努力和气一点。

"事情会越来越艰难。"他很不客气地回答，"等我们到了阿尔萨斯，会有所变化的。我们不得不遣散大部分工人。"工人也是马戏团的一部分，他们每年都忠实地追随我们，获得稳定的工作，这是双方之间的一种承诺。他怎么能这么做？

"我认为你父亲的遗嘱说每个人都要留下。"我提到。

"他的遗嘱只说了演员。"他厉声说。

"你父亲肯定想……"

"我父亲已经不在了，"他截断我的话，"我们负担不起所有人。我们在路上可以从当地找到帮手。"就在一分钟之前，我还为埃米特难过，现在，我善良的心也硬了起来。他的脑子转个不停，准备一点点地凌迟马戏团的人才，只为了用最少的力气榨取最大的利益。父亲尸骨未寒，埃米特已经在搞破坏。他可能真的为他父亲伤心，但他也将其当作一个借口来肆无忌惮地为所欲为。"如果所有人都尽心尽力，我们一半人也能做好。"他接着说。由这个说法可见，他对我们做的事情知之甚少。即便是我，也能明白人力和技能都是必需的。

我扭头望向火车的方向，但愿阿斯特丽德能在这里和埃米特讲讲道理。这时，我想到了她疲倦的脸孔、虚弱的声音。以她目前的情形，她根本无力应对这一切。"你什么时候告诉他们？"我问。

"我们到了阿尔萨斯之后。工人们可以和我们一起待到那时。"埃米特以一种慈悲的语气说，仿佛这是一份大礼。但这并不是为了工人们考虑，他是想让他们拆下一切——路上也要用到他们。

"他们的合同呢?"我问。

"什么合同?"埃米特嘲讽地说,"只有演员有合同。"

我没有再和他争辩,视线飘向餐厅那头工人们的桌子,有一个瘦瘦的头发灰白的杂工正弓着身子伏在桌上清空自己的盘子。我记得阿斯特丽德跟我说过的犹太杂工的故事,诺伊霍夫先生也给了这个人庇护。诺伊霍夫先生死了,埃米特要遣散工人,这个人肯定没有其他的避难之处。阿斯特丽德没有,我们其他人也没有。

"有些人是无家可归的。"我说,刻意含糊地没有指名道姓。

"你是说老犹太那样的人?"埃米特冷冷地问。我真无法隐藏自己脸上的惊讶。"我知道他。"他又说。

我立刻后悔说起这个话题——但话已经出口,收不回来了。"如果你在我们走之前告诉他,也许他有机会在我们离开前逃走。"

"逃走?他没有身份证明。"埃米特靠向我,他的声音低低的,一阵阵热烘烘的酸气向我喷来,"我现在不会告诉他或任何其他工人。你最好也不要,如果你知道什么对你好的话。"他没有费心去隐藏自己的威胁。我冷到了骨髓里。为了达到目的,埃米特会毫不迟疑地将一个人丢给狼群——包括我。

不想再继续听下去,我站起身,将裹着给西奥的鸡蛋和吐司的餐巾塞入口袋。"失陪。"我说完便离开用餐帐篷向火车走去。

穿过营地时,我遇到了占卜师德丽娜,她坐在一棵树下,和我第一次见她时不是同一棵树,她和树的距离也近了很多。她冲我微微一笑,向我举了举塔罗牌,这是一个邀请。但我摇了摇头。我不再想看到未来。

那天晚上，观众刚刚离开营地，工人们就开始拆下马戏团的设施。和大帐篷立起来的过程不同，拆卸大帐篷的过程非常无趣，是没有人愿意看的一幕幕。支柱咣啷咣啷地摔倒在地，互相压叠，帆布如同降落伞一样摊向地面，曾经满是观众和欢笑的巨大帐篷就这样彻底消失了，就如同压根不曾存在一般。我踩着被丢弃的节目单，还有被踩扁的洒落在地上的爆米花。我们走了之后，这里会变成什么样？

我扫视着这凄凉的景象，又开始寻找阿斯特丽德。演出时她就没有出现。演出开始前我做准备的时候，也一直在后院寻找她，希望能找到她，但她整晚都没有从火车上下来。这是我表演时第一次没有她在我附近，我感觉非常无助，仿佛下面的安全网被移走了。诺伊霍夫先生不在了，我比以往更需要阿斯特丽德。

格尔达走到我身边。"走吧，"她说，"我们应该去换衣服准备离开了。"这是我加入马戏团后她对我说的最长的一句话，我不禁猜测，她是否察觉到了没有阿斯特丽德的我有多么失落。

"我们什么时候出发？"走回火车换衣服的路上我问。

"不到几个小时吧。"格尔达回答，"他们要在我们入睡后才能完成拆卸。不过埃米特吩咐过所有人都要待在车上。"

再过几个小时，我们就要永远离开梯也尔了。卢克又浮现在我的脑海。我没有机会跟他说我们要离开了，跟他道一句别。我扭着头，充满渴望地凝视着小镇的方向，思考着是否有时间去找卢克。我想着我该怎么不被人注意地偷溜出去，但发生了那么多事，我不敢去卢克父亲的房子，却又不知道还能在哪里找到他。

更衣车厢内，女孩们都默默无声地褪去演出服，卸妆，和我们离开达姆施塔特时的兴奋样子截然不同。我换好衣服，就向卧铺车走去。我希望能看到阿斯特丽德如同以往一般抱着西奥。但是，西奥和埃尔希在一起。

我从她手里接过西奥。"阿斯特丽德去哪儿了？"

"她还没回来。"埃尔希回答。

"回来？"我重复着。我本以为，她没有去演出，那就应该在这里躺着。自从彼得被逮捕后，她大部分时间都在躺着。

"演出前她就没在这里。"埃尔希说，"我以为她是和你一起。"

我从卧铺车厢的窗户向外望。阿斯特丽德去哪里了呢？在演出的时候，我没在大帐篷里看到她，拆卸开始后，也没在场地的任何地方见到她。我抱着西奥走下火车，沿着长长的车厢望向火车前部，但我没见到阿斯特丽德。我们就要离开了，她不应该走远的，除非她想最后孤注一掷地去尝试寻找彼得。我望向小镇的方向，忧虑开始滋长。

放松，我提醒自己。阿斯特丽德即便是现在这样的状态，也该清楚地知道那毫无希望。我的眼睛望向火车的另一端，向着车尾，看到了最后一节车厢，那里曾经是诺伊霍夫先生的车厢。这时，我看到了那节车厢前面的一节车厢，我明白了。阿斯特丽德没有离开，而是去了她感觉距离彼得最近的地方。我向彼得的车厢走去。

我看到她躺在彼得没有收拾的床铺中，身子团成一个球，脸没有朝着我。她两只手紧紧抓着被单。"阿斯特丽德……"我如释重负地坐在她身边，"我找不到你，还以为……"我没有说完自己是怎么想的。我把手放在她肩膀上，轻轻地将她翻过身来，期待这一次能终于看到她的泪水。但是她的脸硬得如石头一般，眼神一片空白。尽管车厢内非常寒冷，但她的上唇上有隐隐一层汗水。

我的担心又陡然而生："阿斯特丽德，你感觉不舒服吗？你又流血了吗？"

"不，当然没有。"

我探手触碰她的额头："你依然有些热。"她拒绝看医生的时候，我应该更加努力地反对，但现在已经没有时间了。

我把西奥递给阿斯特丽德，然后躺在他们身边，闻着脏污的床单散发出来的彼得的气息，竭力地不去想他和阿斯特丽德在路上时一起在这里度过的那些夜晚。我想告诉她埃米特说的关于遣散工人的事情，但此刻我不能增加她的负担。过了一会儿，她的呼吸平稳了，我查看了一下，她睡着了。

西奥不安地在她身边扭动，他不适应这里陌生的环境。一声巨响，整个车厢在某个沉重的外力作用下和旁边的车厢连接在了一起。"没事的。"我说，与其说是在安慰他，不如说是安慰我自己。我把手掌轻轻地放在他后背上，缓缓地画着小小的圈子。他的眼睑开始扑闪，每次闭上时间都会更久一点，这是他要睡着时的样子。

西奥安静下来，我翻了个身，心里又想到了卢克。他当然会发现我离开了，但那时已经为时太晚。他能知道我去了哪里吗？他曾经许诺去找我，但我觉得那根本不可能。我们即将相隔数百里。

我坐起来，透过窗户望向营地那熟悉的方位、营地后面连着小镇的树林。此刻我们还在这里。我可以离开火车，去找卢克，让他知道我们要离开了，然后再及时回来，任何人都不会注意到。或者，我甚至可能带上西奥和卢克一起永远离开，我想起了他曾经的提议。但是我们能去哪里呢？我们没有身份证明用以穿越国境，也没有钱来获取食物和栖身之所。我又看向阿斯特丽德。即便有可能离开，我也不敢。我闭上了眼睛。

过了一会儿，随着一阵剧烈的抖动，火车开始向前行进。我又坐起来，从窗户望向东南方，想象着在不过几百里外的瑞士的自由生活。在我旁边，阿斯特丽德熟睡的身体有规律地一起一伏。现在，我的命运和她的紧紧地捆绑在一起，无论将发生什么。

火车不断向前，速度不断加快，梯也尔小镇渐渐缩小远去，慢慢低落下去，最后和大地融成一体，消失不见。我触碰着玻璃，几秒钟之前，那里还有村庄的影子，我就此将卢克——以及我们自由的机会——都抛在身后。

21

阿斯特丽德

门把手转动的声音过后，一双手推开硬木门。睡梦之中，我以为我又回到了冬季营地，彼得来告诉我，他在靠近达姆施塔特的树林里发现了一个人。但当我睁开眼睛，眼前出现的只是诺亚，她正急匆匆地进入我们到了阿尔萨斯之后这五天中共用的小屋。我又闭上眼睛，希望早些时候见到的画面能够再度出现。

"阿斯特丽德？"诺亚的声音紧张急迫，将我从回忆中拽了出来。我翻过身去。她正透过脏兮兮的窗户向外望，身体僵硬，脸色苍白。"你必须起来。"

"他们又来了？"我问，费力坐起来。她还没来得及回答，门外就传来一阵咣咣的声音，这是一次警察检查，警官们正急匆匆地穿行在马车和帐篷间。过去，我也许会逃跑，会躲藏，但这里并没有躲藏的地方。就让他们把我带走吧，我心想。

门上传来重重的敲击声，我们俩都一惊。我坐好，拿过衣服。西奥号哭起来。诺亚去开了门，门外站着两个党卫军。总是有两个人，我心想。当然，他们带走彼得那晚例外。

"什么人？"[①]其中一个人，高高瘦瘦的那个，大吼着问道。

"我是诺亚·韦尔。"她说，努力克制着声音中的颤抖。

警察指向我。"她呢？"

一瞬的迟疑。"阿斯特丽德·索雷尔。"诺亚没回答，我自己说道，"和你们两天前问的时候一样。"我忍不住加了一句。他们以为每次会有什么不一样吗？

"你说什么？"他厉声问道。诺亚狠狠瞪了我一眼。

"没什么。"我低声说。激怒他们没有什么好处。

另一个警察迈了一步，进入小屋。"她病了？"他抬了抬下巴示意我的方向。

是的，我想说。纳粹们都害怕生病。也许他们会认为我得了传染病，他们就会离开。"没有。"我还没来得及回答，诺亚就坚定地答道。她的视线不安地望向了我。

"这个孩子呢？"他问。

"我弟弟。"诺亚非常确定地说，这个谎言她现在已经说得非常习惯了，"他的文件也在这儿。"

"你们渴吗，长官们？"诺亚在他继续提问前转变了话题。她走到她的床后，拿出了半瓶干邑白兰地，我都不知道她有这个。

那个男人的眼睛瞪大了，然后又眯了起来。这种冒险是值得的：他会接受贿赂吗，还是会指控诺亚偷窃私藏酒精？他接过瓶子，走出门，矮个的那个跟在他身后。

他们走后，诺亚关上门，抱起西奥，挨着我坐在床上。"我还

---

① 原文为德语。

以为上次检查过，他们不会这么快再来。"她颤抖着说。

"几乎每天都来，像钟表一样准时。"我说，转身背对她，透过小屋的窗户望向我们到达后被安排落脚的地方。阿尔萨斯是所有地区中最残破的一个，已经没有一丝正常的样子。隔着一条窄窄的河，对岸就是科尔马城，文艺复兴时代的教堂和木屋曾经构成优雅的天际线，在空袭之后它们已经坍塌崩溃，往年五月份初期就会开花的树折断了一半，留下的树冠像是一顶假发。德国人的卡车和桶车沿着马路停成一条线。

"那瓶干邑，"我说，"你从哪里搞来的？"

诺亚的脸上浮现出一抹内疚："从诺伊霍夫先生的车厢拿的。前几天，埃米特去检查东西，把他要的东西都拿走了。我觉得他不会注意到。"

"很聪明。"谢天谢地，她没有给他们食物——相比在梯也尔，口粮配给已经缩减到很少一部分，我们连自己和西奥都喂不饱。

"但现在没有了。"诺亚担忧地说，"他们下一次会想要更多。"

"我们会想出办法的。"我说着，又躺倒了，我的喉咙刺痒，燃烧的烟和煤的尘埃似乎一圈圈地始终悬浮在空中。这个小屋大小仅能容下诺亚、西奥和我自己，比营地高出一个台阶，屋顶破漏，地面是泥的。我们不能像在梯也尔时那样睡在火车上，英国皇家空军的飞机可能会沿着铁路线丢下炸弹。所以，我们都搬到了低矮的小屋里，这些不过是小棚子，室内没有通水管，曾经被附近的采石场当作工人的工棚。这里也没有安全多少。这里的营地靠近马路，军车整夜都隆隆地从路上驶过，使其也成为空袭的首选目标。昨天晚上，炸弹落下的位置非常近，我拉着诺亚和西奥藏到床底下，我们互相挤着挨在冷冷的泥土地上，直到天亮。

彼得被捕的事情已经过去了差不多一个星期了，他被带去了哪里，只有上帝知道。那画面在我此刻清醒的思绪中回荡不止，就如同无法抹去的噩梦。诺伊霍夫先生也走了，被我们留在奥弗涅一座山中的坟墓里。我把手臂抱在腹部，感觉到一阵空虚，哀悼着已经不在的一切。失去了埃里克，失去了我的家人，我本以为我就失去了所有，再没有什么能被从我身边带走。但是现在，这最后的一击实在太猛烈了。我让自己再次充满希望，违背了离开柏林时对自己许下的每个承诺，我让自己被人接近，而现在，我付出了代价。

诺亚把她的手压在我前额。"没有发烧。"她说，声音中有明显的如释重负。谢天谢地还有她，她一直都费心尽力地照顾我。不过她的关心仅是一滴水，不足以填满我内心空虚的海洋。

诺亚俯下身，用她的双手握住我的双手："阿斯特丽德，我有好消息。"

有一秒钟，我的心提了起来——也许她有了彼得的消息——然后我就嘲笑自己。她能起死回生吗？能令时间倒转吗？我把手拉出来："再没有好消息了。"

"埃米特说你能表演了。"她说完顿了一下，看着我的脸，等着我的反应。她是期待我开心地跳起来，立刻去换上我的练习紧身衣吗？曾经，回到秋千上是我全部的梦想，但现在，这不再重要了。

"咱们去练习吧。"诺亚催促道，依然费尽心思想让事情好起来，但根本毫无帮助。不过我很爱她对我的关心。"阿斯特丽德，我知道这有多艰难，但是躺在这里不会带来改变。为什么不再去飞呢？"

因为做正常的事情，感觉就是接受了彼得已经离开，我想。那是一种背叛。"有什么用呢？"我最后问道。

诺亚迟疑了一下。"阿斯特丽德，你必须振作起来。"

"为什么？"

她望向别处，似乎不想告诉我。"还记得伊塔吗？"

"当然。"伊塔摔伤后活了下来，被送去了维希附近的一家医院养伤。不安在我心中油然而生。"她怎么了？"

"离开梯也尔之前我跟埃米特问起过她，他说她被送回到了达姆施塔特，继续养伤。但后来我听工人们传言，说她被从医院带了出来，上了一辆去东方的火车。"诺亚的声音渐渐成了低语。

"被捕？"我问。就像彼得一样。诺亚点点头。"没有人会因为腿断了被捕，诺亚。那太荒唐了。她没有做任何错事。"即便这么说着，我都怀疑自己的话。这段日子，人会因为任何事情被捕——会什么也不因为就被捕。

"他们说，如果她不能表演，那么她的工作证明就失效了。"诺亚接着说，"你必须好起来，阿斯特丽德，为了我们所有人。"我意识到正是因此，诺亚才会那么迅速地跟德国人说我没有生病。他们能闻到病弱之人的气息，只会想去剥削压榨。"跟我一起去表演场吧。如果你觉得身体不够好，无法练习，至少看着我，告诉我哪里需要改正。"诺亚的声音是在恳求。

"表演时头顶上指着一把枪，"我说，"那样有什么乐趣？"不过，现在的情况无关乐趣，而是关乎生存。诺亚说得对，躺在这里并不会改变什么，也无法令彼得回来。马戏团，我的表演，现在是我仅有的东西了。"好。"我说，站起身来。她抱起西奥，去了埃尔希住的小屋，我找到我的练习紧身衣，举到光下面，想起上一次我穿着它的时候，仿佛感觉到了彼得隔着布料的触碰。我的喉咙又开始感觉刺痒，可能我还是不该再做这种事情。但我穿上了紧身衣。诺亚回来时，我让她在前面领路，走出小屋。

我们穿过营地。工人们已经尽他们的全力将一切都组装好，从啤酒帐篷到旋转木马，就如同在梯也尔时一样。但是这里的场地极端可怕——是在废弃的采石场边缘的一片泥土地，地面不平，坑坑洼洼，到处都是之前在这里发生的战争留下的痕迹。

靠近大帐篷，透过一片掀开的篷布的空隙，我看到了秋千。我停住了脚步。明知道彼得不会在这里看着我，我怎么还能再飞起来？

诺亚拉住我的手："阿斯特丽德，求你了。"

"我能行。"我说着，甩开她。

走入帐篷内，我感觉自己看到的一切都不对。帐篷搭建得潦草敷衍，地面没有充分平整过，工人也不足原来的一半，大部分都是没经验的当地人。诺伊霍夫先生如果看到他盛大辉煌的马戏团如今千疮百孔的样子，会做何感想？遗嘱规定马戏团要继续下去，却无法涵盖诸多的细节，薪水、生活条件、工作时长以及其他，都无法一一囊括。责怪埃米特很容易，不过马戏团的崩溃并不是从他开始的，裂缝已经出现很久，只是现在，在这个荒凉的乡村，无人引领着我们，所有的缺陷都被暴露出来，完完全全，彻彻底底。

够了。我让自己坚定心神。马戏团现在这般模样，诺亚和其他人比以往更需要我。我带着新生的决心向前走，拉开大帐篷的帘子，然后抬头评估秋千设备的状况。上面，一个黑色的奇怪物体吸引了我的视线。有一瞬间，我以为那是一个在排练的高空杂技演员。我退后一步，尚未准备好见其他人。

　　但是空中的那个人似乎没有丝毫动弹的力气，只是软趴趴地挂在那里。"那到底是什么？"我向前走了几步，想要看得更仔细些。

　　从我过去表演的西班牙网上垂下钟表匠梅斯毫无生命气息的身体。

　　"阿斯特丽德，怎么了？"我瘫坐在地上，诺亚问道。我几乎听不清楚她在说什么，只感觉耳朵边嗡嗡直响，越来越响。"你感觉还好吗？"她问。她的视线一直在我身上，没有看到我看到的头上那恐怖的画面。"这是个错误。我带你回去躺着吧……"

　　"叫工人们来。"我命令道，尽管这么说，我已经知道现在太晚了，"现在就去。"我想让她离开帐篷，不让她去看那一幕。但是她的眼睛顺着我的视线望了上去，她发出一声惊叫，令人毛骨悚然。

　　我抓住诺亚的肩膀，强迫她离开大帐篷。"叫工人来。"我又一次下令，声音更加有力，"快去！"只剩我一个人，我仰头凝视着梅斯。几天前，我刚刚见过诺伊霍夫先生的死亡。但是这一次截然不同。梅斯死，是因为他是个犹太人——因为他认为没有任何希望了。我也可能这样。我默默地站着，触碰着我大衣上原本佩戴六芒星①的位置，一瞬间感同身受。

　　"在大帐篷！"我听到诺亚的叫声从外面传来，"拜托快点。"

　　两个工人急匆匆奔入帐篷。我孤零零地站着，看着他们爬上梯子，用我们用来拉动秋千横杆的长杆子费力地把梅斯拉过来。

---

① 即大卫之星，又称大卫星、大卫盾、大卫王之星，系犹太教和犹太人身份的标志，呈现为由两个等边三角形构成的六芒星图案。——编者注

我把视线转向别处，一阵恶心，不想再看下去。诺亚匆匆地进来，埃米特紧紧跟在后面。"该死！"他咒骂道。

"我们该报警吗？"诺亚问。

"不，当然不能。"埃米特厉声说，"我们可不能引来警察的注意。"

"但如果是别人杀了他，我们必须去报警。"她反驳道，其中的力量远超我认为她会对埃米特表现出来的。埃米特没有回答，而是疾风暴雨一般离开了帐篷。

我把手放在诺亚肩膀上："诺亚，没有人杀他。他是自杀的。"

"什么？"我看着她接受这个说法的表情。

"你肯定听说过自杀。"

"是的，当然。可你是怎么能确定的？"

"没有搏斗的痕迹。"我解释说，"我真希望自己知道为什么。"

诺亚的脸皱成了一团："他肯定发现了。"

"发现了什么？"我厉声问。

她迟疑了一下，我看得出来，她对我隐瞒了什么。"埃米特说，他会遣散工人。"

"什么？"这个消息令我大吃一惊。梅斯肯定是得知了埃米特的计划。他没有家人，没有栖身之所，便选择了放弃，自己结束了生命，而不是让别人来结束。他觉得没有其他出路。

"对不起，我没有早点告诉你。"诺亚说，"埃米特威胁我不让我透露任何事情。而且，我也不想让你担心……"我没有听完她剩下的解释，走出了帐篷。

消息很快就传遍了整个营地，工人们和演员们都聚集在大帐篷外面。我环视人群，埃米特在另一边，不安地站着，离其他人

292 / THE ORPHAN'S TALE

有一段距离。"你怎么可以?"我问道,"我们需要这些人。"

他睁大了眼睛。"这些日子你一直躺着,现在却想来告诉我该怎么运营?"他吼道,"你好大的胆子。"

"好大胆子的是你,埃米特。"诺亚的声音从我身后传来,"如果你在我们离开梯也尔之前告诉他们,那个人可能会有生机。"

"这不是你该管的事情。"他反驳。

"是你去告诉他们,还是由我来?"诺亚的反抗令他猝不及防。

其他人慢慢靠了过来,都在一旁听着。"告诉我们什么事?"一个杂技演员问。

埃米特不安地挪动了一下脚步,然后转向聚集过来的人群:"很遗憾地告诉你们,马戏团已经快没钱了。我们要遣散所有工人。"

"工头除外。"我迅速插话说。我越权了,但我不在乎。在埃米特反驳之前,我又接着说:"还有那些为马戏团工作超过五年的人。"如果所有人都离开了,就没有人来维持演出的运转了。

"天杀的!"一个工人咒骂道,"你不能这么做。"

"没有其他选择了。"埃米特冷冷地回答。

"你们每个人都可以多得到两个星期的薪水以及一张回家的火车票。"我接着说,"是不是,埃米特?"

埃米特盯着我。显然,他没有这样的打算。"是的,是的,当然。只要你们能安静地离开。现在,抱歉,我还有事情要忙。"他灰溜溜地走了,眼睛一直盯着我们,仿佛害怕把背转向我们。他走后,工人们开始纷纷散开,嘴里依然嘟嘟嚷嚷的。暂时幸免于难的演员们开始去排练,只是更加沉闷。

最后，只剩下诺亚和我留在大帐篷外面。从我们身后传来一阵响动，我转身，刚好看到那两个将梅斯尸体放了下来的工人正将尸体从大帐篷抬出来。"唉！"诺亚用手掩住了口，"阿斯特丽德，我真不懂。即便事情非常糟糕，但是像这样放弃……"

"不要评判。"我说，声音中的斥责比我自己想得更尖锐，"有些时候，求生就让人无法负担。"

22

诺　亚

第二天早餐后，从用餐帐篷回小屋的路上，埃米特堵住了我。"阿斯特丽德在哪里？"他抱着胳膊问，"她没有回来训练？"他追问。

"还没有。"我说。我把给阿斯特丽德带的那碗粥藏在了他看不到的地方。

"现在我们离开梯也尔了，她没有理由不参加演出。她为什么还没有训练？"

"她不舒服。"我本能地为阿斯特丽德遮掩，即便埃米特发现真相我会丢了工作。从某种意义上说，这的确是真的。"我们昨天想练习的——你看到了。但是发生了工人们的事情……"

他摆了摆手，仿佛那个钟表匠无关紧要。"她明天必须回到表演中，"埃米特说，"这里的每个人都要发挥自己的力量。不能游手好闲。"他接着说。他说阿斯特丽德偷懒，这实在太荒谬了，我差一点笑出了声。我想再争辩一下，想说在经历了她经历的事情后，现在重新飞秋千太早了，她需要再多些日子才能恢复。但我知道他不会被打动。他把我的沉默当成了同意，便走开了。

我也继续走，把外套拉到头上，抵挡开始飘落的浓密细雨。我望向马路，那边一道窄窄的河水将我们与科尔马城分隔开来。来到这里后，我曾经过桥去过城里一次，想看看城里的市场上有没有我们可怜的配给口粮中没有的东西。但那一趟徒劳无功，那片曾经喧嚣的城镇市场如今只剩一个孤零零的摊位，卖的是根本看不出是什么的肉，即便不提那难闻的气息，肉质对西奥来说也太硬了。整个城镇已经被战争岁月荼毒殆尽。白天，街道几乎都空无一人，只有一只在排水沟边游荡的流浪狗，以及从每个角落窥看的党卫军。房屋和店铺的百叶窗都拉着。我见到的很少几个居民的脸孔都写满了饥饿和恐惧。全是女人，因为当地的男人都被抓了壮丁，被成批地送去东方的战场。我们也可能回到德国。我匆匆离开城镇中心，经过城边临时用作防御工事的铁丝网和沟渠，回到营地。之后我再也没有进过城。

我向小屋走去，埃米特坚持要阿斯特丽德表演时涨红的脸孔又浮现在我眼前。

自从差不多一个星期前我们到达阿尔萨斯之后，她就躺在床上，像是受伤的动物一样缩成一团。唯一一次尝试回到大帐篷时，她却发现了钟表匠，此外，她就再也没有离开过小屋。我一直在她身边，尽我所能照顾她。不过，这根本不够。她的每一个碎片似乎都消解了。救救她，彼得被抓走之前最后的几分钟中的眼神似乎是在对我这样说。但是该如何救？即便我喂她食物，给她水喝，她的魂还是不在了。我照顾西奥和自己都很勉强——现在支撑着三个人，我会撑不住的。

如果阿斯特丽德拒绝回去表演，埃米特会如何？想到此，我浑身战栗。我需要让她振作起来，动起来。

经过停在尽头的空荡荡的火车边时，我的视线惆怅地飘向了我们卧铺车厢下面那个被我和卢克用来传递消息的储物盒。我想知道卢克是否会在我们离开梯也尔后追上马戏团，不过我也知道这是不可能的。我走向那个盒子，打开，几乎希望里面真的会有东西。当然是空的，我用手抚摸着粗糙的木头，想象着卢克曾经也抚摸过。

令我大吃一惊的是，我看到阿斯特丽德在车厢内，穿着睡衣坐在她的铺位上。"彼得……"我走过去时阿斯特丽德说。

我浑身一僵。她是因为悲伤失去理智了吗？"不，是我，诺亚。"我说，走得离她更近一些。她并不是看到了彼得的幻象，而是在盯着一张皱巴巴的相片。我谨慎地靠近阿斯特丽德，细看那张照片。我之前从没有见过它，照片中，他们两个人在一个晴朗的日子中坐在后院的阳伞下，都穿着休闲的衣服，不是表演服。

"这是在哪儿拍的？"她把照片递给我，我注意到她昔日精美的指甲不见了，它们被她啃得乱七八糟。

"萨尔茨堡城外的一个小镇。那时候是夏天，我回来后的第一年。"在我来之前，我想。想象我没来时的马戏团，感觉非常奇怪。"我们当时还没在一起，你知道吗，只是刚认识。"她笑了，视线飘向别处，"我们会在一起聊天，打牌，动辄好几个小时。他很痴迷打牌，金拉米①，扑克，都喜欢。我们会在下午开始喝上一

---

① 发明于1909年的两人扑克游戏，属于拉米类牌戏的一种，该游戏使用一副去掉大小王的标准扑克牌，玩家需用抓到的牌做成特定牌组，力求先于对手达到一定点数。——编者注

杯酒，不知不觉，然后我就发现整个晚上都过去了。"

我审视着照片。即便是那时，彼得的眼睛中也流露着忧郁——仿佛他已经知道未来的一切。"明天该是他生日。"她说，又露出了悲伤的神色。她说话的语气仿佛他已经死了。我克制着纠正她的冲动，因为不想给她任何虚假的希望。

另一张小床上的西奥醒了过来。我将他抱起来，亲了亲他的头顶。这是我们的一点幸福。尽管艰难困苦，西奥一直在茁壮成长。他的脸颊还圆鼓鼓的，卷卷的头发越来越浓密，像是一层黑漆漆的糖霜。我抱着西奥，挨着阿斯特丽德轻轻坐下。她的一切都被夺走了——拥有孩子的机会，她爱着的男人。她已经一无所有——除了我们。我搂住她。

但我的温暖不是她所需的东西。她伸手抱西奥，我把他递给她，将现在仅存不多的慰藉之一提供给她，塞到她怀里。她抱着他，就如同在汪洋中抓着一个救生圈，似乎要从他小小的身体中汲取力量。

我端来那碗还温着的粥，递给她，但她摇了摇头。"阿斯特丽德，你必须吃东西。"

"我不饿。"

"想想彼得。"

"我正在想他。"

"每秒都在，我知道。但这是他希望你做的事情吗？"她不情愿地吃了一口，又扭向了一边。

"埃米特问到了你。"我迟疑地说。

她挑起一边眉毛。"又问了？"我点点头。他是老板，即便是阿斯特丽德，也只能和他保持这么远的距离而已。但说实话，他能对她做什么呢?

"拜托,阿斯特丽德,我们需要你。我需要你。"阿斯特丽德是我在这个世界上唯一的朋友,而我正在失去她。

阿斯特丽德挑起一边眉毛,仿佛她自己从没有过这个想法。她叹了一口气,然后站起身,脱下睡衣,我大吃一惊,她里面已经穿着紧身衣了。感激之情将我吞没,她没有放弃我。"咱们去排练吧。"她发号施令。

我们走出去。现在是上午过半,后院内熙熙攘攘,驯兽师们忙着给动物喂食,演员们在去训练的路上。剩下的仅有原来三分之一的工人在竭力地维修着设备,让一切能维持运转。

在帐篷入口处,她看向我:"我不想这么做。"

是因为彼得,孩子,还是梅斯?我猜测着,抓紧她的手:"我明白。但你能做到。我知道你能。"

至少,她来了这里,愿意去尝试。我走向梯子。这时,望向那个工人上吊的地方,我的胃一阵翻江倒海。我停住脚步,紧紧抓着梯子,向上方望去。

不知道有关钟表匠的回忆是否会阻挡住阿斯特丽德的脚步,但她毫不犹豫地爬上了对面的梯子。爬到一半,她停了下来,显出担忧的神情。"有些东西不对。"她说。

一切都不对。我们到达之前,营地没有平整,地面凹凸不平,满是碎石。"我问过关于平整地面的事情。"我说。我已经和格尔达在这里表演过几次,已经习惯了摇摇晃晃的设备和地面的倾斜对我下落的影响。但自从我们来到这个城镇,阿斯特丽德就没有来过这儿。对她来说,这里乱七八糟,让人感觉屈辱。

"你是说梯子吗?"我问,用力拉了拉它,向她表明足够牢固安全。

但她悲伤地摇了摇头："就是什么都不对。"

我紧张地望着她，感觉她可能会爬下去，坚持去见场地工人的工头儿。她可能会拒绝表演。然而，她耸了耸肩，继续向上爬。即便这样，事情对她而言也不再重要了。她到达梯子顶端，抓住秋千横杆，几乎失去平衡。太快了，我一阵焦虑，强迫她这么快就回到秋千上就是个错误。但她稳住了身子。

我向她的梯子上爬，心里猜测着她是否需要我的帮助。但她举起手，让我不要靠近："我需要自己来应付这一切。"我从梯子上下来，回到入口处，站在帐篷帘子的阴影中，给她空间独处，让她重新找回秋千。她毫不迟疑地跳出去，就在我的面前，明显一点点变得强大，变得坚定。

我过去一直在想，不能表演的日子或是她的身体遭遇的一切，是否会令她速度变慢迟钝。但恰好相反，她的动作更加剧烈，如刀锋般犀利。她曾经如艺术家般轻巧地握着秋千横杆，现在却像是紧紧抓着生命线一般。她的动作用尽全力，仿佛是要击败一匹野驴或大马，她将愤怒全都发泄在了秋千上。她翻出一串让人目眩的跟斗，我能感觉到周围的空气都随之微微流动，甚至几乎感觉到了彼得如同以往一般在我身边，和我一起欣赏着她的表演。

身后传来一阵响动。我转身，有一瞬间真的期待是彼得站在那里。但是，当然，他不在，我身后空空荡荡的。是风嘶吼着穿过营地，掀动着防水布，发出了阵阵响动，这声音其实我过去就听过。我稍微放松下来。

就在这时，突然之间，一只胳膊从后面出人意料地抓住了我。我还没来得及叫出来，那人就将我拉出帐篷。我猛地挣脱，转身，准备和攻击我的人搏斗。

此刻，就在大帐篷的入口处，站着卢克。

"卢克！"我眨了眨眼睛，心想，我面前高高的黑黝黝的形象，是否只是个怪梦。但他就在这里。我难以置信地凝视着他。他是怎么一路找来看我的呢？

"诺亚。"他说着，伸出手，抚了抚我的脸颊。我投入他的怀抱，他紧紧地搂住我。

我拉着他到离大帐篷稍远一点的地方，到了一个棚子后面。最好不要有人看到他。"你是怎么找到我们的？"

"我去马戏团找你。"卢克说，"但你走了。"他的脸垮了下来。"后来，我去了父亲的房子，我本不计划去的，"他很快又接着说，"但我需要去看看他是不是知道马戏团去了哪里。我真不愿意相信这有可能是出于他的操作，但我必须搞清楚。"从他眼睛中的痛苦，我能看得出来，尽管发生了那么多事情，但他心中有一部分依然愿意相信他的父亲。"他否认了，当然。但我在他的桌子里找到了他签署的命令。"卢克的声音悲伤而沉重，"我质问他，他承认了。然后我就离家来找你了。"我想象着他长途旅行来找我。他吻了我，久久地，紧紧地贴着我的嘴唇。因为没有剃须，他的脸有些粗糙，嘴唇咸咸的，不太干净。

过了一阵，我们分开来。尽管只隔了几天，但他的脸明显消瘦了，颧骨突出，眼睛周围有一圈黑眼圈，他似乎已经好几天都没有睡了。"你吃东西了吗？你需要休息。"我环顾场地，想找一个可以把他藏起来的地方。

他摆了摆手，仿佛这个问题不重要："我很好。"

我靠着他，他紧紧抱着我。"抱歉我不辞而别。"

"我知道，如果你有选择，你不会那样离开的，肯定是因为发生了什么事。"我从他眼中看到他对我深深的担忧。

"你找到了我。"我说，又向他靠近了一些。

"我找到了你。"他重复道，"问题是，现在怎么办？"他抽离身子，站直，我能看到他眼睛中的冲突。他现在离家几百里远——他会不会简单地道句再见然后回家去？"我不想再失去你，诺亚。"他说，我屏住呼吸，等待着他再次提议共度余生。

"但我要加入马基游击队①。"听到这个消息，我的希望一下子泄掉了。我曾经听说过这些在森林中抗争的斗士的事情，但我从没有见过他们，他们似乎就是一种传说，用来和胆怯的村民做对比。这听起来非常危险——而且很遥远。"他们有一个小队就在这个地方东面，孚日山脉②的树林里，如果能到那里，我就要加入。"他接着说。

"但那太危险了。"我反驳说，抬起头望向他的眼睛。

他拂了拂我的头发："我不要逃跑，诺亚。你教过我不要害怕。这是我生命中第一次坚持自己的立场去战斗。"

"所以，你要跑去害得自己送命，都是我的错误了？"我问道，半是开玩笑。

卢克笑了笑，然后他拉住我的手，脸又变得严肃起来："我只是说，我与你之间发生的事情，让我睁开了眼睛。我不能再坐在一边，袖手旁观。我必须做点什么，而参加反抗要做的是实事，干扰通讯和铁路，比为盟军的攻势做准备还要重要。有传言说盟

① 德占法国时期法国抵抗运动的乡村游击队组织，主要在法国西北部布列塔尼和南部的边远地区及山区行动。——编者注

② 法国东部一系列低矮的山脉，靠近德法边境。——编者注

军快要来了，天气已经好转了。"

他又把我拉向他，搂住我，亲吻我头顶："我不想离开你。只是现在需要做些别的事情——为了我们两个。但愿……但愿你会考虑跟我一起去。"

"去加入马基?"我问。

"是的，那里也有女人，帮助游击队工作。"我突然间骄傲地意识到，他是在思念我，而且认为我已经足够强大。"你愿意吗?"他眼中满含希望。

我真的很想说愿意，但愿真能那么简单。"我不能。"我说，把头靠在他胸前，"你知道的。"

"如果是因为西奥，我们可以给他找一个安全的地方，直到一切结束。"他把手放在我的手上，将我们的手指交握，"然后，我们可以将他当作我们自己的孩子一般养大。"

"我知道，但不止如此。阿斯特丽德，她冒着牺牲一切的风险帮过我们。我不能现在丢下她。"但愿阿斯特丽德可以自己应对一切，但是她再也无法自己应对了。她的一切都被夺走了，仅剩下我们。

"我想到了你会说这些。"他的神情变得坚定起来，"不过，我必须这么做。家里已经没有我的容身之处了。"

"你什么时候离开?"我问。

"今晚。如果我在天黑后穿过山区，那么天亮前应该能找到马基的营地。"他顿了一下说，"真希望你能跟我一起走。"

"我知道。"但我不能，所以，就此再见吧。我又紧紧地抱住他，比刚才更紧。我们相拥而立，希望这一刻能长久一些。我稍微退后，扭头望向帐篷。"我得回去了。阿斯特丽德在等我。"他点点头。"我担心她。"我坦白说出了一切,"她失去了孩子,又失去了彼得。"

"抱歉我不能帮上忙。"他的声音低沉,隐含着愧疚。

"你不必自责。我没有责怪你。"

"实际上,我来这里还有一个原因。"

"我不懂。"我说,还会有什么原因?

"我应该早点告诉你的,只是我能再见到你太高兴了。"他把手探入口袋,拿出一个信封,"有一封信寄到了村子里。"

他将信递过来,我想象着最糟的消息,从千百里外传来的消息。我的家人发生了什么事吗?

我探手去拿,他却收回了手:"不是给你的。"我从他手里将信接了过来,看到信封上盖着柏林的邮戳,我屏住了呼吸。

这封信是给阿斯特丽德的。

23

阿斯特丽德

四十英尺。这是生与死之间的距离，是最窄的一条分割线。

我如自己所说的回到了表演场，假装要为了诺亚训练，仿佛什么都没有发生过一般跳了出去，不过诺亚离开了帐篷，将我一个人孤零零地留在这里。所以，我回到跳板上。在空中飞行的瞬间曾经对我来说就意味着全世界，而现在，每一次飞荡都像是一把在我心口凌迟的刀子。表演场上方高高的空荡荡的空间曾经就是我的家，而如今却令我无法承受。

我从跳板边缘向下看，这里似乎就是一道悬崖，我盯着下面深渊处的安全网。我曾经试过自杀，在埃里克让我离开后。他离开公寓，表面上是给我时间收拾离开，他无法在一旁旁观，也可能是要躲避他认为我会有的不文明的歇斯底里的情绪爆发。我跑到壁橱边，抓出一瓶药片和一瓶伏特加，冲动地喝了下去，喝到喝不下为止。我想象着他回到家，看到我的尸体，为自己所做的一切哭泣。但过了一会儿，我意识到，他不会回来检查，他已经将我从他的生活中剔除。我立刻懊悔起来，把手探入喉咙，呕吐出了已经半消化的秽物。我发誓再也不为一个男人而活。不过，这一次的损失更多——这一次我失去了一切。

我将回忆抛于脑后，跳了出去，再次飞行起来，尽管在这里我已经一无所有。跳出去，抛开一切。每一次飞荡，这个想法都在我头脑中有节奏地跳动着。无法再忍受下去，我又回到了跳板上。看着下面，我的腿颤抖着。钟表匠是不是也曾经历过这样的时刻？我看到他挂在绳子上，脖子断裂，嘴巴大张，四肢僵硬。我能够跳下去，就像梅斯一样将一切结束。如果我死在这里，这是我自己的决定，而不是死在别人的手上。我将一只脚探出跳板的边缘，试探着……

"阿斯特丽德？"诺亚的呼唤声从下方的入口处传来。我猛地一惊，身体晃动，抓住梯子把自己稳住。我一直都陷在自己的思绪中，根本没留意到她回来了。她的脸上笼罩着忧虑。她是看到了我盘算做的事情吗？还是猜出来了？

不过她似乎没有注意到我的想法。她招呼我过去，我顺着梯子向下爬，她一直神情郑重地望着我。

"怎么了？"我心底的不安开始滋长，问道，"告诉我。"

她递给我一个信封："有一封你的信。"

我僵住了。来信只会意味着坏消息。我用颤抖着的双手接过信，准备好面对关于彼得的消息，不过信封上有达姆施塔特的邮戳。我伸直手臂举着信封，仿佛里面装着传染病菌。一瞬间，我真希望自己能让时间停住，逃避里面可能写的任何东西。

但是我从来都不擅长隐藏真相。我撕开封口，里面是另一个信封，给我的，收信地址不是诺伊霍夫马戏团，而是我家过去的冬季营地。信来自柏林。埃里克的方块状字体仿佛一只手一样探了出来。英格丽德·克勒姆特，他写的是我婚前的姓氏，不是他的。即便过去了这么久，他的这种否决依然让我感觉如芒在背。不知道是谁转发的信件，他将这个名字划掉，写上了我的艺名：阿斯特丽德·索雷尔。我把信封丢开，诺亚立刻去捡了回来，交给我。埃里克会可能想要什么呢？

"你要我替你打开吗？"诺亚柔声问。

我摇了摇头："我能行。"我撕开已经破损脏污的信封，一页纸滑落出来。我捡起来看，热泪盈眶，上面出现的熟悉字体不是埃里克的。

亲爱的英格丽德：

　　我希望这封信能到你手里，你安全无忧。我在入侵前逃到了蒙特卡洛，但没有时间写信。现在我已经到了佛罗里达，在一个嘉年华会中找到了工作。

"说什么？"诺亚问。

"是尤勒斯。"我的小哥哥，身体最弱、最不能干的一个，他活了下来。他肯定将这封信寄去了柏林，然后埃里克转寄了过来。

"我以为他们都……"

"我也这么想。"我的心怦怦跳得更快了。尤勒斯活了下来，在美国。

"怎么回事？"诺亚问。

"不知道。"我简直都无法回答自己提出的问题，更别说诺亚的了，"战争开始时，尤勒斯在法国南部管理马戏团。他设法逃出去了。"我接着默默读着。

> 我给爸爸妈妈写信，好几个月了，都没有得到回复。我
> 不知道你是否听说了，我必须很遗憾地告诉你，他们死在了
> 波兰的一个集中营里。

"啊！"我掩住口，不让抽泣声从我喉咙里冒出来。尽管我心里面很久之前就已经知道，我的父母不可能逃出去，但有一部分的我依然紧紧守着希望，期盼着他们可能还活着。现在，我直面真相，感觉糟透了。

"怎么了？"她俯身越过我的肩膀看信上的内容。然后她从后面抱住我，轻轻地摇着我的身子："阿斯特丽德，我真的，真的很难过。"我没有回答，只是沉默地坐着，慢慢地消化着，我曾经恐惧的最可怕的事情，如今成真了。

"信还没完。"好一会儿之后，诺亚轻声说。她指了指我大腿上皱巴巴的纸，指着我在得知父母的消息后就停下来的地方的下面几行。我摇了摇头。我读不下去。她接过信纸，清了清喉咙，然后大声读道：

> 我找不到双胞胎。可能，现在只剩下我们俩了。我知道你
> 不想离开你丈夫，但我在里斯本的瑞士大使馆搞了一份签证，
> 他们说四十五天内有效。请你考虑过来和我会合，至少和我一
> 起到战争结束，然后你再回去。我们现在只有彼此了。

> 爱你的尤勒斯

诺亚把信纸递回给我，我又从头到尾看了一遍。信封上有来自柏林的邮戳。尤勒斯肯定是把信寄到了我和埃里克过去居住的公寓，埃里克肯定读过了，然后通过邮差寄给我，用尽他的办法确认能送到我手上。他把信转到了我们家在达姆施塔特的地址，他知道我应该会去那里。但我们家在那里已经没有冬季营地了，所以邮差就送去了诺伊霍夫庄园。也许是每年在我们离开时留下照顾冬季营地的海尔格改了我的名字，把信转寄到我们巡演的第一站梯也尔。

"怎么送来的？"我问。

诺亚微微咳嗽了一下。"从梯也尔转来的。"她说。我点点头。马戏团总是会留下下一站的地址，以便账单和其他的信件转过来。这一路上经历了这么多周折——这封信可能永远都到不了我手里。但它到了。

"我的家人。"我说出了声。我不确定这还有什么意义。我忍了几个月的抽泣从喉咙中挣脱出来。我哭出来，为了活下来的哥哥，为了没能活下来的那么多人。我父母还有哥哥们，他们都死了。

或者说，这几个月来我一直这么认为。但尤勒斯活了下来。我记得几年前我们在达姆施塔特的火车站道别时的情景，我们因为埃里克急着上火车而匆匆忙忙地道别。我想象着尤勒斯现在的样子：老了一些，不过应该一切照旧。在某个地方，我们家族的马戏王朝的小小余脉依然存续，就像是一粒种子般被带到一片新土地种了下去。

我又低头看了看信封，它还有些厚，不像是空的。"里面还有别的。"实际上，还有两样东西。我先拿出了一张银行收据，不过上面写的是一种陌生的文字，里面我唯一认识的就是我自己的名字。"这到底是什么？"

诺亚靠过来。"我能看看吗？"她问。我把收据递给她。"我读不出来，但看起来像是给你的旅费，放在了你里斯本的银行账户里。"她递回来给我。

我盯着她，目瞪口呆："我没有那样的账户。"

"看起来是六个星期前开户的。"她又说，指着上面的日期，"是你哥哥存的吗？"

我研究着那张纸。"我觉得不是。"只有一次交易记录，从柏林转出的存款。十万马克，足够我去任何想去的地方，包括美国。

"那会是谁？"

我深深吸了一口气："埃里克。"

埃里克读了尤勒斯的信，想确保我有办法去美国找哥哥。他送给了我他能送的最后一份礼物——一次逃走的机会。我又摇晃了一下信封，从中抽出一张小卡片。这是一份德国出境许可，上面也填着埃里克方块形的字体，盖着帝国的公章。他通盘考虑，确保我能离开被占领区，安全地与尤勒斯会合。埃里克做这些，是因为愧疚，还是因为爱？尽管这是我和彼得在一起之前的一段过去，却久远得如同一场梦。我不由自主地心痛，为那个关心我而做了这一切却又没能做到为了我们而努力争取的男人。

"阿斯特丽德，你可以去找你哥哥。"因为我可以寻到安身之处的前景而生的希望点亮了诺亚的脸。然后，她脸上又浮现出矛盾的神色，她明白她会被留下。

"我不能离开你。"我说。突然之间，她的样子显得比她刚来的那天还要年幼，还要脆弱。没有我，她怎么能坚持下去呢？

"你要走。西奥和我会好好的。"她想克制住声音中的颤抖，但不太成功。然后，她又扫了一眼信纸，皱起了眉毛。"你哥哥说签证四十五天有效，这封信用了一个多月才送到这里。也不知道从这里去里斯本要用多久，或是从里斯本到美国要多久。你需要立刻离开。今晚你就走，好不好？"诺亚问，她的声音中既有希望，又有恐惧。

我没有回答，向火车走去。

"不过，阿斯特丽德，"诺亚在身后喊我，"我以为我们要训练的。当然，如果你要离开……"

那就不重要了，我默默地替她讲完。"你一个人继续。"我说，"得知那么多消息，我实在受不了。"

我回到车厢，埃尔希正看着西奥。"好小伙。"我说。他认出我来，露出一个大大的笑容。我走过去从埃尔希手里抱他，他伸出手臂迎接我，这是第一次。我心潮一阵翻涌，又泛滥出一波忧伤，随时都要溃堤。我克制住悲伤。以后有时间哭泣，现在我必须想清楚该怎么做。

我把西奥抱过来，用一只手抱着他，另一只手拿着那份通行证，仿佛是在用天平权衡两边的重量。我怎么能丢下他和诺亚呢？彼得不在了，他们就是我在这个世界上仅有的一切了——我是这样想的，直到今天尤勒斯的信送来。而现在，我也必须考虑尤勒斯。我是他唯一的家人，他费了那么多工夫，才给我搞了那份签证，我获得安全的一个机会。就这样浪费掉它真的是犯罪。

西奥用他的小手拍着我的下巴，打断了我的沉思。他的黑眼睛若有所思地望着我。将诺亚和西奥留下，让他们独自去面对不确定的未来，这个想法让人难以承受。必须有其他的办法。

　　我的视线移向了床铺。床下面是诺亚和我的行李箱，它们并排挨着放在一起。一个计划在我的头脑中形成。我将西奥放在床上，然后拿出我的包开始打包。

24

诺 亚

看着阿斯特丽德向小屋走去，我心里满是伤感。卢克最初递给我信封时，我考虑过不交给阿斯特丽德。如果再有坏消息，她肯定会被击垮的。但我不能向她隐藏真相。而现在，她要离开了。我不能怪她。我能看到她眼中的挣扎，离开我们并不是一个轻松的决定。她认识我和西奥只有几个月，我们应该一点都不重要，尤其是在她有家人——真正的家人——需要她的时候。不过，我心里还是有一部分很想追过去找她，求她不要离开我。

卢克从他隐藏的地方把头探出来。"等在这儿。"我在跑去把信递给阿斯特丽德前曾经这么叮嘱过他。我不希望她看到他，但我也不准备让他在我们刚刚重逢时就离开、消失。现在看着他，我突然有点愧疚。我没有跟阿斯特丽德说出信是怎么送到这里的，但最重要的是，我无法跟她承认我又打破了自己不再见卢克的诺言。"一切都还好吗？"他问。

"不。"我说，"我是说，好，也不好。阿斯特丽德得知她父母离世了。"

"那太糟了。"他回答，他的声音透着沉重的同情，"我还以为自己送那封信来是在帮忙。"

"你是在帮忙。"我坚持说，"但你是怎么拿到那封信的？"

"几天前，我在邮局，听一个女人谈到马戏团突然离开的事情。她说了些不好的话，说马戏团捞够了钱就跑了。我告诉她她说得不对。邮政局长听见了，就说有马戏团的邮件，他说他有一个转发的地址，但我看到是一封给阿斯特丽德的信，我知道我必须自己送来。我以为这可能是彼得的消息。"他的声音越来越弱，我能看出来他依然感觉非常愧疚。"我真希望自己没来。"他沉痛地说。

"不，她应该知道真相。"我说，"我很高兴你来了。并不全是坏消息，阿斯特丽德的哥哥从美国寄来了一份通行证，他希望她能去和他一起生活。"说到最后这一部分时，我有些说不下去了。

"这是好消息，是不是？"卢克的声音透着困惑。

我如鲠在喉，说不出话来。"我觉得是。"我费力说道，因为自己的自私感到很羞窘。我非常希望自己能为阿斯特丽德的安全和自由而开心。"我只是无法想象马戏团没了她的局面。"我又说。

我们身后传来一阵响动，两个杂技演员正向大帐篷走来。卢克将我拉到棚屋后面，以免被人看到。"现在你可以重新考虑一下。"他说。我歪着头，不明白他说什么。"你之前说你不能跟我走，是因为你不能离开阿斯特丽德。"我的脑子中一直都在想着阿斯特丽德和我之间发生的一切，几乎都忘了我们之前的谈话。"但现在一切都不一样了。"卢克的声音非常急迫，"如果她走了，你肯定也可以，是不是？"

在刚才匆忙的一瞬，我没有想到这个问题。不过卢克说得对，阿斯特丽德走了，这里就没有值得我留下的事情了。我可以带着西奥离开。我凝视着大帐篷和大帐篷后的后院，心中困惑地纠结着。自从父母将我赶出家门后，马戏团是我知道的唯一一个安全之所。我无法想象这里没有阿斯特丽德的局面，也无法想象离开这里的情形。马戏团不会坚持太久，我提醒自己。埃米特说过，等这一季结束他就要把马戏团关闭。那时，我们也是要离开的。

"诺亚……"卢克的声音中有浓浓的关心，"一旦警察意识到阿斯特丽德离开了，就会产生疑问。"这不止会惹来疑问——埃米特会因为失去了一个明星演员而暴怒。"你待在这里就不安全了。你现在跟我走，好不好？"

我充满渴望地凝视着他，在我所熟知的马戏团生活与和卢克共同生活的未来的可能之间挣扎。"相信我。"他恳求道，眼睛睁得又大又圆。

我已经相信了，我心深处有一个声音说。我头脑中滴答作响，有东西浮现出来。"我跟你走，带着西奥。"我立即说出了口。

"当然。"卢克回答，仿佛从没有怀疑过，然后，他的脸上又出现了纠结矛盾的神情，"但该怎么做？如果我们去参加游击队，那里没有适合孩子的地方。"

"我绝对不能离开他。"我坚持道。

"我们会找到办法的。"卢克拉住我的手，"我们所有人都要在一起。"他的声音非常确定：西奥既是我的孩子，又是他的孩子。我感激地搂住他的脖子。"所以，你会跟我走吗？"他的唇印在我的脸颊上，然后是我的脖子，他用无数细密的轻吻想要将我说服。

"好的，好的。"我叫道，但一秒钟之后，我强迫自己抽身。我们在青天白日之下，开花的树丛几乎掩不住我们。我慢慢接受了现实：我要和卢克一起离开马戏团。但在我们开始共同生活之前，我要将一切都告诉他，我不能带着谎言走入新生活。"卢克……"

"我现在必须走了，"他没有听到我叫他的声音。"我知道一个游击队通讯员的名字，他住在离这里大约十公里远的地方，他可以告诉我们找到马基的最佳办法。"他扭头看了看，"我天黑之前再回来找你。"

"我在哪里能找到你?"我问。

"采石场那边有一道水渠。"他指着那个方向，"往东大约一公里。咱们九点在那里见面。"

"但那时候演出才进行到一半。"

"我知道，但我们必须那个时候离开，才能在天亮前到达孚日森林。你能吗?"我点点头，他吻了吻我，转身离开。

"卢克，等一下。"他转身看我。我不顾一切地想将一切真相都告诉他，但他的脸上写满了希望，我真说不出来。"我九点见你。"

他离去时的脚步很轻快。我想再次叫住他，我还没准备好让他走。不过他很快就会回来，而那时候我就会和他一起离开。

走回大帐篷的路上，悲伤开始袭上我心头。一切都要改变了。我才遇到这个让我感觉最像家的地方没多长时间，而现在就要走了——又要走了。我情不自禁地猜想，一切的终点在哪里，当最终停下逃亡的脚步时，我会身在何方。

天空渐渐变成暗红色时，我走入更衣车，为最后一次演出做准备。我打量着其他女孩穿上演出服、化妆，仿佛是在看一场演出。我感觉一阵轻松——她们没有察觉到任何事情。不过，还是有不同之处，阿斯特丽德如同每晚一样帮我涂松香、缠腕带，但又带着格外的关心。我能感觉到她的温暖确切无疑地触碰在我的小臂上，我的心里又一次充满悲伤。我们将走去各自不同的方向。没有理由认为我们还会重逢——从这一点看，我们并不是真正的家人。不过，这个结局到来得比我以为的更早。我想跟她说出关于卢克的事情以及我要和他一起离开的计划，可她绝对不会理解。但我不能不告诉她一声就这么离开。也许可以留一个字条……

其他的女孩已经换好衣服，往大帐篷走去，但阿斯特丽德还在徘徊。她拉出一个包，是个比行李箱软一些的包，之前放在一个化妆桌下面，我没有注意到。她把包里的东西重新整理了一下，这个包不大，不会引起人们注意，里面装的是她要带走的东西。

我又一次感觉如鲠在喉，而且越来越沉重。"你会来信，让我们知道你安全了，是不是?"我问，声音轻得只是低语。她没有回答，不过微微点了点头，她把衣服又向下压了压，努力多挤出一些空间来。当然，我不会留在这里等她的消息了。我会离开，而她根本不会知道。

冲动之下，我扑过去抱住她，但她回抱我时身子很僵硬。我的脸一下子红了，这种拒绝仿佛扇了我一巴掌。"怎么了?"我猜测是不是自己又做了什么事情惹她生气。

"我不走。"

"你是什么意思? 你当然要走。"有一瞬间我在想她是不是开玩笑，但她的神情严肃，目光郑重。我准备将之前关于她不能留下来、浪费通行证有多愚蠢的话再说一遍。"你要走。"我重复道。

她摇了摇头："你走。"

我难以置信地看着她："我不懂你说什么。"

阿斯特丽德拿出卢克带来的那个信封："你需要那个通行证。带上西奥离开。"

我没有伸手去接，她的手悬在半空。"你不能把那个给我。"

"你带上我的证件。"她接着说，"照片没那么清楚。如果你染了头发，低着头，没有人会发现你不是我。而且根据文件，你可以带上一个孩子。"

"你不是说真的。"我绕过她，走到她在收拾的包前，翻检起来。在薄薄一层她自己的衣服下面，是西奥的尿布和小鞋子。她一直都在做这个计划。

然后，她又把通行证递给我。"你必须今晚离开，在演出结束之前。有一个火车站，不是我们到达时的那个，是另一个，往南大约十五公里。你坐火车去里斯本，从领事馆拿到通行证，"她直截了当地说出一切，仿佛只是说去镇上买面包那么简单，"然后用埃里克的钱，买一张票……"她继续说她的指示，我却听不进去了。卢克的脸浮现在我脑海中。我应该和他一起走，去共同开始新生活。

她注意到我脸上的彷徨，说了半截停住了话头。"怎么了？"她不耐烦地问，仿佛我是在质疑她对空中节目的评判。

那份通行证是阿斯特丽德活下去的一个机会，她却愿意毫无保留地让给我。"我不要。"我说，"作为一个犹太人，留在这里就是自杀。"

"的确。所以，你要带着西奥离开。"

"这个通行证是你的，你必须用它。"我坚持说，第一次这么和她对抗。

"我已经全想过了。"她毫不退让，"这是最好的办法。这是唯一的选择。"

"还有另一个办法。"我深深地吸了一口气，"你带上西奥。这样你们两个都会安全。"这些话从我口中道出，感觉像是玻璃碴划过我的喉咙一样。我可以把西奥交给她，然后他们两个都会安全。但是离开西奥，就像是杀了我一样让我难受。

"不，西奥是你的。"阿斯特丽德坚持说，"你是必须走的那个。"

我要走，我想，我和卢克一起走。但是当然，阿斯特丽德不知道这些。她要将她的一切都给我，而我却依然在对她说谎。

"阿斯特丽德，"我缓缓地说，"我要走了。"

"我不懂，"她的额头皱了起来，"你刚说你不要通行证。你怎么可能离开？"

"不是，但卢克……"我开口说。

"又是他？"她打断我的话，眼睛眯缝了起来，"镇长的儿子。他和这一切有什么关系？"

"他在这里，在阿尔萨斯。"疑云从她眼中浮现，"他带来了你哥哥的那封信。"我又说，希望这一点能有所帮助，但从她眼中的狂怒我能看出来并没有。

"你曾经跟我保证过，不，是发过誓，你不会再见他。"她怒气冲冲，"而你却又见了，甚至是在他夺走了我的一切之后。"

"我没有……我是说，我没有想的。"我无力地反驳道。我又停了下来，不想再跟她说谎。"抱歉我之前没告诉你，卢克要去马基游击队。"我猜想这是否能令她对卢克产生一些敬意。

但她的怒气似乎并没有消减。"那就祝他好运吧。"总算是走了，这是她真正的潜台词，"还有祝他旅途平安吧。"她又说道，也没有什么热情。我感觉自己生起了阿斯特丽德的气。卢克努力想帮助彼得，冒着自己的生命危险给她带来了尤勒斯的信。他为我们做了那么多，她却依然不接受他。她之所以讨厌他，只是因为他是他，她永远都不会换一种眼光看待他。"我还是不懂这和你接受通行证有什么关系。"她又说。

"卢克去和游击队接头了，然后他会回来，他希望我和他一起离开。"然后是一阵沉默。阿斯特丽德目瞪口呆，不可置信地注视着我。"而西奥，"我说，"卢克也想照顾他。"

"什么时候？"她最后问道。

"今晚。"

"所以你是准备都不告诉我就和他离开？你准备偷偷溜走。"

"我是打算在你走后离开的。"我说，仿佛这样能让事情显得容易接受一些，"对不起。"

"你要带着西奥，到底去哪里？"她问道，"你没有栖身之所，没有通行证，甚至没有说得过去的身份证明，也不会有适合一个孩子的地方，没有人帮你看着他。你计划怎么办？就抱着他跟着游击队在森林里四处乱窜？"她一一指出我计划中的漏洞，将它们一清二楚地摆在我眼前，现在我才意识到卢克和我仓促之间没有想到的一切。

"我们会解决的。"我固执地说。

"好吧，那不重要了。"阿斯特丽德宣布，"现在，你拿上通行证，然后离开。"

我又努力说服她："我和卢克离开，肯定比一个人走要安全。"

阿斯特丽德坚决地摇了摇头："去里斯本，离开欧洲，是最安全的。现在，你必须坚强起来，独立起来。你必须做对西奥最好的事情。"她又将通行证递过来，仿佛一切都就此决定。

我探手要去拿信封，但又迟疑了，卢克和等待着我们共度的新生活仿佛浮现在我的眼前。我把信封递回去。"不。"我说，我听得到自己声音中的力度，这一次，是我自己做了决定。我的未来要和卢克在一起，而如果我和他一起走，阿斯特丽德会有通行证。这样，我们两个都有机会。

她的眼睛惊奇地瞪大了："你好大的胆子！我给你提供了一切，你却要为了一个男孩放弃？"

"并不是那么简单……"我开口。

"我跟你讲最后一次：拿上通行证，离开。"她将通行证递给我，声音冷硬，宛如钢铁。我们之间的距离似乎在拉开。

我看向阿斯特丽德，踌躇不定。违背她的意愿，和卢克一起离开，必然会造成最终的决裂。曾经，我会什么都听阿斯特丽德的，唯她的命令是从。但最近这些日子，事情发生了变化。是我在照顾阿斯特丽德，为她做决定，实际上，是为了我们所有人。我真的无法再听她的话了。我要做我认为最好的事情。

"对不起。"我说着，后退一步。

她本来因惊奇而睁大的眼睛此刻愤怒地眯缝了起来。然后，她转身离开。

"阿斯特丽德，等一下。"我想再一次尝试和她沟通，我真希望我能让她理解。但是她大步流星地走开了，将我独自甩下。

远处，铃声响起，通知观众们就座。这铃声也是在召唤我们，让我们最后一次飞入空中。

25

诺 亚

这就是最后一次表演了。

开场的音乐声渐强，帐篷内灯光渐暗，眼泪顺着我的脸颊慢慢滑落。我到底是怎么了？我以为我希望如此：离开马戏团，为自己和西奥寻找一条自由之路，与卢克共度未来。但我才刚刚寻觅到现在的这种生活，刚刚意识到自己有多爱它。我还没有准备离开。

"高空杂技——秋千！"有人叫道。我走入大帐篷，寻找阿斯特丽德的身影。我没有看到她，心里猜测她是不是太生气了，拒绝和我一起表演。但过了一会儿，她出现在帐篷对面，牙关紧咬地向表演场走去。我有些迟疑，她正在生我的气，我们怎么能默契地一起表演呢？然而，黑暗中的观众们正等待着，充满期待，根本不知道我们之间的事情。没有别的选择。

我爬上阿斯特丽德对面的梯子，抓住秋千横杆。"跳！"她叫道，声音气势汹汹。我飞向空中，飞向她。放手飞出去时，我看到了她眼睛中的愤怒——不，是受伤与背叛。她的手没有伸向我。她想失手，想辜负我，就如同我之前辜负了她一般。在这里摔下去和在我们冬季营地摔下去不一样，甚至和在之前一个村子也不一样。保护网的支柱很不结实，底下的地面如岩石般坚硬。如果在这里摔下去，我必死无疑。我闭上眼睛，感觉着自己向下坠落，渐渐远离她。

这时，有什么东西用力抓向我的脚踝。阿斯特丽德还是违背自己的意愿救了我，但她还是晚了一点，没有抓住我的脚踝，而是抓住了我细弱的足弓部，这让她很难抓牢。我从她的指间溜下去。绝望之中，阿斯特丽德将我甩向了回去的横杆的方向，但完全没有惯常的精准。她甩的力量极大，我在空中翻了一个跟斗。观众一阵喝彩，将这次差一点失手当成了大胆的新尝试。

我的手臂抓到了横杆。我荡回跳板，吃力地把自己甩上去。站直身子后，我想就此结束表演，现在的一切都有点过分了。但阿斯特丽德在对面的平台上等着，命令我将我们开始的节目完成："跳！"

我还没来得及回应，就听见一阵隆隆声，然后又是一阵轰轰声和一声响亮的砰。我们交换了一下不安的目光，暂时忘却了彼此之间的怒气。空袭不是什么新鲜事，自战争开始就有空袭，先是德国对他们想要侵吞的弱国进行轰炸，最近则是盟军对德国占领区的轰炸。它们都是大刀阔斧地进行，根本不关心谁会在下面。自我们到阿尔萨斯以来，几乎每天都有空袭，但这还是第一次在演出过程中发生。帐篷肯定是城外最大的建筑了——是不是因此成了空袭的良好目标？

然后又传来一阵轰隆声，这一次又近了很多。一些观众逃离座位，奔向出口。帐篷柱摇晃着，抖落一片木屑和灰泥，如同纷纷的白雪。大帐篷根本没有任何保护措施，也许我们应该就此结束演出，让大家各自归家。我的眼睛紧紧盯着阿斯特丽德的眼睛。继续表演，她的目光发号施令。如果我们取消了剩余的演出，肯定无法负担给观众退费。我的手颤抖着握住秋千横杆，这时，又一声爆炸威胁着要将我震落，但我将秋千抓得更紧了一些。如今，我与自由之间的距离不过是一个段落的表演。"跳！"我飞向空中，阿斯特丽德抓住我，又将我抛回，最后一次。

然后一切结束，观众间响起稀稀落落的掌声。该走了——终于。我离开大帐篷，穿过后院，去往西奥和埃尔希所在的车厢，埃尔希负责看着西奥，两个人都睡着了。我换上便服，拿起阿斯特丽德收拾的包，将西奥背在我身子另一侧。他醒了过来，用惺忪的睡眼望着我。"该走了。"我轻声对他说，然后离开车厢。

穿过后院时，我又看到了阿斯特丽德。她冲我挥手。在极短的一瞬间，我希望我们一起演出的过程能令她的愤怒平息一些，但走过去后，我发现，她的眼中依然燃烧着怒火。她从我怀里抢过西奥。"我会想念他的。"她将他紧紧地抱在胸前。

"阿斯特丽德……"我搜肠刮肚，想着该说些什么才能让我们两个人之间缓和一些，却一无所获。

"走吧！"她把西奥递还给我时说。西奥哭叫了一声，表示抗议。"至少，我以后不必再见到你了。"她的话语如同一把刀子，说完她便转身离开，我知道，这就是道别了。

我跟在她身后。我无法承受在阿斯特丽德对我怒气冲冲的时候离开，但没有别的选择。我告诉卢克我会和他在九点钟碰面，现在只剩下十五分钟了。我必须去找他。

从帐篷中传来了响亮的音乐声。埃米特带着颤音的声音从扬声器中传来，和他父亲的声音相差良多。我充满感激地回头望了望。马戏团是我的避风港——我的安全之所，从某种我自己都没有想到的意义上说，这里是我的家。即便是现在，马戏团分崩离析，接近落幕，它依然是我所知道的最忠诚的家。一旦离开，我是否还有希望寻觅到类似这样的感觉呢？

我挺起背，带着西奥离开。关于这一切，他会记得什么呢？路过火车时，我强迫自己不要停留。我低着身子小跑着经过，以防被人看到，还要仔细注意不要挤到西奥。快，我仿佛听到阿斯特丽德在我脑海中说，我加快速度，向东而行，去往卢克所说的方向。我希望能有树木的掩护，但地面光秃秃的，无遮无拦。随时都会有人看到我们，问我为什么要逃走。我强迫自己慢下来，正常地步行，同时费力地调整呼吸。

我向着采石场而去，观众的笑声与掌声渐渐离我远去，关于离开的疑问又一次在我脑海翻涌。只有我们两个带着一个孩子，无依无靠，我们怎么能够活下来呢？我暂时把疑虑压抑下去，我想和卢克一起离开。我仿佛看到了他许诺的一起生活的画面。尽管恐惧，我还是看到了我们两个人，同甘共苦，勉力求生，守护我们和西奥的生活。没有了他，我就会孤身一人——又一次孤身一人。

现在，我们已经离马戏团有一段距离了，脚下的地面变得崎岖不平，而且是很陡的下坡。我紧紧抓着西奥，通过陡坡。我所走的路的尽头是一个采石留下的粗糙的坑，卢克说，他会在坑中间，等着我。

但是采石场空空荡荡的。

时间还早，我告诉自己，将不安压抑下去。我的目光望向采石场另一头的石头之间冒出的灌木，猜想他是否躲在那里。然而，树枝毫无动静，空气一片死寂。

五分钟过去了，然后十分钟过去了。卢克没有出现。我的脑海中冒出了一大串理由：他迷路了，他需要兜圈子以确保没有人跟踪。也许他病了。西奥可能是太累了，或是太饿了，开始哭闹。

"嘘嘘！"我哄着他，探入口袋找出一片我之前放在里面的饼干，"就再等一小会儿。"

我从采石坑的边缘眺望，越过平坦而空荡荡的地面看向远方。恐惧从我心底冒出来，并且不断蔓延，愈发沉重。卢克不会来了。

为什么会这样？我们的计划已经定好了。恐慌侵袭了我的身体。也许卢克出了什么事。我几个小时前还看到他的脸，他叫我，不，是恳求我，和他一起走——我答应了，他是多么欣喜啊。他会改变主意吗？认为带上我和西奥一起太麻烦了？或者，阿斯特丽德说的一切都是对的。我静静地站在寒冷黑暗的采石场中，眼泪刺痛着我的眼睛——我又一次感觉自己愚蠢，被人遗弃。

这时，我的脸颊被轻柔地抚摸了一下。西奥正仰头看着我，手指探向我，就如同我带着他离开火车车厢那晚在树林里逃亡时一样。那晚的一幕幕如在眼前：僵硬地握紧的小小拳头，孩子们再也不会张开手来，伸着手臂寻找不存在的妈妈——一幕幕在天光下我也无法承受的画面。一阵抽泣将我撕裂，从我身体中发出。父亲拉开家门，将仅带着小小钱包的我赶入寒冷之中时，我没有哭泣；看到一火车被偷来的婴儿或死或奄奄一息时，我没有哭泣。但是此刻，眼泪却汹涌而出，这一切让我再也难忍悲痛。我用手

326 / THE ORPHAN'S TALE

捂住双眼，希望眼前的画面能够消失，但毫无希望——我会带着那晚火车的回忆直到永远。救下西奥并不仅仅是为了他——这是我自我救赎的机会。

也许，现在依然是。我仿佛看到阿斯特丽德站在我面前，递给我通向自由的车票。她那么生气，不知道现在是不是还愿意给我，而且我心里依然有一部分不愿意接受，这是她活下去的唯一机会。但这是我欠西奥的，我该尝试一下。

我抬头仰望天空。你再也不会回去了，阿斯特丽德曾经说。她言中了。我再也不能将卢克当作我获救的希望，就如同不能将我的家人当作希望一样。我要努力去一个西奥能安全生活的地方，活下去。会有那么一天，不会因为他是犹太人，警察就在他看马戏的时候将他抓捕；会有那么一个地方，不会因为他是犹太人，人们就用奇怪的目光看他。我要寻找的不是卢克，不是我的父母，而是我自己的家。

我扭头望向大帐篷的方向。如果现在回去，加入最后的谢幕，除了阿斯特丽德外，不会有人注意到我离开过。我可以在演出之后问她通行证的事情。我把西奥挪到了身体另一边。现在他大声哭了起来，我爬上采石场外的陡坡时，他的号哭声刺破黑暗。

"嘘！"我哄着他。我怀抱着最后的希望，又扭头望了一眼卢克该出现的方向。一个人都没有看到，我转身走回马戏团去。

我又一次靠近大帐篷。想到刚才离开时阿斯特丽德脸上的怒气，我不禁放慢了脚步。该说什么才可能让她原谅我？我走到后院，听到最后一个节目的音乐声正欢快地奏着，音乐渐强，达到狂热。马戏团成员正在集合准备最后的谢幕。透过大帐篷的帘子，我看到了我惯常站立的跳板，我想象着通常站在我旁边的格尔达的困惑脸孔，想象她猜测着我去了哪里。回到我属于的地方，最后一次作为马戏团家族的一员，这种渴望充斥着我的身体。即便我因为卢克没有出现而难过，即便我们很快就要再次离开，但我心中依然有一部分不可自遏地产生了回家的喜悦。

走近马戏团帐篷时，我的喜悦消散了。空气中有一种奇怪的味道，很像是有人做爆米花焦了的味道，只是更加浓烈。有些东西刺激着我的呼吸——这是一种燃烧的味道。失火了，而且在很近的地方。我想起了我们表演时听到的空袭声。当时没有炸弹落在附近，但引起火灾的有可能是崩裂散射的弹片，甚至可能是无心中丢在路上的烟头。着火的是大帐篷吗？我们一直非常谨慎用心地防火。仰头看去，我看到了主桅附近的布料上有闪烁的火光：一团火焰，就在我看着的瞬间不断蔓延。无论是还逗留在帐篷中的观众，还是正往后院走的演员，似乎没有一个人注意到。没有人，除了我。

我紧紧抱住西奥，开始没命地狂奔起来。

26

阿斯特丽德

我站在马戏团表演场上方的跳板上，孑然一身，又一次孑然一身。

诺亚离开后，我爬到了跳板上。总算走了。想象着她的离开，我想对自己这么说，但我却发现自己怅然若失，心中一阵痛楚。在此刻，我心中咒骂的并不是诺亚，而是我自己。我真讨厌自己又一次那么在乎！这和埃里克抛弃我一模一样。我还记得我离开柏林那天记住的教训，又一次将它镌刻在脑海中，我早就该记住的：这一生，我唯一能依靠的，就是我自己。

这样也好，我想。诺亚走了，我可以使用那份通行证去找我哥哥。在谢幕之后，我就趁人不注意偷偷溜走。将诺亚和西奥抛于脑后，我开始想着尤勒斯，他正等着我。

音乐提示我出场，我将绳子从固定的地方松开。埃米特在最后一刻告诉我，他将西班牙网的节目又加了回来。到那时候，我才注意到那新的绳索被仓促地安装在钟表匠几天前上吊的地方。

我想抗议，并不是因为我为梅斯难过，主要是我已经有几个星期没有练习过了，单是高空秋千表演就让人精疲力竭，但我不想给埃米特争执的借口——反正，这是最后一次演出了，之后我就要永远离开了。

我把绳子缠在自己身上，踏出跳板。这种表演中没有秋千横杆供你紧紧握着，只有两条窄窄的缎带。我绕着缎带旋转，伸展着腿。我曾经跟诺亚说过，如果说飞秋千像体操的话，那么西班牙网就像是游泳，流畅而优雅，或者至少曾经像是。此刻我的手臂因为长时间没有训练而变得无力，动作也磕磕绊绊的。我费了很大力气才能完成表演，不过观众似乎没有注意到。

我回到跳板上时掌声雷动，但我的身体大汗淋漓。我没有爬下梯子。这个节目就在终场之前，我需要留在这里完成谢幕。大象昂首阔步，骑手驾驭着马匹在我下方穿梭，这时，传来了一声尖叫。"着火了！"有人喊道。我也看到了，一面的看台后火光闪烁，火苗越来越高。火势只集中在帐篷的一侧，如果大家都从另外一侧的出口离开，就会没事的。我们之前做过消防演习，诺伊霍夫先生或是彼得，无论谁在这里，都会疾呼，让大家镇定下来。

"着火了！"又有一个女人尖叫道。大家都开始奔逃，逃离看台，却彼此冲撞，不断有人摔倒。坐在前面几排的观众都冲入了表演场，惊得大象也开始乱冲。

我惊惶地看着下面上演的这场噩梦。此刻，大帐篷的整个顶都烧了起来。过去，我们在每根支柱的旁边都会谨慎地放置好装满沙子和水的桶，一旦失火，就会有工人抓起这些桶，竭力拯救大帐篷。但现在，工人们大半都被埃米特遣散了。一个大力士将沙子甩了出去，把水桶扔在一边，然后跑向了另一个方向。驯兽师们尝试拯救大象，哄着他们离开帐篷，但这些畜生却抗拒救援，惶恐之中，脚像生了根一样一动不动。驯兽师们自己逃走了，此刻，人人自危。老虎被烟呛晕了，一动不动地侧躺着。如果马戏团没有了老虎会怎样呢？一片火光之中，我看到了埃米特逃跑的身影，懦夫到最后依然是懦夫。

我定定地站在跳板上，看着下面的这一幕幕，它们仿佛与我隔着很遥远的距离，或是电影中的画面。但是热度开始炙烤我的皮肤，提醒我这一切都是真的。我想起来，之前，在我收到尤勒斯的信之前，我想死去的那一刻。而现在，如果我什么都不做，一切就都会结束了。会有那么可怕吗？我感觉尤勒斯和在美国的生活都如同梦一般消散了。

不，我摇了摇头，让头脑清醒一些。我哥哥在等着我，我必须出去。我开始下梯子，但我刚开始向下爬，一只大象就转过身，撞得梯子固定的地方松了。梯子摇摇晃晃，我紧抓着横杆，梯子摇晃着向一侧倾斜，随时都可能倒塌。

我绝望地环顾四周。用来悬挂抛靶器的横杆在我头顶几尺高的地方，刚好在我能够到的距离之外。我猛地向外扑，探出一只手抓住它。我的手指攥着横杆，现在该怎么办呢？有很多很多人正急匆匆在安全网下面奔逃，我无法安全地落下去。我瞄着另一块跳板，猛力踢脚，想要荡过去，但太远了，没有用。

我无助地悬在空中，烟开始灌入我的肺，引得我眼睛刺痛。我的手臂本来已经因为演出没有了力气，现在疼得开始抽搐。我必须坚持住。再过几分钟，下面没有人会被我伤到了，我才能跳下去，但那时可能已经太晚了——此刻，下面的保护网已经开始燃烧了，根本没有安全的落脚之处了。

"阿斯特丽德!"一个声音从浓烟中传来。是诺亚,她正站在大帐篷的入口处。她为什么会回来?她向我冲来,大大的眼中满含绝望:"阿斯特丽德,坚持住!"她低头看了看在她怀里扭来扭去的西奥,又抬头看了看我,不确定到底该如何。我看到她把西奥递向另一个舞蹈演员,恳求她带他出去,躲开烟雾和灼热,但舞蹈演员惊慌失措地逃走了,没有理会孩子。诺亚向远处的梯子走去,西奥依然在她怀中。

"出去!"我叫道。她到底在想什么呢?要如此地冒着孩子和自己生命的危险吗?但她一直往上爬,爬到顶上,她将西奥放在跳板上最靠后的位置,用他的毯子拦在跳板边缘,以防他滚落下去。然后她抓住秋千横杆,跳了出来,她身上穿的是普通的常服,看起来有些别扭。

"阿斯特丽德,过来。"她荡向我的时候叫道。我没有放手。她这一生中从没有接过人,她不可能做得到。"阿斯特丽德,我们必须出去。"让诺亚救我,是此刻我最不想的事情了。"彼得会希望你努力活着,"她又说,"别这样放弃。"

"彼得不在了。"我麻木地说。

"我知道,但我们还在。如果你不放手,我们都会死掉的——西奥也会。阿斯特丽德,你必须放手。"她的话仿佛就是她刚开始表演时我对她说过的话的回音,但她说得千真万确。我不顾一切地翻转身体,把腿勾在横杆上,向她伸展手臂。我荡了一下,探身向她。她错过了,我又试了一次。

我们的手紧紧握在一起,她的眼中流露出胜利的神色。"我抓住你了。"她说,但我没有回以笑容。这没有带来丝毫改变。

"把咱们荡回去。"我命令道。但是怎么荡?她无法带我荡回到跳板上。"那里!"我指向安全网靠近梯子的一个角落,那里还没有着火,"把我扔向那个方向。"

"你让我丢下你?"她难以置信地瞪大了眼睛。

"没有其他选择了。瞄准那个方向,用力甩。"她不确定地看向下方。"你必须立刻这么做。"再过几分钟,整个安全网就都会着火了,我唯一的逃生机会就没有了。"你必须放手。"她深吸了一口气,踢动双脚,获得更多的动力,将我们荡向那个方向。我屏住呼吸。诺亚这一辈子从来没做过接应人,也没有向外抛过人,但她放开了我,准头很好。我平稳地向下落,身体紧绷,膝盖放松,落在了完好的一角安全网上,就在边缘处。

我抬头望向秋千,诺亚还悬在上面,真希望我刚才跟她说过往下跳。但西奥还在跳板上。"快!"我叫道。她把自己荡高,拼命地荡向跳板。她失足了,差一点摔落下去,但她的手紧紧抓住了跳板边缘,用力地将自己拉了上去。

诺亚抱起西奥,顺着梯子下来。但抱着一个孩子下梯子,这个孩子还正因为恐惧而歇斯底里地狂叫,在她怀里挣来挣去,这让她的动作有些迟缓笨拙。

"这里!"我叫着冲向了梯子底部。

"接住他!"她大喊着,把西奥丢向了我,几乎是扔出来的。西奥砰的一声落在我手臂里,他的哭叫声更大了。我掩住西奥的鼻子和嘴,我必须带他离开这里。一个试图逃离帐篷的人撞到了我,我肩膀一阵汹涌的痛感。我紧紧抱住西奥,以防将他掉落。我望向开着的出口,那里凉爽新鲜的空气正在向我窒闷的肺部招手。

这时传来一阵窸窸窣窣的响声,然后变成了吱吱嘎嘎的声音。

"快走！"有人叫道，推着我向出口走去。我转身，看到诺亚依然在努力地要下到地面上，但她的位置还是太高了，我够不到她。

整个梯子开始摇晃，向一个方向严重倾斜，然后是轰轰隆隆的东西碎裂的声音。秋千架似乎要砸到我头上，帐篷也被火焰损坏了，整套东西都要塌了。

我紧抱着西奥，冲出帐篷帘子。随着一阵震耳欲聋的声响，大帐篷塌了，火星如雨，纷纷落下。而诺亚从我的视线中消失了。

27

诺 亚

西奥不见了。

黑暗之中，我发疯般地摸索寻找他，但我的手臂中空空如也，就如同那晚我在火车站的屋顶上寻找西奥时一样。他不见了。

"西奥!"我一遍又一遍地叫。没有回应。

"他在这儿。"是阿斯特丽德的声音，听起来非常遥远。我努力睁开眼睛，但玻璃碴折磨着我的脸，我只能睁开一小条缝，不过足够看到西奥。阿斯特丽德将西奥放在我身上。他在这里，但我却无法感觉到，我浑身刺痛，比遭受千万只蜜蜂的蜇刺还要难受。

我躺在地上，距离大帐篷大约十五英尺。我是怎么到这里的呢? 在那边，帐篷还在闷烧着，只剩下一片破碎的帆布和断裂的柱子。来迟了的消防队正在将水喷向废墟，以防回火引燃附近干燥的树林。

我伸手去抚摸西奥，但阿斯特丽德轻轻将我按了回去。"不，"

我声音喑哑地费力说道，"我必须这样。"她把他挪到我胸膛上方，没有松手。"他还好吗？"

"非常好。"她让我安心。我检查着孩子，看他小小的肺部是否被烟伤到了。他咳嗽了一下，这是对我的抗议。他的脸色很好，眼睛明亮。

我再也没有力气支撑头部扬着了，又躺了回去。

"休息一下。"阿斯特丽德督促道。她将西奥抱了回去，我看到在她手臂上有烧伤的痕迹。

"怎么了？"我问。她迟疑了一下，看似不想告诉我。"我不是孩子了，记得吗？不要隐瞒真相。"

"帐篷塌了，压在了你身上。"她轻轻地说。

我的脑海中回想起那一幕，仿佛感觉到还带着火焰的碎片落在我身上，将我砸向地面，而阿斯特丽德将我拉了出来。"我感觉不到我的腿了。"我大口喘着粗气，吸气的时候一阵剧痛，然后一阵猛烈的咳嗽，疼得仿佛匕首刺入我胸膛一般。

阿斯特丽德用她的袖子抹了抹我的唇边，她抽走它时上面染着红色的污渍。她的脸上一阵惶恐，疯了一般四处寻找。"医生！"她叫道，从她沙哑的声音中我能听出来，这并非她第一次尝试为我寻找帮助。

但是没有人回答，没有人来帮忙。此刻，这里只有我们两个。

"很快会有人来帮忙的。"阿斯特丽德向我保证。

我听到远处传来警笛的叫声。警察也会很快就到这里，到时候会有问题，有调查。"那通行证，"我想起来，阿斯特丽德应该立刻离开，"今晚之后就再也没用了。你必须走。"

她摆了摆手，仿佛是在赶苍蝇："我不会离开你。"没多久之前，她还想让我离开，不过她此刻不再生气了。终于，她还是原谅了我。她知道了我所有的秘密，却没有离我而去——这是我一直都渴望的事情。如释重负的感觉让我忘记了疼痛。

"你必须走。"我抬起手，抚摸着西奥，"带上他。"说出这些话，我的喉咙一阵阵作痛。

"但是……"阿斯特丽德反驳说。

"现在就走。"我接着说，"不然就太晚了。"我无力地躺了回去。

"你还是可以离开。"她强调说，不愿意面对就在面前的真相，"我就像之前说的，把通行证给你。你可以带上西奥离开，你们两个可以在一起。"

她的声音充满热诚，有一瞬间，我几乎都相信了她的话。"不。"然而真相又一次将我碾轧。我一阵咳嗽，呼哧呼哧地喘息。

"我去找人帮忙。"阿斯特丽德说着站起了身。

"留下来陪我。"我用最后一丝力气抓住了她的手，"我挺不过去了。"

她摇了摇头，但这个时候，她真的再也无法否认面前的真相了。"我不能把你丢下。"她说，依然想要努力。

"我们还有什么选择？"马戏团没有了，火灾完成了战争没有完成的破坏，"你必须带上西奥。你是他唯一的希望。"

西奥在我腿上扭来扭去，仿佛是平生第一次听懂了自己的名字。我用手轻抚着他柔软的头部，在那一刻，我仿佛看到了他长大成人后的样子，那时的他不会知道我。眼泪从我眼中流出，刺痛我脸颊上撕裂的皮肉。就如同他的亲生父母一样，我也会永远地从他记忆中消失。

有一天，你必须放手让他离开。阿斯特丽德在第一次演出的那个晚上说过的话又回响在我的耳际，清晰得仿佛她现在又在重复一般，尽管她的双唇丝毫没动。似乎，德丽娜的一个预言成了真。

"你做到了。"她淌着眼泪说，"你成了一个高空杂技演员。"在那一刻，我似乎拥有了一切。

几乎是一切。"卢克。"我说。尽管他辜负了我，我依然情不自禁地想着他。想到卢克的背叛，疼痛在我身体内肆意蔓延。"你说对了。我按照我们的计划去见他，但他根本没来。他一点都不在乎我。"

"不，不，肯定不是这样。"阿斯特丽德反驳说。"他一路找到你，这说不通，我肯定他是有原因的。如果你想，我去替你找到卢克，"她提议道，"搞清楚他为什么没来见你，告诉他发生了什么。"我们都知道这不可能。他已经消失了，她无从寻觅他。

但我真感谢她这提议。"你先是夸赞我飞秋千，现在又对卢克有善意，"我用粗哑的声音说，"我肯定真的要死了。"我们两个都不可思议地笑了，我的喉咙喑哑，仿佛是留声机上的老唱片。我的胸口因为疼痛而感觉越来越沉。

阿斯特丽德将西奥从我身边抱起，抱在怀里摇晃着。真希望他们都是属于我的。她抬起头。她身上有一种清醒感，从她眼睛里的光芒，我仿佛看到了那个伟大的马戏团家族的很多兄弟姐妹在引领着她。几个小时前，我还不确定她自己是否能活下去。她该怎么逃出去呢，还要照顾西奥？不过她展现出了在失去彼得后从没有过的坚强。带着西奥，她不会孤身一人。她轻轻地摇晃着怀中的他，而他看着我，满含不解。

"现在就走，不然就太晚了。"我勉力说出，用尽了身体内最后一丝力气。阿斯特丽德没有反驳，而是吻了吻我的脸颊，然后放低西奥，让他也吻了吻我。

他们需要趁现在没有人注意时离开。我闭上了眼睛，因为知道如果我还在这里她就不会离开。她没有离开，而是躺在我身边，依然抱着西奥。我真希望自己的呼吸能缓下来，突然之间，我们三个仿佛又回到了火车车厢中，三人并排躺在一起。我感觉到她挪了挪身子，我旁边的空间开始变冷，她站起身，向树林走去。

我强迫自己闭着眼睛，无法承受看着他们离开的情形。

等我再睁开眼睛，他们已经不见了。

但我不是孤身一人。天空渐渐清晰，我仰望着星空，天色还没有转黄，我能看到一张张脸孔。彼得俯视着阿斯特丽德，照看着她。"我做到了。"我救了她，尽管用的完全不是我们之前计划的方法。

然后，在遥远的夜空中，我看到了卢克。我永远都不会知道他为什么不来见我了，但我原谅了他。等着我，亲爱的，我来了。

最后，我看到了诺伊霍夫先生。演出结束，演员们谢幕后离开舞台，而他就站在那里，一如开场之时，独自站在聚光灯下。他环顾人群，微微抬了抬帽子，这是一个邀请，也是一个告别。

然后，就是一片黑暗。

尾　声

阿斯特丽德

巴黎

我从来都不是那个可以做到这一切的人。

我的视线渐渐清晰。我依然站在博物馆展览的车厢前，盯着空空荡荡的铺位。我几乎能感觉到诺亚躺在我身边，温热的面颊贴着我的面颊，我们一同呼吸，胸口同步地一起一伏。

诺亚美丽的眼睛永远闭上时，天色依然黑暗。我曾经见过破损的尸体——钟表匠，还有一个被老虎咬伤的驯兽员。但诺亚的死惨烈无比。沉重的柱子倒在她身上，砸碎了她的大腿，她的背也几乎被砸断。起火时她本可以逃走的，但是她回来救我——这夺走了她的一切。

我抹着眼睛，回忆着。尽管我有过很多哥哥，但她与我更加亲密，是我从来都没有过的妹妹。我本来都准备为了她放弃我的自由，当然，她伤得那么严重，这再也无法考虑了。低头看着她可怜的脸孔还有无助的破损的身体，我真的无法就这么离开她。

但我是西奥活下去的唯一希望。于是我等待着诺亚的眼睛永远闭上，然后便出发穿过那一片不毛之地。西奥被我紧紧捆在身上。我挺直身子，第一次真正完全地独面世界。

逃亡路上，上天似乎眷顾西奥和我，似乎在说我们已经苦尽甘来。我们坐火车差不多直接到了里斯本，然后步行进入城里。我哥哥给我安排的签证还在领事馆等我。尽管这座城市里面挤满了不顾一切地要逃命的避难者，但埃里克给我的钱足够我们登上一艘邮轮的甲板。小小的运气，而这在过去似乎十分渺茫。可能我得到的已经足够多。

我们的船到达纽约几个星期后，消息传来——盟军登陆，正向巴黎进军。战争的结束尽管还没有到来，但已经指日可待。我心中疑虑重重：也许离开欧洲是一个错误，我们可能可以幸存下来。但现在没有回去的路了。

在那晚火灾之后，我再也没有飞过秋千。我哥哥尤勒斯在坦帕①经营嘉年华会，我们在坦帕城外定居了下来。我努力工作，负责卖票和优惠券。回到秋千上是我和尤勒斯都无法承受的。起初，我很害怕没有了表演的生活会像和埃里克在一起时那么沉闷而不习惯。但我自力更生，自由自在。

只是，现在，我回来了。我将脑海中的回忆暂放一边，打量着马戏团展览，欣赏着逝去的年代的缤纷演出。当然，这次展览没有提及马戏团最伟大的壮举——拯救生命。

这里有一张彼得的单人照，他穿着小丑的戏服，耀眼夺目。在白色的化装油彩后面，是只有我了解的黑色的悲伤眼睛。他的

---

① 美国佛罗里达州西海岸城市，靠近墨西哥湾，是坦帕湾区最大的城市。——编者注

照片下面有一个说明：1945年被害于奥斯威辛。这并不完全正确。根据我看到的大屠杀纪念馆中的陈年档案，彼得被一个纳粹特别法庭宣判，要被行刑队执行死刑。那个早上，卫兵来带他去刑场，却发现他于自己的监牢内自缢。我把自己贴在盖着照片的厚玻璃上，因为它将我的皮肤和那张照片分隔开来而咒骂它。

至于埃里克呢？有一段时间，我没有他的消息。我猜测他要么死于战争中，要么逃去了南美洲，纳粹屠夫约瑟夫·门格勒①和其他的一些混蛋都是如此，从来都没有接受审判。在战争结束大约三年后，我收到了一封来自波恩的律师事务所的信件，他们是通过我在里斯本的银行账户找到我的，通知我埃里克给我留了一小笔遗产。直到那时，我才知道，劳赫大街上的公寓楼被迫击炮弹击中，他死于其中。那栋楼于1944年4月7日被炸毁，就是在他将尤勒斯的信转给我的几天后而已。空袭发生在黎明之前，所有住在其中的人都在睡觉。如果埃里克没有将我赶出来，我应该也会躺在那里的床上，必死无疑。我将他留给我的钱捐给了美国犹太人联合分配委员会②。

我没有再婚。离开埃里克之后我心中的伤痕一度痊愈，但失去彼得实在难以承受。两次这样的心碎，对任何人的一生来说都足够了。

诺亚的脸浮现在我的脑海。展览中没有她的照片，不过在

---

① 纳粹党卫军军官、奥斯威辛集中营医生，被称为"死亡天使"。他是负责筛选被运抵集中营的囚犯的医师之一，亦在集中营里进行了多种惨无人道的人体实验。——编者注

② 位于纽约的犹太人救济组织，创立于1914年，旨在为生活在欧洲中西部及中东地区的犹太人提供援助。该组织亦为非犹太人社群提供灾难救助及发展方面的资金援助。——编者注

一张全体马戏团成员谢幕后的大合照中可以看到她的脸，她出现在一个杂技演员后面。她表演的时间如此短暂，不过是马戏团数百年历史中一个无名的注脚而已。但我仿佛看到了她的脸，她在高空秋千上，青春洋溢，美丽非常，体验着第一次飞行起来的奇妙感觉。她也了解心碎的感觉，尽管她的一生只是我的一个片段那么短暂。我总是会想到卢克：为什么最后一晚他没有出现？尽管我不喜欢他，但他看起来是真的在乎诺亚。是什么阻止了他来见她？

这个问题是促使我来到这里的主要原因。我发现刊载在《纽约时报》上的照片中的火车就是我们那一辆之时，一个念头就冒了出来：我也许能在这里找到答案。我又一次凝视车厢，视线聚焦在车厢尾部底下的阔腹储物盒上。诺亚和卢克曾经用它给彼此留信息，以为没有人知道。但我曾经见过他们用这种家家酒一般的小邮局交换知心话。两个傻瓜！如果有别人发现，他们肯定会害了我们所有人。但我等待着，让她享受乐趣，谨慎地看着，确保没有其他人发现。我读到报纸上关于马戏团展览的文章，瞥到了那火车的照片，难以置信地发现它就是我们的。我想，也许那个男孩在那里给诺亚留下了信息，解释为什么不能来。

只是现在，我发现那个盒子是空的。

我靠在火车车厢的侧壁上，将我的头抵在陈旧的木头上。就如同举起一个贝壳去倾听海洋的声音一般，已经消失的声音又回响了起来。然后，我又向前走了几步。

那里有一幅我过去从没有见过的油画，画面上是一个在秋千上的年轻女人。我深吸一口气。那苍白苗条的身影无疑就是诺亚，她身上穿着的是我送给她的我自己那件带亮片的服装。这幅画是从哪里来的呢？如果在她在马戏团时有人给她画过肖像，我肯定会知道的。

我凑过去，看着画下面小小的标识牌：

油画，发现于一个身份不明的年轻人的物品中，其于1944年5月德军轰炸反抗据点时遇难。其与马戏团的关系以及画中人物身份均未知。

我僵在原地，血液都开始变冷。诺亚曾经跟我提过卢克想成为一个画家，我并不知道他如此有天赋。这幅画展示出很高超的技巧，而且画家对他所画的对象怀着的感情展露无遗。望着卢克的作品，我现在相信，无论如何，他都不会抛弃诺亚。

她也曾经跟我说过，他计划加入马基游击队，去了距离马戏团不远的一个反抗据点。我仿佛又听到了在我们最后一晚表演时如雨般落下的炸弹，知道了当时他为什么没来找她。诺亚和卢克死在了同一个晚上，相隔只有数里，彼此却并不知道。泪水溢满我的眼眶，汹涌流出。

我凝视着诺亚的画，画作外面有玻璃套，保护它免于岁月的摧残。"他终究没有离开你。"我轻声说。

从玻璃反射的倒影中，我看到在我身后有什么东西在动。一个一头白发的女人站在我身后。诺亚，我想，即便我知道这并不可能。我凝视着那幅画作，幻想着她就在这里，我可以请求她原谅我所做的一切。

"妈妈？"

我转过身。"彼得拉。"我美丽的女儿。她站在那里，多年之前我原以为自己已经失去了的孩子。我抬手按住腹部,仿佛又一次感觉到那差一点将她夺走的一击。她是我的奇迹。

"好吧,我怎么知道肯定会在这里找到你呢?"她的声音中没有恼怒,而是透着淡淡的笑,她那丰满的双唇,黑亮的眼睛,总让我感觉似乎是在看着一层白色的油彩后面的那双唇和眼,看着他在表演。

起初,我要流产并非妄言。那个可怕的夜晚,被那个警察攻击后,我感觉到剧痛,流血不止。我真的认为在那一击后我已经失去了孩子。但是在几天之后,当我站在秋千顶上考虑是否要跳下去时,我发现,那种熟悉的反胃的感觉又出现了。我立刻就意识到那是怎么回事:是我的孩子,百折不挠,不肯放弃生命。

我没有告诉诺亚——如果她知道我依然怀有身孕,无论如何都不会接受那份通行证。我并非不向往自由,或是不想为了我的孩子活下去。我非常向往,非常渴望,仿佛都能品尝到自由的味道。但诺亚那么年轻,又不够坚强。她需要离开,带着西奥离开。离开了马戏团,诺亚便一无所有,而我却能想办法,找一个别的地方表演,活下去。她在我们那么多人的帮助下才能勉强照顾好自己和西奥,她一个人不行的。所以,我当时跟她撒了谎。

我的计划很好,如果不是卢克和火灾,是可以成功的,只要有机会。不过那场火是怎么起的呢?多年后,我开始猜测,有没有可能是被遣散的工人故意纵火呢?甚至是埃米特自己纵火,以彻底摆脱掉马戏团?或者可能是炸弹迸散出的弹片。不过直到今天,我都没有答案。

然而,这也不重要了。诺亚没有因战争殒命,却被火灾夺走生命,就如同诺伊霍夫先生死于心脏病那么无常。我没有选择,只能用那份通行证，拯救西奥。

还有我的女儿。彼得拉的五官酷似她父亲，不过身形娇小，这一点和我有点类似。四英尺十一英寸高的她是个无国界医生，浑身散发着不容忽视的力量。我隔着防护绳，探出手去，下意识地将她垂在眼前的刘海理顺，仿佛她还是个六岁的小女孩。只是她的头发也几乎全白了。看着你自己的孩子变老是多奇怪的事情啊！彼得拉被我的身体保护着，到了美国才出生，对我们曾经历过的艰辛一无所知——几乎一无所知。我女儿出生时有一只眼睛是盲的，这是彼得被捕那晚那个警察的警棍引发的唯一伤害。

彼得拉上前一步，拥抱我，这时一个个子稍高的人出现在她身后。"妈妈，出来吧。"我探手过去拥抱西奥，他比妹妹高了一整个头，头发灰白，如铁丝一般。尽管毫无血缘关系，但他们的面孔却惊人地相似。

"你也来了？"我略带责备地问，"你没有病人需要照顾吗？"

"我们俩是要配套的。"他将一只手臂搭在妹妹肩膀上。是真的——他们两个亲密无比。

他们都成了医生。彼得拉没有摆脱四处旅行的基因，依然全世界跑，而西奥非常喜欢安定，就在我将他们养大的那座城市里的一家医院做外科医生，和妻子以及我的三个漂亮的孙女一起生活，如今孙女们也都长大成人了。我的两个孩子，尽管有许多不同之处，但依然十分相似。对他们来说，医疗就是一种家族事业，就如同马戏团对我和我的哥哥们一样。

我用臀部将那个储物盒的盖子顶上，以免彼得拉和西奥看到，然后跟着他们离开展厅，到了防护绳的另外一边。

"你们怎么这么快就到了这里了？"我问西奥，"我两天前才离开纽约。"

"是撞了大运了，接到养老院电话的时候，我正在布鲁塞尔开会。"西奥说，"我就打电话给彼得拉，她是从贝尔格莱德飞过来的。"彼得拉大部分时间都在东欧救助难民。我们当年费了那么大力气逃离那里，而她似乎被命运拉扯回来了。

我满怀爱意地看着我的两个孩子。就如德丽娜能够看到未来一般，从他们的脸上，我能看出过去：彼得就活生生地存在于我们的女儿身上，我常常觉得有彼得伴着我漫步。西奥虽然不是诺亚亲生的，但不知为何，他承载了很多她的特征。仿佛是耳濡目染的作用，她的表情，她讲话的习惯，都能在他身上看到痕迹。她照顾了他几个月的时间，她爱他至深。他就是她的，就算她的亲生儿子，也不过如此。

在我的脑海中，总是会浮现出另外一张脸，尽管我从来没见过他，没有过他的照片。那是诺亚的孩子，诺亚自己的孩子。我仿佛看到他就站在西奥身边，常常会猜测他成了怎样的人。

"妈妈……"西奥的声音打断了我的思绪，"你就直接从养老院走了。我们都很担心。"

"我必须看看这个展览。"我无力地说。

西奥向外走了几步，这时他看到了诺亚的画像。"这是她，对吗?"他问，声音中透着兴趣。他和彼得拉都知道诺亚。两个孩子年龄够大后，我就跟他们讲了诺亚的故事，讲了她如何救下了西奥。至于她如何来到马戏团的细节，和另外那个可能还流落在外的孩子的事情——有些事情还是不讲为好。我点了点头。"她很美。"

"很美。"我重复道，"不仅仅是外表，她在很多方面比你想象的更美，我觉得。这是她在马戏团期间遇到的一个年轻人给她画的。她和他只相识了很短一段时间，但他们深爱彼此。我从来都不知道那个男孩发生了什么事——直到现在。"

我们凝视着那幅画，好一阵默默无语。"你现在准备离开了吗？"彼得拉柔声问。

"不，"我坚决地回答，"我还没有准备离开。"

"妈妈，"西奥耐心地说，仿佛是在哄孩子，"我知道马戏团是你生命中很重要的一部分，但现在一切都过去了。现在该回家了。"

我清了清嗓子。"首先，"我说，"有些事情我必须告诉你们。"

彼得拉的眉毛皱在一起，那样子是那么像她父亲："我不知道你在说什么。"

"过来。"我指着展厅旁边的一个长椅。我坐在长椅上，拉着他们的手，让他们一边一个挨着我坐。

"还有很多事情，你和你哥哥都不知道。诺亚在发现西奥之前，还有过一个孩子。"

"真的？"彼得拉的声音只流露着些微惊讶，现在这样的事情非常常见——但在我们年轻时，基本上就是丑闻。

"是的。"我回答。这是这个故事中缺失的一章，从来都没有被讲过的一部分。我是唯一一个知道的人，而我却没有多少日子了。我需要告诉他们，让真相不至于永远被遗忘。

"她是一个未婚妈妈，孩子的父亲是个德国士兵，所以帝国将孩子夺走了，她一直都不知道那个孩子怎样了。然后，她遇到了你，西奥，这就像是第二次机会。她爱你，将你视如己出，"我拍了拍他的手，又立即接着说，"但她从来都没有忘记自己的头生子。很抱歉过去一直都没有跟你讲过。这个秘密不是我的，不该由我来讲。"

"那你为什么现在告诉了我们?"彼得拉问。

"因为我不会一直都在。有人需要知道这部分故事，需要将它传递下去。"我又一次抬头凝视诺亚的画像，"现在我准备好了。"

彼得拉站起身，伸手来扶我:"那我们走吧。"

我拉住她的手，我们的手指相交缠。西奥站在我另一侧。我倾身靠向我美丽的儿子，他低下头，直到我们的前额触在一起。"又一次一起走。"我说。我让他们引着我慢慢离开博物馆，感觉到有看不到的手在前面引导着我们。

作者跋

几年前，在做研究时，我在大屠杀纪念馆的档案中读到了两个感人至深的故事。第一个是关于"不知名的孩子"的悲惨记载——满满一车厢的婴儿被从家人身边夺走，运往集中营，他们都非常年幼，人们无从得知他们各自的名字。

第二个故事是关于一个德国马戏团在战争期间庇护犹太人的。奥尔索夫马戏团收留了一个年轻的犹太女人，她名叫艾琳·丹纳，来自另一个马戏团家族。这个故事中有很多地方令我着迷。首先，我从中得知，马戏团不仅庇护了艾琳·丹纳，还庇护了她的姐姐和父母。她的父亲汉斯·丹纳并不是犹太人，而是德国军队中的一个士兵。当军方让他暂时休假，并命令他与犹太妻子离婚时，他反抗命令，坚持和妻子以及孩子们一起逃亡躲藏。我还发现艾琳·丹纳和马戏团中的一个小丑彼得·斯多姆－本托相爱，并结婚生子。

打动我的另一点是，犹太人的马戏团家族都历史悠久，跨越了好几个世纪，艾琳·丹纳的母亲所属的洛奇家族就是其中之一。当时还有其他的马戏团家族，比方说布卢门菲尔德，这一家族中十多个兄弟姐妹参与表演和马戏团的经营。悲哀的是，大部分家族都被德国人毁灭了。

在读到这两段不平凡的历史时，我不知道怎么就感觉它们可以联系在一起。所以，我创作了诺亚的故事，一个来自荷兰的年轻女孩，在怀孕之后被赶出家门，尽管孤立无援、身无分文，却鼓足勇气救下了火车上的一个孩子。我让她遇到了盟友阿斯特丽德，一个心碎的犹太高空杂技演员，她的丈夫没有现实中的汉斯·丹纳那样勇敢，而是背叛了他们的婚姻。

《孤儿故事》不是传记，也不是关于我研究过的那些知名马戏团明星的故事，基本上都是虚构的。在描写马戏团的节目和他们在战争期间生活和表演的方式时，我做了很大程度的自由发挥。但我在研究中遇到的那些真实人物——艾琳·丹纳和彼得·斯多姆－本托不顾禁令坚持真爱的选择，马戏团主人阿道夫·奥尔索夫庇护犹太人的勇气，以及他在德国人搜查时隐藏他们的巧妙手段，都给了我诸多灵感。

1995年，阿道夫·奥尔索夫接受了由大屠杀纪念馆颁发的"国际义人奖"，当时他说："我们马戏团的人不认为存在种族和信仰的差别。"这本书尽管是虚构的，但我希望将其当作向这些人物的勇气的致敬。

我将《孤儿故事》形容为"伤了我的书"
——帕姆·杰诺芙访谈

在作者跋中，你提及这个故事是受到了二战期间"不知名的孩子"和一个庇护犹太人的德国马戏团的启发。你能更深入地谈一下你创作这些故事背后的私人原因吗？

"不知名的孩子"和马戏团营救的故事，我都是在大屠杀纪念馆的档案中读到的。这两个故事从不同的角度吸引了我。首先，我是三个孩子的妈妈，我会以此立场去看待一切。我读到"不知名的孩子"的故事，看到婴儿被从父母身边夺走，他们都那么年幼，我们无从得知他们各自的名字，我的心都碎了。我想知道，这些家庭都经历了什么？这个想法其实沉重得超乎想象，但我无法忽视。

马戏团的故事吸引我的地方与此不同。尽管我花了数十年的时间研究探寻围绕二战和大屠杀的资料，但过去我从没有听说过救助犹太人的马戏团。随着我进一步深入研究，我发现了同样有趣的内容，犹太人的马戏团家族拥有兴盛绵延了数百年的历史，直到最后被纳粹毁灭。那时，我发现这两个故事可以以某种方式融合在一起。

《孤儿故事》从阿斯特丽德和诺亚两个视角讲述了她们令人伤感的跨越岁月的友谊。是不是有一个视角会更容易写一些？在这个故事中，你更喜欢哪一个人物？

在人物中间做选择，就如同在孩子中选我到底更喜欢谁——我真做不到。每一个人物我都爱，只是爱的方式不同。阿斯特丽德和我自己的年龄相近，我对她的感觉仿佛是对一个从未有过的姐妹一般。另外，她的纳粹丈夫在帝国的命令下与她离婚的事情（受真实事件启发）也让我很着迷。

而诺亚更像是我的孩子，她那么年轻就经历了那么多的事情，我真的为她感到难过。我几乎是以保护性的姿态来讲述她的故事的。不过也不是太保护，因为你会挑出你爱的人物，然后给他们安排一些可怕的事情。这就是作者自己纠结扭曲的开端，很有意思……

你的作品基本上都以爱情故事为中心，而这些爱情又都是在历史上一个特定的时代发生的——欧洲被战火摧残的时候。是什么吸引了你选择这样的背景和时代呢？

我对二战的关注可以回溯到二十多年前，当时我被美国国务院派驻到波兰的克拉科夫担任外交官。我发现自己要处理很多战争遗留下来的问题，因此和一些大屠杀的幸存者之间的联系颇为亲密。这段经历极大地影响了我，促使我开始写作。

我也认为那个时代是故事的沃土，身为一个作者，我的目标是吸引读者，将他代入我的主人公的处境中，发问："我该怎么办?"而战争会带来艰难的背景和严峻的选择,最适合这样的安排。

当你开始创作这部小说时,你是否已经勾勒出了阿斯特丽德和诺亚之间的友谊?她们的故事有没有不断演变而让你自己感觉惊奇的地方?

《孤儿故事》和我之前的书类似,我知道我从哪里开端,知道大致在哪里结束,但是通常,中间的发展都令我感觉惊喜。比方说,在本书的开头,诺亚依赖阿斯特丽德,但后来发展到了一个地方,这种关系改变了,阿斯特丽德开始从诺亚身上汲取力量。书的结尾部分也有一些事情让我惊讶,不过我不想在这里剧透。

在写作《孤儿故事》的过程中,最艰难的挑战是什么?最开心的乐趣又是什么?

我将《孤儿故事》形容为"伤了我的书",当然只是半开玩笑。我得说,其中有两项比较大的挑战,其一是研究马戏团和高空杂技花费了很多很多时间。(我咬着自己的指甲,希望自己做得还可以!)

其二是描写装满不知名的孩子的火车的那一幕实在令我无法承受。但我知道那一幕(实际上,算是真正开场的一幕)需要写出来,因为这一幕正是这本书的灵感来源。而同时,我却在一直拖延。最后,我意识到要描摹得足够深入,我不得不想象将我自己的孩子放在那火车上。因为那一幕实在太令人痛苦了,除此之外我真没有其他方法想象出来。

你能描述一下你的写作过程吗？你是按照顺序一场场地创作呢，还是跳跃着进行的？你有没有什么工作时间表，或是仪式？或是写作的吉祥物？

开始的时候，我的头脑中会出现一个画面，或是一幕场景。我就打开电脑，想到什么就敲出来，顺序也无所谓，如此持续三四个月。（有人曾经形容我这个过程是"吐在纸上"——有点恶心，抱歉！）然后，写够了大约六七万个单词，整个文档就变得很大很不方便了，我就会开始分隔章节，列一个大纲出来。这种写作方式是极端糟糕的（所花费的时间会令编辑发疯的），我不推荐任何人使用。但我却不知道其他的方式该怎么操作。

另外，我喜欢每天都写作。我是一个短时爆发型的作者，如果你给我四十五分钟，我会用来写作，如果给我三个多小时，我可能就虚度过去了。去年，我给自己定了一项百日写作挑战，看我是否能连续写作一百天。我做到了，无论天气好坏，我经历的疾病，以及其他类似的事情。一百天结束的时候，感觉特别棒，所以我就继续坚持了下去。在第 299 天，我完成了《孤儿故事》。

致　谢

　　我经常说《孤儿故事》是我在最难的岁月中写出的最难的一本书。所谓最难的岁月，是因为写这本书的时候，我正面对着严重的家族疾病，正挑战极限般地不断测试我自己的咒语："我能在任何情况下写作。"这本书本身也比我曾经写过的其他内容都要难，因为书中所涉的主题是如此黑暗。比方说，在写车厢中的婴儿那一幕时，我意识到我不得不想象自己的孩子也在那列火车上。我真的非常感激那些支持我写作的人，而这一次，他们更是承载了沉重的任务，我更是感觉亏欠良多。

　　研究马戏团的资料非常有挑战性，要能够参加马戏团的表演，特别是高空节目，需要付出那么艰苦的努力和练习，才能获得足够的技艺，这真的让我产生了深深的敬意。最令我感激的是"马戏团仓库"的苏姬·温森，感谢她在飞秋千方面的知识，以及为我付出的时间和耐心。

　　同样非常感谢斯泰西·卢特库斯和艾梅·鲁尼恩在德语和法语方面对我的帮助，以及一直为我提供建议的安德里亚·派斯肯德·卡茨。而书中出现的所有错误，都是我造成的。

好事多磨，对于终于能和卓有天赋的艾丽卡·伊姆兰伊一起工作，我也满怀感激。长久以来我一直都期待能与她合作，如今终于愿望成真。同样感谢娜塔莉·哈拉克、埃默尔·弗劳德斯和米拉出版公司的整个团队，感谢他们的时间与才华。我的梦想团队还有一位至关重要的成员，便是作者之家经纪公司了不起的文学经纪人苏珊·金斯堡。长久以来，她的指引和愿景就是引导我的写作生涯的灯塔。

我觉得自己非常荣幸，能够身为一个美好的读书会的一分子，无论是线上的还是线下的。而我在这里没有将其中的人物一一列出的唯一原因，是我知道我肯定会有所遗漏。对那些一直激励着我不断创作的图书博客作者、图书管理员、书店主、作者、读者，我永远心怀感激。

我写作的每一本书都举全"村"之力，而《孤儿故事》获得的帮助是最多的。感谢我的丈夫以及他在哄骗孩子方面的才华；感谢我的妈妈和我的哥哥，他们乐于每周八天地来帮助我们；感谢我的亲戚们、亲爱的朋友，以及罗格斯法学院的同事们。最最重要的是，感谢我的三个小缪斯，没有了他们，这一切都不会出现——也都不值得出现。

THE ORPHAN'S TALE By PAM JENOFF
Copyright: © 2017 BY PAM JENOFF
This edition arranged with Harlequin Books S.A.
Through BIG APPLE AGENCY, INC., LABUAN, MALAYSIA.
All rights reserved.
本书中文简体字版版权，浙江文艺出版社独家所有。
版权合同登记号：图字：11-2017-222 号

图书在版编目（CIP）数据

　　孤儿故事 /（美）帕姆·杰诺芙著；王秀莉译. —杭州：浙江文
艺出版社，2019.9
　　ISBN 978-7-5339-5773-5

　　I.①孤…　II.①帕…②王…　III.①长篇小说－美国－现代
IV.①I712.45

　　中国版本图书馆 CIP 数据核字（2019）第 155811 号

策划统筹：曹元勇
责任编辑：李　灿
文字编辑：易肖奇
封面设计：裴峰南
责任印制：吴春娟

孤儿故事
[美]帕姆·杰诺芙　著
王秀莉　译

出版：浙江文艺出版社
地址：杭州市体育场路 347 号　邮编：310006
网址：www.zjwycbs.cn
经销：浙江省新华书店集团有限公司
印刷：上海中华商务联合印刷有限公司
开本：889 毫米 × 1230 毫米　1/32
字数：252 千字
印张：11.25
插页：2
版次：2019 年 9 月第 1 版
印次：2019 年 9 月第 1 次印刷
书号：ISBN 978-7-5339-5773-5
定价：42.00 元